KB114902

불영야차

천풍사 新무협 판타지 소설

FANTASTIC ORIENTAL HEROES

불영야차 6

천품사 新무협 판타지 소설

초판 1쇄 찍은 날 § 2018년 12월 14일
초판 1쇄 펴낸 날 § 2018년 12월 21일

지은이 § 천품사
펴낸이 § 서경석

총괄팀장 § 최하나
편집책임 § 이선근
편집 § 최광훈

펴낸곳 § 도서출판 청어람
등록번호 § 제387-1999-000006호
등록일자 § 1999. 5. 31
어람번호 § 제2-2762호

주소 § 경기도 부천시 부일로 483번길 40 서경B/D 3F (우) 14640
전화 § 032-656-4452 팩스 § 032-656-4453
http://www.chungeoram.com
E-mail § chungeorambook@daum.net

ⓒ 천품사, 2018

ISBN 979-11-04-91893-3 04810
ISBN 979-11-04-91812-4 (세트)

※ 파본은 구입하신 서점에서 교환하여 드립니다.
※ 저자와 협의하여 인지를 붙이지 않습니다.
※ 이 책은 도서출판 청어람과 저작자의 계약에 의해 출판된 것이므로,
   무단 전재 및 유포·공유를 금합니다.

불영야차

천품사 新무협 판타지 소설

6

FANTASTIC ORIENTAL HEROES

佛影夜叉

불영야차

제이십칠장(第二十七章)

조우(遭遇)

약속한 보름이 지나자 태영사는 분주하게 움직였다.

법륜을 포함해 움직이는 인원은 총 다섯. 장산과 장욱, 이철경과 문우가 함께 움직이기로 했다. 이들 다섯이 움직이게 된 계기는 간단했다.

구양세가와의 일전은 많은 사람이 참여할수록 결과가 나빠지기 때문이다. 적을수록 빨랐고, 빠를수록 상대방이 눈치채지 못하게 은밀히 움직일 수 있었다.

"준비는?"

"끝났습니다. 다른 이들은 산 밑에서 기다리고 있습니다."

"그래, 나머지 셋은 그렇다고 쳐도… 문우는 내키지 않는데."

법륜은 태영사에서 가장 어린 문우를 떠올렸다.

순박한 얼굴과 모나지 않은 성정. 태영사의 막내를 자처하며 식구들을 배려할 줄 아는 착한 녀석이다. 법륜의 말에 장산은 쓰게 웃었다. 그 또한 문우의 동행은 불편한 점이 있었다. 무공이야 제 한 몸 지킬 정도는 충분히 되지만 가는 길이 너무 험했다.

"그러게 말입니다. 하지만… 그 녀석 또한 무인이니… 언젠가 겪을 일, 주군 옆에서 겪는 것이 더 좋지 않겠습니까."

법륜은 장산의 말을 들으며 이 복잡하고도 미묘한 관계를 다시 한번 떠올렸다.

'내 옆에서 겪는 것이 가장 좋다? 아니지. 가장 위험하겠지. 그 자리에 있는 것만으로도 화를 입을 수 있다. 역시 내키지 않아.'

"잘 생각해 보게. 그는 아직 어려."

장산은 그 말에 쓴웃음을 지었다.

그 역시도 문우를 말렸지만 그는 듣지 않았다. 아마 그를 설득할 수 있는 것은 법륜이 유일할 것이다.

"저도 이미 여러 차례 이야기를 해보았습니다만… 아마 힘들 겁니다. 사주께서 한번 설득해 보시지요."

"어쩔 수 없군. 그래도 되도록이면 그 아이는 빼는 것이 좋겠어. 느낌이… 별로 좋지 않아."

법륜과 장산은 필요한 물건들을 챙겨 걸음을 재촉했다.

법륜은 골치가 아파왔다. 그는 동시에 많은 것을 생각해야만 했다.

가장 먼저 태영사의 입장에선 팔대세가와 척을 져야 하는 입장이다. 이미 구양세가와 볼 것, 못 볼 것 다 본 사이인 법륜, 장산, 장욱의 참전은 자연스러운 수순이다. 의외는 이철경과 문우였다.

이철경은 또 다른 팔대세가인 남궁가를 상대하기 이전에 구양세가의 힘을 겪어보길 원했다. 구양세가를 상대하는 일은 제검십주를 부수는 일보다 어려울 테니까. 구양세가와의 일전에서 살아남는다면 그것만으로도 남궁가를 도모할 수 있는 경험이 된다고 생각했다.

반대로 문우는 별다른 이유 없이 자원했다. 원인은 법륜에게 있었다. 아직 강호의 쓰디쓴 맛을 보지 못한 문우는 강호에 대한 동경이 남아 있었다. 법륜은 그 동경을 충족시켜 주는 존재였다. 소림의 파문제자이자 천외천에 닿은 무력까지, 법륜의 모든 것이 문우의 호기심과 호승심을 자극했다.

'그 와중에 문우까지. 신경 써야 할 것이 너무 많아.'

게다가 소림은 의외로 이번 일에 대해 별다른 언급이 없었다.

정확한 내막을 아는지 모르는지 그저 알았다고만 답해왔다. 방장의 속내는 아무리 머리를 굴려도 알 수 없었다.

'분명 말릴 것이라 생각했는데, 어째서?'

법륜의 의문은 타당한 것이었다.

세상천지 그 어느 곳엘 가도 법륜을 단순한 파문제자라 생각하는 이는 없었다. 그래서 이들을 바라보는 시선은 언제나 구파의 수좌인 소림과 천하제일을 자처하는 구양세가 간의 싸움이 된다. 결국 구파와 세가의 알력 싸움으로 비춰질 것이란 뜻이다.

"도무지 모르겠군."

법륜이 설레설레 고개를 젓자 옆에서 걷던 장산이 조용히 시립했다.

"너무 깊게 생각하지 마시지요. 저 윗분들도 다 생각이 있지 않겠습니까."

"그럴까? 내겐 그렇게 보이지 않는데. 나는 소림의 승려 출신이지만… 저들이 하는 소리를 단번에 알아들은 적이 없었어. 그게 무슨 뜻인지 아는가?"

"선문답을 말씀하시는 겁니까?"

장산이 되묻자 법륜은 고개를 저었다.

"고작 선문답이었다면 다행이지. 소림의… 저 높은 곳에 계시는 분들은… 앉은 자리에서 천하를 봐야 해. 그리고 조율해야 하지. 소림의 이름으로. 범인(凡人)이라면… 상상도 하지 못할 일들일세. 그런 분들이 아무 이유도 없이 승낙했다? 팔대세가와의 알력을? 나는 믿을 수 없군."

"너무 과민한 것이 아닐는지요?"

법륜은 태평스러운 장산의 말에 한숨을 내쉬었다.

"그랬으면 좋겠군."

절대 그럴 수 없었다.

소림은 이미 계산을 끝냈다. 그렇기에 알았다는 말 한마디로 이번 일을 일축했다. 법륜도 더는 갈등하지 않았다. 그는 이제 소림과 무관한 사람이다. 그도 그 사실을 알고 있다. 그럼에도 자꾸만 소림과의 관계를 생각하는 이유는 세간의 눈 때문이다.

'자유롭게 뛰쳐나왔다 생각했는데… 족쇄였어. 방장의 말이 맞다. 확실히… 태영사의 앞가림부터 해야 해.'

태영사가 앞으로 할 일은 모두 살겁이다.

죽이고 또 죽이는 일이다. 크던 작던 모두 피가 흐를 수밖에 없는 일이다. 피가 흐를수록 모두는 소림의 눈치를 볼 것이다.

"아마 묻겠지. '그를 죽여도 좋은가?'라고."

[재미있는 표정이군. 그 말도 맞아. 하지만 그럴 일은 없을 걸세.]

혼잣말을 내뱉던 법륜이 제자리에 멈춰 섰다.

"장산, 마을까진 얼마나 걸리지?"

"앞으로 반각이면 갈 겁니다."

법륜은 조용히 기감을 끌어 올리면서 장산에게 나직하게 말했다. 금기가 땅을 타고 흐르며 상대방의 위치를 잡아내기 위해 영역을 넓혀갔다.

"그럼 먼저 가게. 나는 잠깐 쉬었다 가지."

[신호하면.]

"예?"

"어서!"

[달려!]

법륜은 장산의 등을 떠밀었다.

그와 동시에 섬뜩한 기운이 몰려왔다. 막대한 진기의 파도로 밀어붙이는데 공력이 만만치 않았다. 도대체 누가 그에게 이런 압박감을 줄 수 있을까. 법륜은 영문도 모른 채 앞으로 달려나가는 장산을 주시했다.

[너무 걱정하지 말게. 저 친구에게 볼일은 없으니.]

미지의 인물이 그렇게 말해도 법륜은 긴장을 풀 수 없었다. 백중세. 당금의 그에게 있어 이토록 상대하기 어려운 자는 몇 없다. 심지어 오랜만에 본 무정도 그보단 아래였다.

'대체 누가⋯⋯?'

법륜의 안색이 찌푸려지자 계속해서 전음을 보내오던 이는 입술을 씰룩였다.

'재밌는 아해로고. 소림이 품지 못할 만도 해.'

"나오시오."

법륜이 금강령주에 걸린 봉인을 풀어냈다.

금기가 흘러나오며 주변으로 그 영역을 확장했다.

'저 나이에 저 정도 무재. 이미 큰 틀을 벗어났군. 각선 그 아이가 걱정할 만도도다. 그래서 이 노구를 움직인 것이긴 하지만⋯⋯.'

과하다.

미지의 인물은 법륜이 순식간에 금기를 풀어내며 주변을 잠식하는 상황에서도 끝내 모습을 보이지 않았다.

[아해야, 흥분은 그만 가라앉히고 대화나 좀 해보자꾸나.]

"대화?"

[그래, 대화. 입으로 하는 것. 거절하진 않겠지? 한 걸음 떼기

도 어려운 이 늙은이가 여기까지 왔는데.]

그 순간 법륜은 몸을 움직여 달려 나갔다.

이제 막 금강령주의 그물망에 한 사람이 걸려든 참이다.

"늙은이라……. 그런 것치곤 꽤나 정정해 보이오만?"

노인은 법륜이 자신을 향해 일직선으로 달려오자 미미하게
안색을 찌푸렸다.

'빠르군. 벌써?'

노인은 인정했다.

아직 미숙한 부분이 조금씩 보이지만 그는 완성을 향해 나
아가고 있었다. 앞으로 십 년, 그 정도의 시간이 흐르면 그는
천하제일에 근접한 사람이 되어 있을 게다.

'어쩌면 고금제일이 될지도 모르겠군.'

노인은 달려드는 법륜을 향해 손가락을 튕겼다.

완성에 이른 탄지공이 허공을 격하고 법륜의 미간을 향해
쏘아졌다.

'하지만 아직은 아니야.'

자신이었다면 주변부터 먼저 살폈을 것이다.

적이 누구인지, 또 그 숫자가 얼마나 되는지, 포위망은 구성
했는지 등등을. 하지만 법륜은 그를 발견하자마자 달려들기부
터 했다. 그것이 아직 강호의 삶에 미숙하다는 반증이다.

법륜은 미간을 노리고 쏘아진 탄지공을 가볍게 뛰어넘었다.
빠르기는 했지만 그뿐이다. 상대방을 죽여야겠다는 살의(殺意)는
보이지 않았다.

'시험하는가. 이 나를?'

법륜은 기가 찼다.

방금 뻗어낸 탄지공. 그것은 소림의 탄지공이 분명했다. 그 누구도 그에게 이런 장난을 할 수 없었다. 설령 소림의 방장이라 할지라도. 그는 마음속에 칼을 갈고 있었으니까.

가는 길이 다르다는 것은 그런 것이다. 과거의 인연이 어찌 되었건 자신을 적대한다면 냉정하게 쳐낼 수 있는 독심. 그는 지난 몇 달간 그 독심을 지켜왔다. 이제는 그가 지켜야 할 것이 생겼기에.

"좋구나!"

탄성이 터져 나오며 허리를 땅에 닿을 것처럼 구부린 노인이 보였다. 주름진 얼굴에 까칠하게 자른 머리카락, 손에 든 선장(禪杖)까지. 소림의 승려가 분명했다.

'누구지?'

기세 좋게 달려 나가던 법륜의 심중에 한줄기 의문이 피어올랐다. 소림에 적을 둔 이십 년 동안 저런 얼굴의 노승을 본 적이 없었다.

"이것도 한번 받아보거라!"

법륜이 코앞에 도달하자 노승은 손에 든 선장의 끝을 잡고 가볍게 휘둘렀다. 나무 막대를 가볍게 휘두르는데 바람이 횡횡 갈리는 소리가 났다. 공기가 갈리며 선장 끝에서 예기가 돌아났다.

'검기(劍氣)? 아니야. 뭔가 이상해.'

검기라면 법륜이 이렇게 심하게 긴장하진 않았으리라.

단순히 위에서 아래로 내리긋는 선장이 검도의 고수가 휘두른 절세의 보검같이 느껴졌다.

"타합!"

법륜은 합장하며 무공을 전개했다.

순식간에 불광(佛光)이 일며 방벽이 일어났다. 노승이 든 선장은 불광벽파를 두부 가르듯 너무도 쉽게 파고들었다. 여기까지는 그도 예상한 바다. 선장은 불광벽파를 가르고 다시 한번 위로 솟구쳤다. 선장이 법륜의 왼쪽 어깨를 노리고 날아들었다.

'좌 상방. 뒤로 이보(二步) 후 뚫는다.'

법륜의 합장한 손이 갈라지며 손에 머문 금기가 선장을 향해 쏜살같이 쏘아졌다. 제마장의 초식이 선장을 두들겼다. 아니, 그런 것처럼 보였다.

파아앙!

'갈라냈어?'

그 순간 노승이 든 선장이 다시 한번 그의 미간을 노리고 쏟아져 들어왔다. 노승은 지금까지는 그저 장난이었다는 듯 이전과는 비교도 안 될 속도로 선장을 박아 넣었다.

"크흡."

법륜은 다시 합장해 선장을 잡아챘다.

두 손에 낀 선장이 힘겹지만 조금씩 그의 미간을 향해 파고들었다. 노승은 이를 악물고 있는 법륜을 향해 장난스러운 미소를 지으며 물었다.

"어때, 직접 보니까?"

노승은 여전히 인자한 미소를 머금고 있었지만 법륜은 그의 얼굴이 마치 흉신악살처럼 보였다.

"어떠냐니까? 막기 힘들지?"

"흐읍!"

법륜은 금강령주에 잠들어 있던 기운에 부채질을 시작했다. 금기가 다시 한번 타올랐다. 양 손바닥으로 진기가 흘러들어가자 밝은 빛이 나며 선장을 밀어내기 시작했다.

"호오, 밀어내?"

법륜은 노승의 말에 대답하는 대신 발을 한번 휙 차올렸다. 창졸간에 뻗어낸 각법치곤 위력이 상당했는지 노승은 막아내기보다 뒤로 훌쩍 물러섰다. 법륜은 노승이 물러서자 되레 앞으로 따라붙었다.

"이놈이?"

법륜은 노승이 부리는 선장을 최대한 견제하기 위해 그가 선장을 들고 있던 오른팔을 먼저 공략했다.

터엉!

어깨에 금빛 기운이 서리며 그대로 몸을 부딪쳤다.

법륜의 무지막지한 천공고가 노승의 선장에 닿아 폭발했다.

우지직!

선장이 형편없이 갈라졌다. 노승은 부러진 선장을 보며 인상을 찌푸렸다. 하지만 언제까지 지켜보고만 있을 수는 없었다. 법륜이 다시 한번 어깨를 부딪쳐 왔기 때문이다. 노승은 뒤로 홀쩍 물러나 장력을 내뻗었다.

선장에 실린 예기만큼이나 날카로운 장력이었다. 법륜과 마찬가지로 금빛 기운이 가득 덮인 손바닥이 법륜의 어깨에 닿았다.

'물러난다.'

법륜은 노승의 손바닥이 어깨에 닿기 전 몸을 틀었다.

어깨를 틀어 뒤로 빼자 장력이 날카롭게 허공을 찢고 지나갔다. 법륜은 장력을 비켜낸 뒤 바로 공중으로 몸을 띄웠다.

'어깨, 그리고 연환(連環).'

공중에서 내리찍는 여러 번의 발길질에 노승의 표정이 순간적으로 여러 차례 바뀌었다.

터엉!

법륜은 의도한 대로 노승의 어깨를 발등으로 쳐냈지만 온전하게 원한 바를 이룰 수 없었다. 노승은 법륜의 각법에 당황하지 않고 철탑처럼 버티고 섰다. 한 차례 타격 음이 울려 퍼졌다. 두 번째 타격에 노승은 뒤로 물러서지 않고 무릎을 굽힌 뒤 뻗어낸 손을 회수해 그대로 법륜의 발을 움켜쥐었다.

"잡았다, 요놈!"

노승은 법륜의 발목을 움켜쥐자마자 그대로 땅에 꽂아버렸다.

"윽!"

법륜은 노승의 손에 붙잡힌 발목을 풀어내기 위해 안간힘을 썼다. 하지만 생각처럼 쉽게 빠지질 않았다. 발에 힘을 주면 줄수록 노승도 공력을 배가시켜 법륜이 빠져나가지 못하게 꽉 붙들었다.

"어떠냐? 생각지도 못한 방법이지?"

법륜은 노승의 말에 그저 그를 노려보기만 했다.

머릿속으로 여러 가지 방법이 떠올랐다가 사라졌다. 하지만 그 어떤 방법도 쉽사리 노승의 손을 풀어낼 수 있을 것 같지 않았다. 피를 보지 않고 끝내기엔 힘들어 보였다.

"끌끌, 고민이 많은 표정이군. 이놈을 어쩐다?"

'죽여야 하나.'

법륜은 그 순간 고민했다.

그가 비록 놀라운 무공을 보여주는 노승에게 순간적으로 밀리긴 했지만 이기지 못할 정도는 아니었다. 적어도 노승은 기련마신보다는 약했으니까. 벗어나는 방법은 생각보다 쉬웠다. 붙잡힌 발로 사멸각의 경력을 뿜어내면 된다. 그러면 노승의 얼굴이 갈가리 찢겨 나가리라. 자신을 지그시 바라보는 노승을 그저 죽이려고만 했다면……

'누워 있는 것은 당신이오.'

그가 망설인 이유는 노승이 승려였기 때문이다. 좋은 인연, 무허와 무정을 연상시키는 자글자글한 주름과 미소 때문이었다. 그래서 법륜은 살수를 전개하는 대신 질문을 던졌다. 그 안일함이 지금의 사태를 만들었다.

"당신은 대체 누구시오?"

"허허, 그저 대화를 좀 하려고 찾아온 늙은이일 뿐이야."

"그런 분이 다짜고짜 살수를 던지셨소? 승려라는 사람이?"

"살수? 게다가 승려? 끌끌, 재미있는 소리를 하는구나. 그게 네놈에게 살수였단 말이더냐? 그런 것치고는 아주 잘 피하던데? 그리고 네놈 한 꼴을 봐라. 네놈은 승려가 아니더냐?"

"허, 어처구니가 없군. 이보시오, 내가 마음먹기에 따라… 당신은 이 차디찬 땅에 몸을 뉘여야 할 수도 있소."

"그래? 그렇다면 어디 한번 해보아라."

노승의 자신만만한 표정에 법륜은 이를 악물었다.

적어도 소림과 태영사가 있는 이곳 숭산에서는 피를 보고 싶지 않았다.

"그보다 이름이나 좀 압시다. 대체 누구십니까?"

"이제 와서 그것이 궁금하더냐?"

노승은 여전히 재미있다는 얼굴로 법륜을 응시했다.

이 아이는 괴이했다. 그처럼 오랜 세월을 살지도 않았으면서 자신이 쌓아온 성벽을 허물 정도로 높은 무를 쌓았다. 그러나 무공과는 별개로 존장을 대하는 저 태도, 심히 거슬렸다.

'각선 그 아이가 불안함을 느낄 만해. 어디로 튈지 모르는 공 같은 녀석이로군.'

"내 이름은 공전이다."

"공… 전……?"

법륜으로선 처음 들어보는 이름이다.

"들어본 적이 없나? 무허 그 아이에게 배웠다 들었는데. 청출어람이라지만 높이도 올라왔다. 아직 이립이 되지 않았다 들었다만."

"공(空) 자 배분……."

"그래, 이놈아. 이제야 존장에 대한 예의가 좀 생기느냐?"

공전은 그 말을 끝으로 법륜을 구속하고 있던 발을 풀어버렸다. 불가사의한 일이다. 공 자 배분이면 나이가 백 살이 넘어간다. 백수가 넘은 노인이 저렇게 정정하게 살아 있다는 사실이 믿기지 않았다.

"내 잘 알고 있다. 네놈이 정말 죽기 살기로 달려들었다면 지금 땅에 누워 있는 것은 내가 되었겠지. 이 삐거덕거리는 늙은 몸도 이제 한계라서 말이야. 그보다… 손끝에 아직 인정(人情)을 버리지 않았구나. 착한 아이로다."

'착하다…….'

말도 안 되는 이야기다. 그는 무인이고, 결국에 그 끝은 살인마다. 승려의 신분으로 무인이 되었고, 그가 강해진 만큼 많은 사람을 죽였다. 착하다는 말에 법륜은 헛웃음을 흘렸다.

"뭐가 그리 우습더냐?"

"내 심성에 대해 그리 생각해 줄 줄 몰랐소. 무인이란 허울 좋은 이름을 쓰고 있지만… 결국에 우리는 살인자일 뿐이지 않소? 방금 전까지만 해도 나는 살심을 품었소."

"끌끌, 그런 생각을 하고 있었더냐? 뭐, 네 말도 맞다. 무인이라는 탈을 쓴 살인마들인 건 부정할 수 없는 사실이지. 승려로서는… 아주 참담한 일이지. 허나 그게 뭐 어때서?"

"그게 어때서라뇨?"

"이 나이까지 살다 보면 말이다, 아주 많은 것을 보고 느낄 수 있지. 삶과 죽음에 관한 것도 마찬가지다. 죽어 마땅한 자가 있다면 죽어야지. 살아야 할 자가 죽을 위기에 처했으면 살려야 하고. 그게 내 지론이다.”

“말도 안 되는 헛소리 작작 하시오.”

공전은 법륜의 헛소리라는 말에 심적으로 동의했다.

평소에 그런 지론을 가지고 살긴 하지만, 그 역시 말도 안 되는 일이라 생각하기 때문이다. 그 또한 소림의 승려로 강호를 종횡한 경험이 있지만 무턱대고 살수를 뿌리고 다닌 적은 없었다.

“그래, 헛소리지. 하지만 그런 헛소리라도 안 한다면 이 미친 세상을 어찌 살아가나?”

“미친 세상이라……”

“각선 그 아이가 걱정이 많더군. 구양세가에 있던 일은 그 아이에게 들었다. 복잡한 일이더구나. 더군다나 집안일이니 그쪽 아해들도 쉽사리 물러서지 않겠지. 각선 그 아이는 이번 일에 네가 최소한으로만 개입하기를 바라고 있어. 그리해 줄 수 있겠느냐?”

“그게 무슨 의미요?”

“허허, 이놈의 버르장머리하고는. 말 그대로다. 구양세가에 마인이 있고 없고를 떠나서 네가 그곳에 개입한다는 것 자체가 월권이란 말이다. 더군다나 구파와 세가의 이목이 전부 소림에 쏠려 있는 이때에 네 행동은 자칫하면 풍파를 일으킬 수도 있어.”

법륜은 잠시 고민했다.

이제는 상관없는 일. 그와 소림은 이제 별개다. 구파가 찾아 온다면 구파를 상대로 살수를 뿌릴 것이고, 세가가 찾아온다 면 찾아가 박살 내면 그만이다. 그에겐 그만한 힘이 있었다. 거 기다 태영사의 무인들까지 하나둘 자리를 잡아가는 이 시점에 서 공전의 협박은 그리 크게 와닿지 않았다.

"풍파라……. 그런 것은 상관없소. 그리고 월권이 아니오."

"월권이 아니다?"

"부탁을 받았소. 구양세가의 여식에게."

"허, 구양세가의 여식이라……."

공전은 법륜의 말에 고개를 끄덕였다. 그렇다면 최소한의 명 분은 가지고 있는 셈이다.

"그 아이에게 어떤 부탁을 받았느냐?"

"구양세가의 태상가주를 구해달라고 하더이다. 그는 지금 사경을 헤매고 있는 것 같았소. 손자의 마수에 당한 듯싶은 데……."

"패륜이군. 강호의 도의가 땅에 떨어졌어. 손자가 조부를 상 하게 했다……."

"맞소."

법륜이 고개를 끄덕이자 공전도 심각한 얼굴로 그를 마주했 다.

"그럼 최소한의 명분은 선 셈이로군. 그래서 어디까지 손을 쓸 작정이냐?"

"그것은 나도 아직 모르겠소이다. 그저 물 흐르듯 순리대로 흘러갔으면 하지만… 그것이 쉽지는 않을 것 같소. 그는 나에게 원한이 있으니. 아마… 둘 중 하나는 죽어야 끝날 것 같소이다."

공전은 원한이라는 말에 민감하게 반응했다.

"원한이라……. 너와 그 마인 사이의 원한이더냐?"

"그렇소."

"참으로 어려운 일이구나. 누군가는 죽어야 끝이 나는 싸움이라니. 천의(天意)란 알 수 없는 것이로구나. 이 나이까지 세상을 살았어도 전부를 알지는 못하지. 하늘의 뜻이야 어떻든 남는 것은 사람뿐이로구나. 결국… 사람과 사람 사이의 욕심과 아집만 남는 고약한 일이로다."

"나는 그렇게 생각지 않소."

법륜이 고개를 젓자 공전은 멀끔한 하늘을 올려다봤다.

"어찌 그리 확신하느냐?"

"나는… 소림에서 나고 자랐소. 그리고 지금은 소림과 다른 길을 걷고 있소이다. 소림이라는 큰 틀에서 벗어나니 많은 것이 달라졌소. 사물을 바라보는 눈도, 듣는 귀도, 그리고 입속의 혀도 변하더이다."

"그것이 욕심, 아집과 무슨 관계더냐?"

공전은 알 수 없다는 얼굴로 법륜에게 되물었다. 법륜은 멋쩍은 표정으로 답했다.

"세상에 태어나서 처음으로 술이란 것을 마셔보았소이다. 소림의 제자였다면 상상도 할 수 없는 일이지요. 벽 하나를 허물고 나니 보이더이다. 내 마음속에서 꿈틀거리고 있는 욕망이라는 것이. 사람이라면 당연히 욕심이 있는 법이고 원하는 것이 생기는 법이오."

"흐음, 그것을 내가 모를 것 같더냐? 내 말은 그 뜻이 아니다. 서로 욕심을 조금만 줄이면 더 살기 좋은 세상이 온다. 그럼에도 인간은 그렇게 하질 않아. 아홉 개 가진 놈이 하나 가진 놈의 것을 빼앗아 열 개를 만들고 싶어 하는 것과 같은 이치란 말이다."

"그것을 왜 강제하려 하십니까? 그저 흐르는 대로 내버려 두면 될 일을."

"그러는 너는 어째서 풍파를 만들려 하느냐? 무인들을 규합해 무력을 키우고 분란을 만들고. 순리대로 흘러가야 한다면 네가 하고 있는 일은 모두 삿된 것이 되질 않느냐?"

법륜은 더 이상의 대화는 무용(無用)하다는 것을 깨달았다. 백 년이 넘는 시간을 소림의 가르침만을 따른 이 노승은 고집불통이다. 말이 통하지 않으니 더 이상의 설전은 무의미했다.

"순리대로 흐르게 하려면 내버려 두라? 힘없는 자가 억울한 일을 당하고도 이유 없이 쫓겨야 하는 세상에서 가만히 지켜보는 것이 순리란 말이오?"

"그런 뜻이 아니다. 그 순리를 풀어가기 위해 고통받을 사람들을 생각하란 뜻이다."

"그게 바로 헛소리라는 겁니다. 그렇다면 고통받는 이들을 생각해서 이쪽이 가진 모든 원한을 포기하란 말이오? 그쪽 목숨은 중하고 이쪽은 가볍단 말입니까? 그러면 애초에 원한을 쌓을 짓을 하지 말아야지."

"으음……."

공전은 무언가 더 말하고 싶은 표정이었으나 법륜은 매몰차게 몰아붙였다.

"소림이라는 옷을 벗으니 분명히 보이는 게 있소. 소림은 가진 자요. 그것도 아주 많이. 아무리 좋은 행동과 말로 포장해도… 가지지 못한 자를 이해하기는 힘들겠지. 그만 돌아가시오. 오늘 있었던 일은… 그대로 잊겠소."

법륜은 심각하게 굳은 공전을 지나쳤다.

"그만. 그 발언, 좌시할 수 없다. 정녕 그리 생각하더냐? 소림이 제멋대로 행동한다고? 네놈이 그러고도 소림의 가르침을 받았단 말이더냐?"

"허, 그럼 아니란 말이오?"

공전은 참을 수 없는 모욕감을 느꼈다.

백 년이 넘는 시간을 참선(參禪)하며 살아온 공전이다. 그 시간 속에서 소림은 언제나 정의였으며 삶의 이정표였다. 그는 지금 그의 인생 전체를 부정당한 것이나 다름없었다.

"무례하구나. 열 번, 스무 번 생각하고 말을 내뱉어라. 그래야 살아나갈 수 있을 것이다."

공전은 조금 전까지 약한 모습을 보이던 것과 달리 강맹한 기운을 끌어 올리며 출수할 준비를 마쳤다. 법륜은 그 모습을 보며 속으로 혀를 찼다.

"그런 모습을 보인다는 것 자체가 내가 한 말을 스스로 증명하는 꼴 아니오? 우습구려. 백 년이나 수행했다는 사람이 보이는 모습이라기엔. 그렇지 않은가, 장산?"

법륜은 미소를 지으며 수풀 한편을 바라보았다.

법륜이 장산의 이름을 언급하자 사방에서 여러 명의 신형이 모습을 드러냈다.

"맞습니다, 사주."

장산은 아까 전 법륜의 명에 의해 자리를 피하면서 무슨 일이 벌어지고 있는지 생각했다. 하지만 생각할 필요조차 없었다. 막대한 양의 기운 두 개가 금세 넘실거렸으니까. 그래서 곧장 방향을 틀어 태영사로 돌아가 남아 있는 인원을 죄다 끌고 왔다.

"이 종자들을 믿는 것이라면 잘못 생각했다. 내가 정녕 몰랐다고 생각하느냐? 끼어들어 봐야 아무런 소용이 없기에 그냥 두었거늘!"

"노인장의 그 말도 분명 맞소."

장산이 수풀에서 걸음을 옮겼다.

"우리는 당신에게 상대가 안 되겠지. 허나 그 일수, 쳐내고 싶다면 얼마든지 쳐내시오."

"허, 노인장? 하라면 못 할 줄 아느냐?"

공전은 금방이라도 손을 내뻗을 것처럼 손을 들어 올렸으나 끝내 출수하지는 못했다.

'무슨… 눈빛이……'

공전은 장산의 눈빛에서 무한한 신뢰와 믿음을 볼 수 있었다. 무엇이었을까. 그의 눈빛에서 느낀 그 굳건한 믿음은. 제주인을 향한 믿음인지, 그게 아니라면 자기 자신에 대해서 오는 믿음인지 알 수 없었다.

"행여 저 망아지 같은 놈을 믿는 것이라면 내 분명히 말해두겠다. 건방 떨지 말고 뒤로 빠져라. 내 저놈에게 볼일이 있으니."

"잘못 알았군, 노인장. 나는 주군을 믿는 것이 아니올시다. 나 자신을 믿지. 그리고 내 동료들을 믿고. 어떨 것 같으시오?"

"무엇을 묻는 게냐?"

"이쪽 열, 그리고 당신 하나."

공전은 눈살을 찌푸리며 대꾸했다.

"그게 무슨 뜻이냐?"

"이쪽 목숨 열에 노인장 목 하나. 어떻소? 시험해 보겠소?"

공전은 장산의 말에 광소를 터뜨렸다.

무슨 이야기를 하나 했더니 들어주기 힘들 정도로 유치한 이야기였다. 목숨 열? 저깟 놈들을 상대하는 데 열 명밖에 못 죽인다면 공전이라는 이름이 아까웠다. 게다가 법륜이란 아해는 장산이란 놈과 눈빛을 주고받더니 고개를 끄덕이곤 그대로 물러났다.

장산은 광소를 터뜨리는 공전을 보며 비릿하게 웃었다.

"왜, 못할 것 같나?"

"못할 것 같은데? 고작 그 정도 경지로 어디에 비벼볼 셈인가?"

"아주 간단해. 우리는 당신과 싸우기로 결정되면 이 자리에서 도주할 거다. 그러곤 한 사람씩 당신을 기습할 거다. 전력을 다해서."

"열 명의 목숨을 걸겠다더니 생각하는 꼴하고는. 고작 그게 다인가?"

공전은 자신만만하게 웃는 장산을 향해 한 걸음을 내디뎠다. 고작 한 걸음이었지만 첨예하게 일어선 기운이 장산의 전신을 노리고 쏘아졌다. 공전의 발끝에 걸린 장산은 막강한 내력에 속이 진탕되었지만 꾹 참아냈다. 공전이 목숨을 핍박하자 자연스레 말이 거칠게 나왔다.

"그래, 그게 전부다. 하지만 당신 말대로 그리 호락호락할까?"

"……."

"당신은 늙었어. 나이가 몇인지 관심도 없지만 그 구부러진 허리를 얼마나 유지할 수 있을까? 이쪽의 열 명은 특급 살수 이상이야. 싸움을 시작하겠다면… 우리는 사냥을 시작할 거야. 궁금하다면 시험해 봐도 좋겠지."

"살수? 암습을 하겠다는 말이더냐?"

공전은 그대로 법륜을 노려봤다.

소림의 제자가 암살자를 양성하다니, 있을 수 없는 일이었다. 그는 오늘 많이 실망했다. 망둥이 같은 소림의 제자에게 한 번, 그리고 저 산에서 자신을 움직이게 만든 방장을 향해 또 한 번.

"대답하라. 저 말이 참이냐?"

법륜은 대답 대신 어깨를 으쓱였다.

"나는 대답할 의무가 없소."

"이놈!"

공전은 전력을 다해 몸을 날렸다.

진기와 호흡이 흔들리는 것이 분명하게 보였다.

'수행을 헛것으로 했군.'

물론 그가 상관할 바는 아니다. 하지만 안타까운 마음을 금할 수 없었다. 어찌 되었든 같은 사문에 있던 어른이다. 후배를 바른길로 이끌어야 할 이가 저런 모습이라니, 아마 소림에 계속 몸담고 있었다면 몰랐을 일일 게 분명했다.

'정저지와. 또 한 번 깨닫게 되는구나.'

그리고 그것과는 별개로 법륜은 더 이상 공전을 배려해야 할 이유를 찾을 수 없었다. 안하무인도 이 정도면 충분히 참아 줬다. 그는 어찌 되었든 한 문파의 주인. 결코 이런 대우를 받을 이유가 없었다. 소림의 방장도 그것을 알기에 법륜을 예우하지 않았던가.

"노선배, 나를 원망하지 마시오."

그렇기에 법륜은 최선을 다했다.

방금 전처럼 손에 사정을 두는 것이 아니라 전력을 다했다.

'빠르게 끝낸다. 너무 지체했어.'

법륜이 최선을 다하면 공전은 분명 막을 수 없을 것이다.

아니, 막을 수만 있을 것이다. 법륜은 확신했다. 공전이 이룬 경지가 신안을 통해 한눈에 들어왔으니까.

'간다.'

다시 한번 금강령주의 진기를 피워 올렸다.

진기가 폭발할 듯 넘실거리자 법륜은 방금 전까지 사용하기를 꺼린 무공들을 하나씩 꺼내기 시작했다. 일격은 진공파였다.

퍼엉!

첫 번째는 경고였다. 목숨이 아깝다면 물러서라. 진공파가 이런 무공이니 나서다 죽지 말란 뜻이다.

퍼어엉!

두 번째 진공파는 조금 더 강력했다. 전진을 택했으니 이제부터 봐줄 생각은 없다. 알아서 살길을 찾으란 뜻이다. 살고자 하면 뒤로 물러서고, 죽고자 하면 앞으로 나서라. 법륜의 경고에도 공전은 끝끝내 마지막 한 걸음을 내디뎠다.

퍼어어엉!

세 번에 걸친 진공파가 공전의 앞에서 터지자 공전은 달려오던 걸음을 멈추고 호신강기를 극한으로 끌어 올렸다. 세찬 바람이 얼굴을 때리고 흘러갔다. 이건 진짜였다. 분명 죽이기 위해 펼친 무공이었다.

공전은 등골이 서늘했다.

'얼마나… 남았지?'

공전은 법륜과의 거리를 눈으로 재며 보폭을 조절했다.

남아 있는 거리는 자신의 보폭으로 이십여 보. 십 장도 안 되는 짧은 거리다. 마음만 먹으면 일각 동안 수천 번도 더 움직일 수 있는 거리였지만 공전은 쉽사리 걸음을 내딛지 못했다.

'잘못하면… 진짜로 죽는다.'

언제였는지 기억도 나질 않았다. 수행에 집중하면서 세월을 잊고 산 지 오래이다. 자신의 나이가 백수(白壽)를 넘어선 것도 각선이 찾아오면서 알았다.

'그래서… 여한 같은 것은 없을 줄 알았는데……'

너무 얕은 생각이었다. 그는 코앞까지 다가온 죽음 앞에서 망설였다. 공전은 지나간 백 년이 무슨 의미였는지 돌이켜 봤다.

'나는 과연 충실히 수행했는가?'

답은 아니었다. 그의 마음속은 미혹(迷惑)으로 가득 차 있었다. 자신이 한 것은 진짜 수행이 아니라 흉내였다. 그 흉내로 지금까지 질긴 목숨을 부지하고 살았으니 여한 따위는 없어야 하는데 아쉬움과 미련만이 잔뜩 남았다.

'나조차 나에게 솔직하지 못했구나. 강호의 안녕과 평온이라는 말로 나를 속이고 있었어.'

자기 자신을 되돌아보자 법륜에게 한 말이 얼마나 아집에 휩싸인 말인지 느껴졌다. 부끄러움에 고개가 절로 숙여졌다.

'고작 이 정도라니. 차라리 그 시간 동안 농군(農軍)이 되었다면 더 많은 사람에게 도움이 되었으리라.'

"망설여지시오?"

법륜은 한마디 말로 공전을 일깨웠다.

공전은 법륜의 한마디에 금세 현실로 돌아왔다. 하지만 깨달은 바가 있어서인지 법륜의 음성이 아까처럼 고깝게 들리지는 않았다.

"그 말, 무슨 뜻이냐?"

"그 말 그대로요. 표정을 보아하니 깨달음이라도 있었나 보오?"

"깨달음이라……. 그리 거창한 것은 아니다. 단지… 부끄러웠을 따름이다."

"부끄러웠다?"

"네가 하고자 하는 말의 진의(眞儀)를 알았으니 어찌 부끄럽지 않을까. 다만… 이것은 다른 문제다. 소림의 제자가 살수를 양성하다니."

법륜은 그 말에 크게 웃음을 터뜨렸다.

진의를 알았고 부끄럽다고 발언한 사람이 어찌하여 자꾸 소림의 이름을 들먹이는지.

"하하!"

"뭐가 그리 우습더냐?"

"어찌 웃지 않을 수 있겠소. 나는… 파문제자요. 의도한 바는 아니지만… 결과적으로 그리되었으니 되돌릴 방법도, 그리고 의지도 내겐 없소. 그리고 살수? 저들이 어찌 살수요?"

"갈! 저기 저놈이 본인의 입으로 특급 살수 이상이라 말했으니 어찌 그리 생각지 않을까!"

"그래서 보았소? 저들이 암살을 저지르는 걸? 내 눈엔 그저 살기 위해, 부당함을 이 세상에 알리기 위해 검을 든 한 사람의 무인으로 보이오만?"

공전은 그게 아니라며 답답하다는 듯 가슴을 탕탕 쳤다.

"그래서? 장담할 수 있느냐? 저놈들을 세상에 풀어놓고 과연 살겁을 저지르는지 아닌지 네놈이 확신할 수 있느냔 말이다!"

"그건 걱정하지 마시오, 노인장."

옆에서 언제라도 검을 쳐낼 수 있게 준비하고 있던 장산이 앞으로 나섰다.

"우리는 태영사 소속이오. 그리고 사주는 비록 소림의 파문 제자 출신이나 인의(仁義)와 협의(俠義)를 아는 분이오. 우리는 사주의 명 없이는 결코 움직이지 않소. 만약 그런 일이 발생한다면… 내 목을 드리지."

목숨을 언급하는 장산의 표정은 결연했다.

한 치의 부끄러움도 없다는 듯 당당하게 선언했다. 공전은 황량한 산속에서 바람이 부는 것을 느꼈다. 새로운 바람이다.

'나는, 우리 소림은 고인 물이었구나. 모두 저 아해로부터 시작된 바람이다.'

이 새롭고 젊은 바람은 변화를 불러올 것이다. 그는 그렇게 확신했다. 마음속에서 변덕이 죽 끓듯 요동쳤지만 그는 이 젊은 바람이 불러올 변화를 보고 싶었다. 공전은 목젖까지 차오른 말을 끝내 삼켜냈다.

"그 말, 지킬 수 있겠느냐?"

*　　　　　*　　　　　*

"정말 괜찮을까요?"

문우는 앞서 걷고 있는 법륜을 힐끗 바라본 뒤 옆에서 걷고 있는 이철경을 향해 조심스럽게 물었다.

"괜찮을 거다. 확실히. 걱정하지 않아도 돼."

이철경은 불안해하는 문우를 진정시켰다. 그 또한 처음엔 불안한 마음이 없지 않아 있었지만 곧 마음을 안정시킬 수 있었다. 법륜과 장산 덕이다.

두 사람은 무슨 일이 있었냐는 듯 태연했다. 산을 내려오면서 겪은 일에 대해 두 사람에게 듣기는 했지만 태연한 신색을 보니 걱정하지 않아도 될 것 같았다. 법륜과 장산은 그렇게 허술한 인물이 아니니까.

그럼에도 문우는 아직 무언가 불안한 듯 끊임없이 질문을 해댔다.

"하지만 소림이잖아요? 소림이 이렇게 물러서다니… 이해가 되질 않아요. 벌써 사흘이 넘어갔다고요. 그리고 벌써 섬서에 근접했잖아요. 엄청난 속도예요."

"무엇이 그렇게 납득하기 어려운 것이냐?"

"저 좀 보세요. 이미 녹초가 다 되었습니다. 이대로 적이 들이닥치면 칼 한 번 휘둘러 보지 못하고 죽을 게 뻔하다고요."

문우의 말대로 굉장히 빠른 속도였다. 하남에서 섬서까지 성 하나를 가로지르는 데 사흘밖에 안 걸렸다. 큰 싸움을 앞두고 법륜을 제외한 모두가 녹초가 되었지만 문우를 제외하곤 아무도 걱정하지 않았다.

'사주께서 알아서 하실 테지.'

이철경은 그렇게 생각하며 자상한 눈으로 문우를 돌아봤다. 그 눈에는 애틋함과 안타까움이 동시에 담겨 있었다. 이철경이 문우를 특별히 살피는 이유는 나이 차이 때문이다. 정확히는 가문이 온전했을 때 자신에게 매달리던 어린 남동생 때문이다.

"이번에 삼재검을 배웠어요."
"둔형보는 생각보다 어려워서 잘 안 돼요. 형님이 알려줘요."

이철경의 귓가로 동생의 목소리가 스쳐 지나갔다.
제검십주에 쫓기며 잊었다고 생각한 기억인데 문우를 볼 때마다 그 아이가 자꾸만 떠올랐다. 그래서일지도 모른다. 그가 문우를 특별히 귀여워하고 아끼는 이유가.
"소림은 정파의 태두라면서요. 강호에 분란이 생기면 명숙들이 가장 먼저 찾는 곳도 소림이구요. 그런데……."
"이렇게 쉽게 넘어가서 납득이 되질 않니?"
"네."
이철경은 어떻게 설명하면 좋을지 고민했다.
열 살 넘게 차이 나는 나이는 이럴 때면 벽으로 다가왔다. 연배 차이가 많이 나지는 않아도 이럴 때면 문우의 나이가 확실히 어림이 느껴졌다.
"음, 쉽게 설명하기가 어려운 일이구나. 단지… 이렇게 한번 생각해 보렴. 소림의 고승이란 사람이 사주를 보며 느꼈을 자괴감 같은 것 말이다. 그리고 네 말대로 지금 우리의 이동속도는 굉장히 빨라. 꼬리가 붙는다 해도 쉽게 잡히지 않을 게다."
"자괴감이요?"

문우는 이철경의 말에 집중했다.

자괴감. 짧은 인생을 살면서 몇 번 느껴본 감정이다. 쫓기고 또 쫓기는 삶의 연속. 나이도 어렸고 모두가 그를 어린애 취급했지만 그도 강호의 쓴맛을 본 무인이었다.

"그래. 장 대형한테 듣기로 공전이란 분이 마지막 순간에 망설였다고 하지 않았니?"

"네, 분명히 그런 것 같다고 하셨어요."

"내 생각엔 말이다. 사주께서 소림의 고승이 갖지 못한 것을 갖고 계셨기 때문이 아닐까 싶다."

"갖지 못한 것이요? 그게 뭔데요?"

이철경이 막 입을 열려는 순간, 대답이 앞서 걷고 있던 장산에게서 튀어나왔다.

"자유."

"자유… 요?"

문우는 초롱초롱한 눈으로 장산의 옆으로 달라붙었다.

"소림이 가졌으되 가지지 못한 것. 거대 세력이며 정도의 태산이기 때문에 가질 수밖에 없는 약점. 그것이 자유다."

문우는 여전히 이해가 되질 않는다는 얼굴로 이철경을 돌아봤다. 이철경도 본인이 생각한 답을 말하려던 찰나였으니 둘 모두에게 답을 구하면 더 정확한 판단을 할 수 있을 것이라 생각해서였다.

"맞다. 자유. 내 생각도 그래."

장산이 덧붙였다.

"사주는 자유롭다. 자유롭게 행함에 있어도 협의의 도를 벗어나지 않으니 소림은 물고 늘어질 것이 없지."

"그게… 소림이 저희를 추격하지 않는 이유와 무슨 연관이 있는 거죠?"

"소림은 이해관계가 넓다. 수행을 목적으로 삼는 승려들이 대부분이라고는 하나… 여기저기 발을 안 걸친 곳이 없지. 구파일방과 팔대세가, 그리고 속가로 있는 중소 방파들 또한 소림에 연줄을 대고 싶어 안달이 나 있지. 소림은… 어지간한 요청은 거절할 수 없다."

"아, 그건 저도 알아요. 그렇게 되면 더 이상 정도 무림의 정신적 지주가 될 수 없기 때문이지요?"

"정확하다. 그래서 소림은 항상 양보하고 물러선다. 반대로 그 양보가 통하지 않을 경우엔 강력하게 억압하기도 하지. 그리고 그것들이 쌓여 소림의 힘이 된다. 직접적인 무력보다도 더 큰 힘이지. 아무도 소림과 싸우고 싶어 하지 않는다."

"그럼 그 공전이란 고승분이 물러나신 것도……."

"감추어진 속내야 어찌 알 수 있겠느냐만… 그렇지 않을까 짐작만 할 뿐이지. 공전이라는 그 노승은 어떨지 몰라도… 지금의 소림은 사주와의 싸움을 원하지 않는다. 그건 확실해."

"그게 사주께서 자유롭기 때문인가요?"

"그래, 십대마존이 발호하면서 소림은 지금껏 손해를 감수해 왔다. 모두가 소림이 예전 같지 않다 말하지. 그 구설수를 단번에 잠재운 것이 사주다. 어찌 싸움을 걸까."

앞서 걷던 법륜은 일행이 두런두런 나누는 이야기에 귀를 쫑긋 세웠다. 사흘 전, 법륜 일행은 공전을 뒤로한 채 산을 내려왔다. 그의 마지막 물음은 법륜에게 묻는 마지막 질문이었다.

"정녕 확신할 수 있느냐?"

법륜은 당연하게도 그렇다고 답했다.

그가 확신할 수 없다면 누가 이들을 보증한단 말인가. 법륜은 그날 자신의 이름을 걸었다. 그리고 공전은 그대로 물러났다. 하지만 그건 겉으로 보았을 때의 이야기다. 공전은 물러나며 법륜에게 다시 한번 전음을 남겼다.

[구양세가의 일은 그 여식에게 도움을 요청받았다고 하니 넘어가겠다. 하지만 그 이후의 일은 다름이야. 내 언제나 널 주시하겠다. 그리고… 여기 숭산에 남아 있는 이들이 네 행동의 족쇄가 될 것임을 명심하라.]

법륜이 허튼 행동을 하면 태영사의 야차들을 인질로 잡겠다는 뜻이다. 하지만 걱정하진 않았다. 결단코 그런 일은 없을 테니까.

'대신… 그대들도 각오는 좀 해야 할 거요.'

법륜은 다시 한번 각오를 다졌다.

소림은 변해야 한다. 이미 다른 길을 가고 있지만 그의 마음속 소림은 특별한 곳이었다. 그는 언젠가부터 떠올리지 않으려고 노력한 사조의 얼굴을 그려보았다. 사조의 얼굴은 언제나 같았다. 문득 소림의 방장 각선이 한 말이 떠올랐다.

'진리의 수레바퀴를 다듬는 구도자.'

무허가 법륜을 보며 남겼다는 말이다. 그 말에 법륜은 자신도 모르게 얼굴을 찌푸렸다. 의문이 들었다. 사조가 자신에게 베푼 것만큼 자신은 진리에 가까워져 있는가.

'아니, 오히려 반대가 될지도 모르겠군.'

사조는 자신이 불도의 역사에 한 획을 긋기를 원했는지 모르겠지만, 자신은 그 반대의 길을 가고 있었다. 오로지 무공. 무공으로 일어섰고 언젠가는 무공으로 스러지리라. 그게 법륜이라는 이름을 대변하는 모든 것이었고, 자신 또한 바라는 바였다.

'이제는 다 털어버려야지.'

몇 번이고 망설인 일. 그는 이제 더 이상 소림의 제자도 아니었고, 행동을 함에 있어서 제약받는 것도 없었다. 가슴 한편에 자리 잡은 돌덩어리가 떨어진 듯 홀가분했다. 어째서 지금일까.

'변화의 바람이 불고 있는지도 모르겠다.'

공전 또한 그것을 느꼈을 테지. 그래서 물러났을 게다. 자신이 지닌 신념과 고집으로는 더 이상 그 변화를 막을 수 없기에. 무허의 얼굴이 흐릿했다. 흐릿해져 가는 그의 얼굴은 지금도 웃고 있었다.

　　　　　*　　　　　　*　　　　　　*

"준비는 다 끝나셨습니까?"

홍균은 멀찍이서 불안한 얼굴로 구양백을 힐끔거리는 무인들을 뒤로한 채 물었다. 가문의 비지 주변에 화약을 매설하고 믿음직하고 충직한 놈들로만 골라 포위망을 구성했다. 그럼에도 그들의 눈에는 옅은 불안감이 깔려 있었다.

"왔는가."

구양백은 덤덤한 얼굴로 홍균을 맞이했다.

그 또한 사흘간 화약을 매설하고 주변을 정리하며 시간을 보냈다. 가장 먼저 떨어진 실전 감각을 되살리는 데 주력했다. 그리고도 확신이 서질 않아 다음에 다음을 또 준비했다. 그럼에도 그의 불안감은 줄어들지 않았다.

'그래, 그 아이가 남았구나.'

눈에 넣어도 아프지 않을 손녀.

무언가 자꾸만 놓치고 있다는 생각이 들었는데 손녀 구양연이 남아 있었다. 조금이라도 더 시간을 내어 그 아이와 함께할 것을. 구양백은 후회했다. 눈앞의 징치에만 온 신경을 쏟은 결과였다.

"태상?"

"아, 그래, 홍 대주. 이쪽은 다 끝났어. 할 수 있는 것은 다 준비했다. 그대는?"

"이쪽도 마찬가집니다. 허나… 이 정도로 모든 것이 끝날 것 같다는 생각은 들지 않는군요."

"자네도 그리 생각하는가?"

"물론입니다. 지금 꼴을 보십시오. 이 상황을 보고도 깨닫는 바가 없다면 화륜대주의 자리는 다른 이에게 넘겨야겠지요."

"그래, 맞다. 그 아이 뒤에는 그 녀석이 있네. 그 녀석 뒤에 붙은 아이들이 하나도 보이질 않아. 아마 침묵하던지… 아니면 양패구상을 노릴 수도 있겠지."

홍균은 그 말에 무력함을 통감했다.

초절정에 오르고 많은 것을 할 수 있을 것이라 생각했는데 생각보다 그가 할 수 있는 일은 적었다.

"구양정균……."

"그래, 망할 내 동생 놈. 말년에 무슨 욕심이 그리 생긴 겐지. 쯧쯧."

모든 일의 원흉.

만약 비화군 구양정균이 나서지 않았다면 일이 이렇게까지 꼬이진 않았을 것이다. 자신 또한 손자에 대한 삐뚤어진 애정으로 작금의 사태를 야기하는 데 크게 일조하긴 했지만 구양정균의 행태는 그 이상이었다.

'가문을 배신한 것이나 다름없다.'

빈객원을 이끄는 구양정균이 구양백의 뒤통수를 때렸다. 그것도 아주 거하게. 구양선이 구양금을 참살하는 패륜을 저지르고도 세가 내에 무사히 암약할 수 있는 이유. 구양세가의 전력 중 가장 많은 비중을 차지하는 빈객원과 장로원이 가주인 구양금에게서 등을 돌렸기 때문이다.

홍균은 구양백의 굳게 다문 입을 보며 고개를 저었다.

구양정균과 빈객원, 그리고 세가의 주력인 오륜대와 마인 구양선까지. 맞서기엔 조족지혈이다.

'좋지 않구나. 잘못하면 오늘 뼈를 묻겠어. 후회는 없다만…….'

아쉬웠다. 모두에게 우러름을 받는 무인이 되고 싶었다. 조금 더 당당하게 강호를 질타했다면 어땠을까. 만약 화륜대주 홍균이 아니라 무인 홍균이었다면 그의 인생은 어떻게 달라졌을까.

바람이 불었다. 세찬 바람이 불어와 그의 얼굴을 때렸다.

한 사람이 생각났다.

'바람 같은 사람이었지.'

기존의 격식 따위는 한낱 구시대의 유물과 같이 생각하는 사람. 그가 평생을 살면서 본 사람 중 파격(破格)이라는 말이 가장 잘 어울리는 사람이었다.

'한 가지 더 아쉬운 건… 그 녀석을 한 번 더 보고 싶었는데.'

정확히는 그와 한 번 더 신명 나게 어우러져 보고 싶었다. 이미 강호에 그 이름이 드높은 인사. 법륜이라는 이름보다 신승(神僧)이라는 별호로 더 많이 회자되는 인물. 그 기회가 그에게 한 번 더 주어질지, 아니면 이대로 이 땅에 뼈를 묻을지는 미지수였다.

"준비하라."

구양백의 명령이 떨어졌다.

이제는 싸움을 시작해야 할 때였다.

쿠와아아아아앙―!

구양백과 홍균은 무인들을 뒤로 물린 채 굳은 얼굴로 화약
이 터져 나가는 모습을 지켜봤다. 가문의 비지는 구양세가의
시작이나 마찬가지인 곳이다. 구양세가의 근원이나 마찬가지인
남환신공이 창안된 곳. 그곳이 지금 새까만 불길에 휩싸여 불
타고 있었다.

"발검(拔劍)!"

홍균이 크게 외치자 십여 명의 무인들이 칼을 빼들었다. 그
들의 표정은 배수진을 친 장수의 얼굴과 같았다.

"오늘 우리는 이 자리에서 죽는다! 하지만 아쉬워하지 마라!
우리의 죽음 뒤에 모두가 우러러볼 것이다! 협의지도를 행하다
장렬하게 산화한 협사의 죽음을!"

"네!"

모두가 한마음이 되어 외치자 홍균은 만족했다는 듯 자신의
검을 빼들었다. 긴장감에 손바닥이 축축하게 젖었다.

"태상!"

구양백이 무겁게 고개를 끄덕였다.

"진입한다!"

구양백이 선두에 서자 홍균이 구양백을 호위하듯 따라붙었
다. 구양백은 거침없이 전진했다. 가문의 비지에 관해 지금 이
자리에서 그보다 잘 아는 사람은 없다. 기관과 진법도 화약의
폭발에 의해 깨어졌으니 거칠 것이 없었다.

"전방은 나와 홍 대주가 맞는다. 후미는 만일의 사태에 대비하라. 절대 긴장감을 늦추지 마라. 그리고… 우리는 살아나간다."

구양백은 남환신공을 일으키며 한 걸음, 한 걸음 나아갔다. 그때 갑자기 좁다란 통로에 열풍(熱風)이 들이닥쳤다. 열풍의 근원은 통로의 끝이었다.

"지독하군."

홍균은 입매를 비틀었다.

멀리 떨어져 있음에도 살이 익는 것 같은 느낌이 들었다. 더 기분 나쁜 것은 진득하게 깔려 있는 살기였다. 홍균은 끈적끈적하게 들러붙는 살기를 몰아내기 위해 진기를 순환시켰다.

'여기에도 있었어. 그 녀석만큼은 아니지만 이놈도 굉장하다.'

자신이 느끼는 것이 사막 한가운데에서 느끼는 후끈함이라면 뒤에 있는 녀석들은 말할 것도 없었다.

"태상, 버티지 못할 겁니다. 뒤로 물리시죠."

"그래야겠군."

구양백은 남환신공의 기운을 끌어와 닥쳐오는 열풍을 밀어냈다. 그러자 숨통이 좀 트이는지 후미를 지키던 무인들이 숨을 헐떡였다.

"뒤로 물러나라. 그리고 아무도 들이지 마라. 목숨을 걸고 사수하라."

"알겠습니다."

구양백과 홍균은 무인들을 뒤로 물린 채 천천히 전진했다. 긴장감이 엄습했다. 구양백과 홍균은 긴장감을 떨쳐내기 위해 입을 열었다.

"이보게, 홍 대주."

"예, 태상."

"자네가 곧 있으면 지천명(知天命)이지?"

홍균은 속으로 숫자를 세어보고 답했다.

"맞습니다. 벌써 세월이 그렇게 흘렀지요. 그간 어찌 살았는지… 검을 휘두른 기억 말고는 크게 남은 것이 없군요."

"허허, 자네가 보낸 세월만큼이나 휘두른 검(劍)도 날카로워졌지. 홍안(紅顔) 시절의 자네를 본 것이 생생하네만. 그때의 자네는 미숙했지만 그 미숙함을 덮는 젊은이의 패기가 있었지."

"그때는 태상도 정정하셨지요. 세상에 이런 사람이 있나 싶었습니다."

홍균의 뼈 있는 말에 구양백은 웃음을 터뜨렸다.

"허허, 이 사람이 지금 내가 늙었다고 타박하는 게야?"

"그런 것은 아닙니다. 그렇게 들렸다면 죄송합니다. 하하!"

계속해서 대화를 나누던 두 사람은 어느새 통로의 끝에 도달했다. 통로의 끝엔 화약이 터지며 무너뜨린 벽의 잔해가 입구를 막고 있었다. 무너진 잔해 틈으로 지독한 마기가 풍겨왔다. 입구에서는 그저 진득하던 살기가 그 끝에 다다르자 의념만으로 사람을 상하게 할 수 있을 정도로 거대해졌다.

"지독해. 역시 그때 그 녀석이 한 말을 들어야 했나 봐."

구양백은 무너진 가문의 비지를 바라보며 회한에 잠겼다.

구양선의 존재에 대해 처음 알았을 때 끝냈다면 어땠을까.

지금과는 달리 평화로웠을까. 그는 무너져 내린 벽을 보며 구양세가의 몰락을 떠올렸다. 한 사람 때문에 너무 많은 것을 잃은 것은 아닌지.

"그 녀석 말입니까?"

"그래, 그 녀석."

홍균은 구양백이 누구를 말하는지 대번에 알았다. 그도 기억이 났다. 죽고 죽여야만 하는 지독한 악연이라며 이공자의 목숨을 노리던 과거를.

"그랬다면 우리와 그 녀석은 지독하게 싸웠겠죠. 마치 지금처럼. 태상, 마음 약해지지 마십시오. 변하는 것은 없습니다. 싸우고 싶지 않겠지만… 그건 불가능합니다. 모든 것이 당신께서 자초한 일입니다."

"꽤나 본격적이군그래. 그렇군. 불만이 많았던 모양이지?"

구양백은 태연한 신색으로 홍균을 달랬다.

충분히 이해할 수 있는 일이었다. 이 모든 사태를 야기한 자신 또한 답답하긴 매한가지이지 않은가.

"없다면… 거짓말이겠지요? 처음부터 이렇게 일을 키우지 않아도 될 일이었잖습니까."

"그렇지."

"그만하시죠. 안 들어가실 겁니까?"

비지의 마지막 문은 무너지지 않고 여전히 벽을 세우고 있었다. 통로의 시작에서 느낀 살기는 이제 그 형체가 보일 만큼 노골적으로 굴었다.

"그래, 가지."

문이 열리고 악마가 머리를 드러냈다.

＊　　　＊　　　＊

"이 길이 맞나? 아무래도 못 미덥단 말이지."

장산은 못 미덥다는 얼굴로 장욱을 타박했다. 장욱이 어이없다는 얼굴로 반박했다.

"아 거, 대형, 그만 좀 하시오. 내가 여기 토박이요. 거기다 십 년을 넘게 살았소이다. 지름길 맞으니 너무 걱정 마시오. 이제 저 고개만 넘으면 곧……."

"아닐 텐데… 못 미더운……!"

쿠와아아앙—!

매캐한 연기가 삽시간에 하늘을 잠식했다.

장산과 장욱이 서로를 돌아보며 얼굴을 살폈다. 둘의 얼굴은 딱딱하게 굳어 있었다.

"주군!"

그나마 제정신을 붙잡고 있던 이철경이 급하게 앞으로 뛰쳐나갔다. 분명 장욱은 고개 하나만 넘으면 한중이 한눈에 내려다보인다고 했다. 그렇다면 저 고개만 넘어가면 무슨 상황인지 단번에 알 수 있을 터이다.

"달려라!"

법륜은 경공이 떨어지는 문우의 어깨를 잡았다. 금기가 몸으로 흘러들어 가자 문우의 안색이 창백해졌다.

"사, 사주!"

"받아들여! 자연스럽게 인도하라!"

문우는 창백한 얼굴로 연신 고개를 끄덕였다. 법륜은 문우의 등을 살며시 민 후 앞으로 달렸다. 상상을 초월하는 속도였다. 법륜은 장산과 장욱, 이철경마저도 뒤로 제치고 하늘을 날았다.

[장산, 상황이 파악될 때까지 대기하라. 장소는 백호방. 구양세가와 지척이니 빠르게 움직일 수 있을 것이다. 판단은… 맡기겠다.]

꾸벅.

[믿겠다.]

장산의 고개가 움직이자 법륜의 몸이 다시 한번 질주를 시작했다. 명사수가 쏘아낸 화살처럼 거침없었다.

피이잉!

'분명해. 틀림없이 그놈이다.'

법륜은 심각한 얼굴로 수풀을 헤치고 나아갔다. 그가 일행을 두고 먼저 움직인 이유는 한중 한복판에서 화약이 터졌기 때문이 아니다. 그 폭발 속을 뚫고 흘러나오는 정제된 살기, 그리고 마기까지. 그가 구양선을 떠올리며 짐작한 것보다 더 농밀했다.

'벌써 이만큼. 이전과는 비교가 안 되는군.'

과거의 미숙함과는 비교가 되지 않을 만큼 정교하고 막대한 양의 기운이다. 물론 무공의 전개가 내력만으로 전부 해결되는 것은 아니지만 막강한 내력은 언제나 날카로운 검처럼 막대한 이득을 주는 법이다. 법륜은 몸에 긴장감을 불어넣었다.

한중까지 보통의 걸음으로 한나절이 걸리는 거리에서 느껴지는 양이 이 정도라면 가까이 다가갔을 경우엔…….

'최소 나와 동급.'

게다가 법륜이 지닌 무공과의 상성을 생각했을 때 어느 쪽이 유리하다고 딱 잡아 장담할 수 없었다. 신공과 마공은 엽전의 양면처럼 한 끗 차이이니까.

'그런데… 생각보다 가까워……?'

계속해서 몸을 움직이는 와중에 이상한 기척이 감지되었다. 역시 지독한 기운을 풍기는 마기였다. 마공의 존재감이 늘어난 것이 아니었다. 말 그대로 가까웠다. 방금 전 화약이 터져 나간 곳보다 훨씬 더.

'구양선 그자 말고 또 다른 자가 있단 말인가? 하지만 이런 존재감이라니!'

법륜은 달려 나가며 금강령주를 흔들어 깨웠다.

금기가 폭주하며 불광이 온몸을 뒤덮었다. 상대가 누구든 마공을 익힌 자라면 이 불광에 반응할 것이 분명하니까.

'누구냐?'

법륜이 인상을 찌푸렸다.

어느새 그의 몸은 산을 벗어나 잘 닦인 관도를 달리고 있었다. 그리고 한중의 성벽이 보이는 관도의 한가운데에서 그는 마주쳤다. 구양선이 아닌 새로운 마인을.

"드디어 얼굴을 보게 되는군. 소림의 망나니."

그는 구양세가의 검은색 정복을 입고 있었다. 구양백과 비슷한 연배. 그리고 몸에서 풍겨져 나오는 가공할 만한 마기.

"그대는 누구인가? 이런 마기라니. 들어본 적이 없다."

노인은 다짜고짜 내던진 법륜의 하대에 웃음을 터뜨렸다.

정말 소문 그대로이지 않은가. 몸을 뒤덮은 저 소름 끼치는 불광과 무엇이든 눈 아래로 내려다보는 오만함, 그리고 소림의 제자라고는 생각할 수 없는 저 패력까지. 실로 만족스러웠다.

"나는 구양정균이라고 하지. 비화군이라는 별호, 들어본 적 있겠지?"

그는 구양세가의 빈객원과 장로원을 책임지는 초고수 구양정균이었다.

"들어본 적도, 관심도 없소. 그리고 그 마기, 분명… 그와 같은 느낌인데?"

"그? 아, 그 아이 말이군."

"마치 잘 아는 듯 말하는군. 분명히 말해야 할 거야. 나는 지금껏 그를 만나면서 사지 멀쩡히 그를 돌려보낸 적이 없다."

"건방지구나. 나는 언제나 그 오만함이 거슬렸다. 소림? 구파? 산속에 처박혀 그깟 신선놀음이나 하는 위선자 새끼들을 볼 때마다 역겨워서 구역질이 난다."

"그렇게 말하는 당신도 크게 다르지 않아. 그 마기, 내가 보기엔 당신이 칭하는 위선자라는 자들보다 더한 놈들이야. 알고 있나? 구양선 그 미친놈은 죄도 없는 마을 하나를 초토화시켰어. 고작 이 나를 곤란에 좀 빠뜨려 보겠다고 말이야."

"흐흐흐, 그게 뭐 어때서? 힘이 없으면 죽는 것이 이 세상의 이치다. 세상은 언제나 그래왔지. 보라. 저 황실의 주인이라는 자마저 제 수족들의 목을 수만 명이나 찢어 없애지 않았나. 고작 마을 하나 가지고 무슨."

법륜은 그 말에 혀를 찼다. 이자는 미쳤다. 마기가 골수까지 뻗쳐 정상적인 사고가 불가능한 것 같아 보였다.

'그게 아니라면 원래 저런 사고방식을 가지고 있었겠지.'

어느 쪽으로든 좋게 생각할 수 없는 인사였다.

"미쳤군. 아주 단단히 미쳤어."

"미치지 않고서야 살 수 없는 세상이지 않은가? 내가 보기엔 그대도… 딱히 정상은 아니야."

"그게 무슨 뜻이지?"

"마인을 징치하고 세상을 구제한다? 어느 누가 그대에게 그런 권한을 주었는가? 어차피 사람이 사는 세상일 뿐이야. 그리고 그 세상에선 어느 누구도 다른 이를 평가할 자격이 없다. 그런데 네놈은 마치 당연한 권리를 행사한다는 것처럼 굴지. 구파의 모두가 그렇다. 그것은 가당한가?"

"궤변이로군."

구양정균은 궤변이라는 말에 음침한 미소를 흘렸다.

그는 자신이 틀렸다고 생각해 본 적이 없었다. 사람이 사는 데는 각자의 방식이 있는 법이다. 자신은 그 방식대로 살았을 뿐이고.

"잡담은 이만하지. 이제 저쪽에서 슬슬 시작했을 테니. 원망해라. 그리고 살려달라고 애원해 보아라. 구파의 탈을 쓴 네놈의 운명에. 나는 네놈이 오늘 죽는 것에 내 모든 것을 걸겠다."

"어째서지?"

구양정균은 법륜의 말에 굳이 대답할 필요성을 느끼지 못했다. 이제 입씨름은 그만이다. 남은 것은 몸으로 나누는 대화뿐이다. 법륜은 그런 구양정균을 보며 덧붙였다.

"왜 네놈이 죽을 거란 생각은 안 해?"

제이십팔장(第二十八章)

서전(緒戰)

　구양백은 홍균을 뒤로한 채 쏟아지는 마기를 가르며 문을 열었다. 휑한 공동은 익숙했다. 그 또한 이곳에 머무른 적이 있었다. 아니, 남들이 생각하는 것보다 더 오랜 시간 머물렀다. 이 안에서 지금의 무공을 완성했으니까.

　"오랜만이구나."

　구양백은 그 공동 안 어딘가에 있을 손자를 향해서인지, 아니면 그가 겪은 추억을 향해서였는지 모를 인사를 건넸다. 이제 선택지는 둘 중 하나만 남았다. 다시 한번 이곳의 추억을 곱씹을지, 아니면 싸늘한 주검이 되어 검은 불에 타오를지.

　"그렇군. 오랜만이오."

　어린 날의 추억 대신 싸늘한 인사가 구양백을 반겼다.

그 역시 익숙한 목소리였다. 그의 손자는 역시 자신이 올 것을 알고 있었다. 뒤에 있던 홍균이 구양백을 호위하듯 앞으로 나섰다.

"태상, 조심하십시오."

"그만. 되었다네. 자네는 뒤로 물러서 있게. 아직은 자네가 나설 때가 아니야."

"하지만……."

구양백은 처연한 얼굴로 고개를 저으며 앞으로 나섰다.

세상에 이런 비극이 또 있을까. 자식을 버린 아버지, 그런 아버지를 죽이는 패륜을 저지른 아들, 그리고 그 손자를 제 손으로 죽여야 하는 조부까지.

"지독한 일이지. 하지만 어쩌겠나. 그게 내 업이라면… 마땅히 치러야 할 대가려니 생각하기로 했다네."

"태상……."

"아주 신파가 따로 없군. 홍 대주는 뒤로 물러서. 그대까지 죽이고 싶진 않으니까."

"이놈!"

홍균은 구양선의 말에 손에 든 검을 던지듯 가볍게 휘둘렀다. 날카로운 검기가 솟아나며 구양선의 목을 노렸다.

쐐액!

"이해하지 못했나? 죽이고 싶지 않다고 말했을 텐데?"

구양선은 홍균이 날린 검기를 가볍게 손으로 털어냈다. 놀랍도록 가벼운 한 수였다. 이전과 같았다면 아마 전력을 다해 검을 털어냈어야 할 홍균의 검법이 이제는 하품도 나오지 않을 정도로 가벼웠다.

"홍 대주 당신에겐 빚이 있지."

"빚?"

홍균은 그게 무슨 의미냐며 되물었다.

"황실의 인원들이 날 호송할 때 말이야. 당신이 아니었으면 난 그날 어두컴컴한 지하 골방에 갇혀 피눈물을 흘리고 있었 겠지. 덕분에 염원을 이뤘다."

"홍! 염원이라니! 네놈의 시커먼 욕망이겠지! 부친을 베는 패륜을 저지르고 끝내는 조부마저 해하려 했다! 나는 그 사실에… 두고두고 후회했다! 그날의 나 자신을 원망하면서 말이다!"

"그것은 고맙게 생각하지. 그렇게까지 나를 열렬히 생각해 주다니 말이야. 그보다 잘려 나간 팔은 좀 어때? 많이 아픈가?"

구양선의 비꼬는 말에 홍균은 구양백이 말릴 틈도 없이 달려들었다.

"홍 대주!"

홍균은 구양선이 자신의 팔을 입에 담는 순간 분노를 주체할 수 없었다. 잘려 나간 팔은 홍균의 역린이다. 평소 중요하다 생각해 본 적 없던 팔이 잘려 나가자 홍균은 많은 것을 잃어야 했다.

신체의 균형부터 무공의 조화까지. 절정의 끝자락에서 초절정의 벽을 넘보던 홍균은 팔이 잘리는 그 순간 일류무사보다 못한 수준으로 떨어졌다.

한동안 술독에 빠져 살았다.

스스로를 팔 하나 없는 병신이라 욕하면서 세월을 흘려보냈다. 그런 그에게 한 사람이 찾아오며 모든 것이 변했다. 염포. 그의 전우이자 기꺼이 목숨을 내주어도 아깝지 않을 친우였다.

그는 검을 다시 잡았다.

검귀가 되어 검 외엔 아무것도 생각하지 않고 산 지 수개월. 그는 미친 듯이 검에 빠져들었다. 마치 처음 검을 잡았을 때의 그 순수함을 다시 느끼기라도 한 듯.

그는 결국 이루어냈다. 부조화가 조화로 바뀌고 균형이 차츰 잡혀가자 새로운 길이 보이기 시작했다. 그리고 그 검이 지금 구양선의 목을 노리고 날았다.

"초장부터 너무 열정적이시군."

구양선은 시뻘건 강기에 휩싸여 자신을 향해 돌진하는 홍균을 부담스럽다는 듯 바라봤다. 그의 무공이 부담스러워서가 아니었다.

'죽이고 싶진 않은데.'

그는 부친마저 무참히 살해한 짐승이지만 그래도 제 목숨이 귀한 줄은 아는 사람이다. 그런 귀한 목숨을 한 번 구해주었으니 한 번쯤은 눈감아주려 했는데 당사자는 그가 내민 호의를 거절했다.

구양선은 홍균의 강검을 허리춤에 찬 검으로 받아쳤다.

채챙!

"검이 많이 변했군."

"그 입 닥쳐라!"

홍균은 한 수, 한 수 사력을 다했다. 쾌검을 구사하지 못하는 지금 그가 할 수 있는 최선은 상대방이 받아치지 못하게 강검을 휘두르는 것이었다.

구양선은 자신의 목을 노골적으로 노리고 날아드는 검을 홍균이 과거에 뿌리던 쾌검으로 받아쳤다. 속도에서 밀리기 시작하니 홍균의 검이 어지러워졌다.

'이대로는 답이 안 나온다. 살을 주고 뼈를 취해야 해.'

홍균은 급박한 상황에서도 냉정하게 판단했다.

구양백은 현재 온전치 못한 몸이다. 게다가 손자를 베어야 한다는 부담감에 무공을 제대로 구사하지 못할 가능성이 컸다. 지금이라도 연수합격을 하면 상황이 조금은 나아지련만 그는 여전히 망설이기만 했다.

'태상을 믿을 수는 없다. 아직 준비가 안 되었어.'

홍균은 판단이 서자마자 잘려 나간 왼 어깨를 재빨리 구양선의 검에 들이밀었다. 홍균의 눈이 매섭게 빛났다.

'노려라!'

구양선은 빠르게 가까워져 오는 홍균의 어깨를 보며 중얼거렸다.

"얕은 수를 쓰는군."

구양선은 홍균의 어깨를 검으로 베어내는 대신 똑같이 어깨를 들이밀었다. 어깨에 칠흑의 갑주를 두른 채 고법을 펼치는 구양선의 얼굴이 팍 찌푸려졌다.

'그 빌어먹을 놈의 무공을 따라 하는 것 같아서 기분은 나쁘지만 쓸 만하니 그걸로 됐지.'

콰아앙!

화약이 터지는 것 같은 폭발음과 함께 홍균의 신형이 뒤로 밀려났다. 검면으로 다급히 방어한 것치곤 상태가 괜찮았다.

"크윽—!"

홍균은 욱신거리는 팔을 원상태로 돌려놓기 위해 안간힘을 썼다. 검을 든 홍균의 얼굴이 놀라움으로 가득 찼다.

"어찌… 어찌 그의 무공을……."

"뭐, 상당히 기분 나쁘긴 하지만 쓸 만한 무공이어서 말이야. 왜? 예상하지 못했나?"

구양선은 검을 추스르는 홍균을 비아냥거렸다. 그 비꼼에는 구양백도 포함되어 있었다. 그가 황실의 호송단으로부터 구출된 직후 몸을 추스르고 구양백으로부터 직접 무공을 전수받았다면 그놈, 법륜의 무공은 구사하지 않았을 것이다.

그만큼 구양백의 무공은 대단했고 깊이가 있었으니까.

'그 무공과 내 마공이 합쳐지면 지금과는 많이 달랐을 테지.'

하지만 구양백은 무공 전수를 거부했다.

그는 자신의 몸을 잠식한 마기를 우선적으로 걷어내길 바랐다. 하지만 그건 불가능한 일이었다. 이미 그와 마기는 한 몸이나 다름없었으니까. 그래서 베었다. 그를 무척이나 아끼던 조부를. 완전한 자신의 편이 아니라면 앞으로의 행보에 분명 걸림돌이 될 테니까.

"같지만… 분명 다르군."

구양백은 구양선이 구사하는 무공을 보며 참담함을 금치 못했다. 분명 법륜의 무공과 그 형태가 똑같았지만 운용하는 방식은 전혀 달랐다.

"다르다? 그럴 리 없을 텐데."

구양선은 그 말에 조부를 돌아봤다.

"다르다. 네놈의 무공엔 한 가지가 빠져 있다. 그것을 깨닫지 못한다면 너는 평생 그 아이를 뛰어넘을 수 없겠지."

구양선은 그 말에 눈을 빛냈다.

인정하고 싶지 않았지만 구양백의 말이 맞았다. 그는 줄곧 갈증을 느끼고 있었다. 완벽한 무공을 구사한다곤 하지만 그것은 그가 할 수 있는 범위 내에서의 완벽함이었다.

누군가의 무공을 따라 하면서 창시자를 상대한다? 그야말로 어리석은 일이었다. 구양선도 그 사실을 아주 잘 알았다. 그가 패배의 쓴맛을 겪을 때마다 느낀 감상이니까.

"궁금하군. 내게 부족한 것이 무언지. 이곳 비지에서 무공을 수련하며 채워지지 않는 갈증이 있었지. 오륜대의 무공도, 내 스스로 만든 무공으로도 채울 수 없는 갈증. 그 답을 꼭 들어야겠군."

"너는 평생 그 사실을 알 수 없을 것이다."

구양백은 단호한 어조로 구양선을 쏘아붙였다.

"왜지?"

"네놈은 오늘 이 자리에서 숨을… 거둘 테니까. 내가… 이 두 손으로 그렇게 만들 것이다. 그리고 혹여 네놈이 나를 뛰어넘는다고 해도… 언젠가는 그 아이에게 죽겠지."

"허, 너무 그 개자식 편만 드는군. 내 친조부 맞소?"

구양선은 여전히 손을 쓰기를 주저하는 구양백을 향해 천천히 걸었다. 홍균이 채 진정되지 않아 떨리는 손으로 검을 부여잡고 구양백의 앞을 막아섰다.

"아아, 싸우자는 것이 아니야, 홍 대주. 싸움은 이 이야기가 끝나면 질리도록 할 테니까 그렇게 날 세우지 말라고."

"무슨……?"

구양선은 송곳니를 드러내며 음침한 미소를 지었다.

"재미있는 이야기를 들려주지. 홍 대주 당신과… 그래, 그 이름도 높으신 태양신군께서는 은밀하게 준비한다고 했겠지만 나는 그대들이 올 것을 사전에 알고 있었지."

"그것은 충분히 예상 가능한 일이다. 그 정도의 내공을 지니고 있으면서 그것조차 파악하지 못한다면… 그 빌어먹을 마공은 개나 줘버려야겠지."

구양선은 고개를 끄덕였다.

"물론. 나는 그대들이 화약을 매설하기 시작할 때 당신들이 이곳을 노리고 들어올 것이라 예상했다. 하지만 이 모든 일이 사전에 예비한 것이라면 어떨까? 그렇다면 많은 것이 달라지지 않겠어?"

구양백과 홍균은 그 말에 침음을 흘렸다.

"사전에?"

"예견된 일?"

"맞아. 그대들이 찾아오기 전, 나는 한 사람을 만났다. 궁금하지 않은가?"

구양백은 이를 악물고 씹어 먹으려는 듯 한 사람의 이름을 내뱉었다.

"구양정균……!"

구양선은 구양백의 대답에 고개를 끄덕였다.

"맞다. 그가 날 찾아왔지. 그러곤 한 가지 사실을 털어놓더군. 홍 대주, 석 달 전 누굴 만났지?"

"음……!"

홍균은 구양선의 말에 적잖이 놀랐다.

그가 세가를 빠져나가 신승 법륜을 만난 것은 극비 중의 극비였다. 가장 아끼던 수하마저도 그가 개인적인 용무를 보기 위해 잠시 자리를 비운다고 알고 있었으니까.

"그놈을 만났겠지. 꽃같이 아름다운 내 여동생의 서신을 들고 말이야. 그렇지 않나?"

홍균은 답하지 않았다.

무공도 무공이지만 이미 구양선의 말에 주도권이 넘어갔다. 게다가 계속해서 은밀하게 뻗어 나오는 마기가 홍균의 평정심을 흐트러뜨리고 있었다.

'침착하자. 그분께는 아무런 해도 없을 거야.'

홍균이 걱정하는 것, 그것은 자신의 목숨이 아닌 세가의 장중보옥 구양연의 안위였다. 홍균이 답하지 않자 구양선은 그것도 좋다는 듯 말을 이었다.

"그러곤 나에게 거래를 제안하더군. 내 마공과 비화군이 지닌 무공을 교환하자고. 그래서 알았지. 그는 나와 같은 부류의 사람이라는 것을. 비화군은 이 가문을 가지고 싶어 해. 그것이 다르다면 다른 점이랄까."

"가문을… 차지하려던 것이 아니었나?"

구양백이 놀란 목소리로 묻자 구양선은 광소를 터뜨렸다.

"나는 이곳 구양세가를 원하지 않아. 내가 원하는 것은 단 한 가지다. 나는 이곳을 부숴 버릴 거야. 주춧돌 하나 남기지 않고."

"그 말이 정녕 사실이더냐?"

"물론. 이미 구양세가는 쪼개졌어. 당신과 구양정균 둘로. 아니지. 그쪽에 서 있는 것은 조부인 당신과 홍 대주뿐이지. 말단 무사들이야 상대할 가치도 없고."

구양백은 손자 구양선의 뻔뻔한 발언에 불쾌한 표정을 지었다. 선조가 일으켰고 그의 조부와 부친, 자신을 포함해 자식까지 헌신해 가며 일군 세가이다. 비록 먼 여정 중에 길을 잘못 들기도 했으나 구양백은 자신할 수 있었다.

천하제일세가(天下第一世家).

그 이름에 가장 가깝고 가장 걸맞은 가문이었다고. 가문의 이름을 지키기 위해서 구양백은 무슨 일이든 해내야 했다. 설령 그것이 정도(正道)에 위배되는 일이라 할지라도.

"어떻게 지켜온 가문인데……!"

"어떻게 지켰든 내 알 바 아니지. 나는 받은 것이 없으니. 설령 받은 것이 있어도 이미 내 삶의 빚으로 다 썩어 문드러졌다."

구양세가에서 생명은 받았으나 그 외에 것엔 모두 대가가 따랐다. 어두운 동혈 속에서 몇 년을 보내야 했으며, 원하지도 않은 마공을 익혔고, 끝내는 패륜아라는 이름마저 얻게 만들었다.

"이놈! 네놈이 그러고도 사람이냐! 네놈이 마공을 포기했더라면 일이 이 지경이 되지는 않았어!"

홍균은 구양선의 말에 동의할 수 없었다. 모든 기회를 차버린 것은 저놈 자신이다.

"마공을 포기해?"

구양선은 지금껏 짓던 비틀린 미소를 바로잡았다.

완벽한 무표정. 구양선은 감정이라곤 한 점도 느껴지지 않는 얼굴로 말했다.

"무인이 무공을 포기한다……. 그러고도 살아 있는 무인이 있던가? 마공을 포기해? 내가 포기했으면? 가주이던 구양금이 눈엣가시 같은 나를 그대로 둘 것 같은가? 아마 그대의 검이 쥐도 새도 모르게 내 목을 갈랐겠지! 내 말이 틀린가?"

"그건……!"

구양백과 홍균은 그 말에 반박할 수 없었다.

구양선은 더 이상의 논쟁은 불필요하다고 생각했다. 이제는 무공으로 말해야 할 시간이었다. 구양선의 몸에서 다시 한번 칠흑 같은 마기가 솟아올랐다.

구환신마벽.

절대의 마벽이 세상에 위용을 드러냈다. 구양선은 마벽을 유지한 채 앞으로 다가섰다. 그가 다가서는 만큼 구양백과 홍균은 뒷걸음질 칠 수밖에 없었다. 지독한 마기와 열기가 폐부를 압박했기 때문이다.

"그보다 궁금하지 않나? 신승이라 불리는 그 개차반이 이곳으로 올지, 아니면 오지 않을지."

구양백은 한 자, 한 자 씹어 먹듯 내뱉었다.

"그는 오지 않을 것이다. 이미 내 손녀딸의 청을 거절했으니. 이곳에는 오직 나와 너뿐이다."

"하하, 정말로 그럴까? 나는 왜 그가 이곳에 올 거라는 예감이 들지? 아주 이상한 일이야. 그년 때문인가?"

"그… 년……?"

홍균이 잘못 들었다는 듯 되묻자 구양선은 예의 그 비틀린 미소로 돌아왔다.

"왜 있잖아. 꽃 같은 내 동생 말이야."

"이놈!"

구양선이 구양연에 대해 언급한 순간 구양백은 손자에게 지금까지 느껴보지 못한 분노를 느꼈다. 흐트러진 마음이 불같이 타오르자 그의 몸에 잠들어 있던 진기가 깨어났다.

화륵!

불꽃이 넘실대며 구양백의 몸을 감싸 안았다.

구양백의 얼굴은 넘실대는 불꽃과 달리 싸늘하기 그지없었다. 본능과 이성. 구양백은 그 사이에서 가느다란 줄을 잡고 줄다리기를 하고 있었다.

'쉽지 않아. 틈이… 보이질 않는다.'

그가 섣부르게 손을 쓸 수 없던 이유는 생각한 것보다 구양선의 무위가 높았기 때문이다. 그리고 살기 위해서라면 자존심 따위는 버리고 원수나 다름없는 이의 무공까지 서슴없이 사용하는 심계까지.

"많이 성장했군. 가문의 무공을 이었다면 정도의 기둥이 될 재목이 어찌 그리 사특한 마공을 익혔단 말인가!"

구양선은 구양백의 호통에 비웃음을 날렸다.

"성장했다? 말에 어폐가 있군. 그대가 도와준 것은 하나도 없다. 모든 것은… 내 안의 분노와 원망이 만들었지."

"동의할 수 없다. 그때 남환신공을 전수하는 것이 아니었어. 네놈을 죽여야 한다고 했을 때 죽이지 않은 것이 천추의 한이로다."

"잡담은 이만하지. 지루해."

"죽어라!"

구양백은 앞으로 달리며 몸에 실린 불길을 더 키웠다.

구양산수의 접화수, 남환신공이 잔뜩 실린 손이 구양선의 목을 노리고 날아갔다.

째앵—!

구양선이 검으로 겁화수를 밀어내자 금속이 찢어지는 소리가 들렸다. 구양선은 이 일 합만으로도 알 수 있었다.

'진실로 강하다. 몸이 온전치 않은 상태에서도 이 정도 위력을 발휘한다. 마벽으로… 막아낼 수 있을까?'

구양백이 완전하지 못한 상태라도 쳐내는 한 수엔 거력이 담겨 있었다. 지금까지 구양선은 구환신마벽을 무적의 방벽으로 자신했지만 구양백의 한 수를 경험한 지금은 생각이 달라졌다.

'노림수로 쓴다!'

쐐액!

구양선은 구양백의 허리 쪽으로 검을 밀어 넣었다. 구양백이 검을 피해내며 오른손 손날을 곧게 세웠다. 하단에서 상단으로 구양백의 손이 구양선의 목을 노리고 짓쳐 들었다.

까아앙!

찢어질 듯한 금속성이 터져 나왔다.

"과연!"

구양선은 감탄을 터뜨렸다.

허리를 노리는 단순한 초식이었지만 속도만큼은 뒤지지 않을 것이라 생각했는데 쾌검(快劍)을 강(强)의 묘리로 받아쳤다.

'아슬아슬했어.'

구양백은 검이 조금만 빨랐어도 단숨에 허리가 갈려 나가 목숨을 잃을 뻔했다는 것을 알았다. 감탄과 놀라움이 표정으로 드러났다. 하지만 감정의 폭은 크지 않았다.

구양백은 다시금 손을 들어 휘둘렀다. 몸 주변으로 시뻘건 불꽃들이 모습을 드러냈다. 구양백이 손을 뻗자 불덩어리가 구양선을 노리며 날아들었다.

'화운비탄!'

구양선은 이 초식이 무엇인지 분명히 알고 있었다.

직접 견식하는 것은 처음이지만 구양정균에게 구양백의 무공에 대해 들어본 적이 있기 때문이다. 구양선은 검을 중단으로 들어 올렸다.

'어차피 검으로 다 막을 수는 없어. 마벽이 버텨준다면 좋겠는데……'

구양선은 불꽃으로 몸을 날렸다.

전부 다 막아낼 수 없다면 치명타만 피하거나 막으면 된다. 자잘한 공격들은 구환신마벽이 막아줄 것이다. 마벽이 주인을 보호하겠다는 듯 거친 기음을 내며 구양선의 검을 따라 움직였다.

'전방 다섯 개는 마벽으로, 상방 일곱 개는 검으로.'

구양선의 검이 춤을 췄다.

아름다움이라곤 한 치도 없었지만 쾌속했다. 검봉에서 검강이 솟아나 머리 위로 떨어지는 불덩어리를 갈라냈다. 그러고도 여력이 전방의 다섯 개 불꽃 중 두 개를 더 걸러냈다.

'충격에 대비한다!'

구양백이라면 단순히 한 가지 초식으로 자신을 압박하려 들지 않을 것이다. 눈앞의 화강(花罡)보다 그다음 수에 대비해야 했다. 구양선은 마벽을 믿고 검을 상단에서 하단으로 크게 베어냈다.

쾅!

콰콰아앙!

불꽃의 강기에 적중당한 마벽이 흔들렸다.

＊　　　　＊　　　　＊

한편, 법륜은 계속해서 구양정균과 대치하고 있었다.

"허허, 젊은 친구가 말재간이 제법이군. 버릇도 없고. 소림에서 존장을 대할 때 그렇게 하라고 가르쳤나?"

구양정균은 법륜의 공격적인 어투에 다소 어이가 없다는 듯 대꾸했다.

"마인에게 예의를 갖춰 인사하라는 것은 못 배워서 말이야. 왜? 불만인가?"

"아닐세. 불만 따위를 가져봐야 무엇 하겠나? 이제 곧 죽을 운명인데."

"나는 죽지 않아. 죽는 것은 당신이다."

법륜은 구양정균을 향해 손가락을 까닥거렸다. 들어올 테면 들어와 보라는 도발이다.

"문답무용(問答無用)이라. 그것도 좋지. 하지만 내 손은 가볍지 않다는 것을 명심해라."

구양정균은 말을 맺음과 함께 마기를 끌어 올렸다.

기경팔맥을 휘도는 충만한 진기에 만족감이 들었다. 비록 가주의 직계, 그것도 장자만 익힐 수 있는 가문의 신공은 익히지 못했지만 그는 충분하다고 여겼다.

"오라!"

그것이 신호였을까.

구양정균은 기수식도 취하지 않은 채 달렸다. 마기가 발끝에 머물렀다. 땅을 박차고 나가자 땅거죽이 뒤집히며 구양정균의 신형이 사라졌다.

'어디냐?'

법륜은 재빨리 불광벽파를 일으켰다.

절대의 방벽이라는 자신감은 없지만 치명적인 한 수 정도는 확실히 막아줄 터이다. 그다음은 신안(神眼)이었다. 금기가 눈에 머물며 금광(金光)을 띠자 반경 십 장이 온몸을 통해 느껴졌다.

'위!'

법륜은 뒤로 물러서며 마관포를 쏘아댔다.

화륵!

마관포가 스치고 지나갔는지 구양정균의 신형이 모습을 드러냈다. 하지만 긴장감을 늦추기엔 아직 일렀다. 구양정균의 공격은 시작도 하지 않았다.

"제법!"

구양정균은 허공에 뜬 채 수도(手刀)를 내리그었다. 삽시간에 삼 장이 넘는 강기가 손에 나타났다. 구양정균은 마기가 그득 담긴 손날을 법륜의 머리를 향해 힘껏 내려쳤다.

법륜은 구양정균의 수도를 팔뚝을 들어 막아냈다.

금기가 가득 담겨 있어 별다른 타격은 없었다. 하지만 굉장히 거슬렸다. 자꾸만 누군가를 연상시키는 저 기운은 법륜에게 있어서 이 세상에 존재하면 안 될 종류의 것이었다.

'저 마기, 분명 그놈보단 아래다. 아류인가?'

구양선은 구양정균에게 제대로 된 마공을 전수하지 않았을 가능성이 컸다. 마음속에 세상에 대한 분노로 가득 찬 놈이 제 것을 적선하듯 교환할 놈이 아니었다.

"예행연습쯤은 되겠군."

법륜은 구양정균이 들을 수 없게 읊조리며 금강령주를 폭발시켰다. 잠들어 있던 금기가 무한대로 뻗어 나왔다. 진기가 기경팔맥을 휘돌며 몸이 완연한 금빛으로 물들자 법륜은 곧바로 허공에 머물러 있는 구양정균에게 일격을 먹였다. 진공파다.

진공파가 연달아 공중에서 폭발하자 구양정균은 더 이상 우위를 점할 수 없음을 알고 지면으로 내려왔다. 그가 다음 선택한 수는 후퇴가 아닌 전진이었다. 다시 한번 수도에 커다란 강기가 맺혔다. 이번엔 하나가 아닌 둘이었다.

"타합!"

쌍도를 손에 든 구양정균이 양팔을 교차해 횡으로 갈라냈다. 공기가 일렁이며 어그러지는 것이 한눈에 보였다.

'이번 것은 다르다.'

법륜은 본능적으로 느꼈다. 방금 전 허공에서 펼친 일격과는 차원이 다른 공격이다. 확실히 노강호는 달랐다. 아무리 구양선이 아류의 마공을 전수했다고 해도 살아온 세월과 겪어온 시간이 달랐다. 부족한 무공을 경험과 심기로 보완한다.

법륜은 구양정균의 일격에 맞서는 대신 뒤로 물러나 틈을 노렸다. 다시 한번 마관포가 양손에서 터져 나와 강기의 도를 때렸다.

'일단 본다.'

따당!

구양정균은 가볍게 마관포를 쳐냈다.

법륜은 구양정균이 양손을 흔드는 사이 그다음 수를 준비했다. 오른손에 막대한 금기가 모여 구슬을 만들어냈다. 강환이다. 내력 소모가 심했지만 그 어떤 것보다 확실한 한 수였다.

"받아보라. 이것마저 받아낸다면 당신을 인정하지, 마인이여."

염라주(閻羅珠).

당가의 태상가주를 고혼으로 만든 최강의 일격이 다시 한번 세상에 모습을 드러냈다.

법륜은 염라주를 가느다란 기의 실로 계속해서 이었다.

어느새 승려의 염주처럼 기다랗게 이어진 강기의 환들이 법륜의 손에서 춤을 췄다. 법륜은 이 일격으로 구양정균의 숨통을 확실하게 끊을 수 있을 것이라 믿었다.

"받아라!"

염라주를 이어주던 가느다란 기의 실이 허공에서 끊어졌다.

투둑!

법륜은 허공에 머무른 염라주를 일일이 손으로 튕겨냈다. 극의에 이른 탄지공이 펼쳐지며 강환이 쾌조의 속도로 구양정균의 몸에 박혀들었다. 아니, 그런 것처럼 보였다.

"무슨!"

구양정균이 한 선택은 맞서는 것이 아닌 도주였다.

굳이 상대할 필요가 없다는 판단이 섰기 때문일까. 구양정균은 예의 그 수강(手罡)을 회수한 채 뒤로 물러섰다.

"막아라!"

그리고 터져 나온 구양정균의 외침.

그 외침이 끝나기 무섭게 법륜을 향해 동시다발적으로 화살이 날아들었다. 숫자가 적어도 오십은 되는 것 같았다.

'철시!'

어디선가 본 적이 있는 화살이다.

구양세가의 빈객이라고 했던가. 불귀궁객이라는 별호가 가장 먼저 떠올랐다. 중원의 삼대궁사 중 하나라 했는데, 이토록 타락한 세가에 대한 충정이 그리도 절절했는지. 법륜은 정확하게 미간을 노리고 날아오는 화살을 잡아챘다.

"불귀궁객! 이리 무도한 자의 명에 움직이는가! 그 명호가 아깝다!"

법륜이 소리쳤지만 불귀궁객 도염춘은 좁다란 나뭇가지 위에서 재차 활시위를 당길 뿐이었다. 내력이 잔뜩 실린 철시를 맨손으로 잡아챈 것에 경외감이 들긴 했지만 그뿐이다.

'이미 너무 늦었어.'

구양세가의 마수에서 벗어나고자 했다면 진즉에 떠야 했다. 지금 와서 세가를 벗어난다고 해도 그가 갈 수 있는 곳은 없었다. 구파나 팔대세가나 모두 구양세가를 주시하고 있었다. 이곳에서의 변고, 결코 정상적이지 않다는 것을 아는 까닭이다.

파앙!

화살 한 대가 다시 한번 허공을 격하고 법륜에게 쏘아졌다. 감상은 여기까지. 더 시간을 끌었다간 단숨에 잡힌다. 구양정균이 물러났으니 자신의 역할도 여기까지다. 도염춘은 그렇게 생각하며 몸을 뒤로 날렸다. 이때까지만 해도 믿어 의심치 않았다. 자신이 무사히 몸을 뺄 수 있을 것이라고.

하지만……

'무슨!'

허공에서 도깨비처럼 불쑥 튀어나온 야차의 가면을 보는 순간 그는 직감했다. 명년 오늘이 그의 제삿날이 될지도 모른다는 사실을.

빠악—!

그렇게 도염춘의 의식이 나락으로 떨어졌다.

법륜은 제자리에서 화살을 막아냈다. 웬만한 화살과 궁술로는 그의 불광벽파에 흠집조차 내지 못한다. 그렇기에 수십 발의 화살이 그를 노리고 날아와도 당황하지 않았다. 게다가 갑자기 나타난 기척 네 개.

그 기척은 무척 익숙한 기운이었다. 나무와 나무 사이를 이동하며 재빠른 움직임이 느껴질 때마다 날아오는 화살의 숫자가 줄어들었다. 그래서 법륜은 온전히 구양정균에게 정신을 쏟을 수 있었다.

법륜은 아직까지 허공에 머물고 있는 강환을 조종했다.

강환은 양날의 검이다. 분명 막대한 기의 집약체로 엄청난 폭발력을 자랑하지만, 적아를 구분하진 않는다. 때문에 야차들이 난입한 지금 이 순간에 사용하기엔 적절하지 않았다. 대신.

"이렇게 쓸 수는 있지."

법륜이 허공에 떠 있는 강환에 손바닥을 가져다 댔다.

적로제마장의 붉은 기운을 금빛의 구슬로 대체한다. 강환이 제자리에서 빙글빙글 회전했다. 법륜은 신안을 통해 구양정균이 움직이는 방향을 파악했다. 구양정균은 나무 사이를 재빠르게 이동하며 몸을 피하고 있었다.

'가라.'

파아앙!

금옥(金玉)이 손바닥에서 폭발했다. 법륜이 손바닥으로 폭발한 기운을 밀어내자 공기가 터져 나가며 굉음이 발생했다. 폭음과 함께 굵은 나무 수십여 개가 쓸려 나갔다. 매캐한 연기가 피어올랐다. 기가 폭발하며 불러온 무서운 열기였다.

'피했나?'

법륜은 막강한 위력을 선보이고도 낙관하지 못했다.

신안의 감지 범위에서 구양정균이 사라졌다. 그는 마공을 익히기 전에도 뛰어난 무인이었고, 숱한 싸움에서 지금껏 살아남은 무인 중의 무인이다. 게다가 그를 도와주는 방수까지 여럿 있으니 방수들이 몸을 날려 막았다면 도주했을 가능성도 충분히 있었다.

법륜의 신형이 허공을 밟고 하늘을 날았다.

태영사에서 삼 개월간 새로이 단련한 야차능공제다. 법륜의 신법은 이제 지면을 박차는 것을 뛰어넘어 허공을 격하고 움직일 만큼 엄청난 발전을 이뤄냈다. 게다가 산이라면 그 또한 자신 있는 공간이지 않는가.

'어디냐!'

법륜의 추격이 시작되었다.

구양정균은 숨을 헐떡였다.

숨이 가빠서 숨을 몰아쉬는 것이 아니었다. 너무 놀라서였다. 공간을 격하고 유형화된 강환 수십 개를 띄워냈다. 거기다 손으로 잡기까지 했다. 기의 통제력이 엄청나다는 반증이다. 자신은 결코 할 수 없는 일이었다.

하지만 그다음 장면을 목격한 순간 그는 전의를 상실했다. 금빛 강환 하나를 터뜨려 십여 장을 일직선으로 초토화시켰다. 그의 앞을 막아섰다가 저 무지막지한 장법에 터져 나간 수하만 다섯이다. 그들은 비명조차 지르지 못하고 그대로 절명했다.

'저 정도 무공을 자유자재로 다룬다면… 그리고 무한히 다룰 수 있다면… 그것이야말로 무적(無敵)이지 않은가!'

적어도 지금 이 순간만큼은 그와 싸우고 싶지 않았다.

구양정균은 있는 힘껏 도주했다. 이 정도 무공과 세력이라면 충분히 해볼 만하다고 생각했다. 하지만 그 생각은 틀렸다.

"괜히 신승(神僧)이라 불리는 것이 아니었군. 당명금이 일방적으로 패배해 죽었다고 했을 때 믿지 않았거늘……."

아직 그가 갖춘 힘은 완전하지 못했다. 세력의 문제가 아니었다. 숫자가 아무리 많아도 저 남자 앞에선 무용(無用)이다. 애꿎은 죽음만 늘릴 뿐이다.

'적어도 천 단위. 그 이상이 아니라면 의미가 없겠군.'

일당천(一當千).

그 숫자라면 차라리 다른 곳에 가서 세력을 일으키는 게 훨씬 나은 방법이다. 그리고 결과적으로 구양정균에게 그 정도 숫자를 동원할 힘이 없었다.

'실력과 경험을 갖춘 고수가 필요해. 그것도 많이.'

그는 그런 곳을 알고 있었다.

구양세가의 장로원(長老院).

자신만큼 대단한 노괴들이 득실거리는 곳이다.

'빈객원은 아깝지만 포기한다.'

＊　　　　＊　　　　＊

"장욱, 그쪽을!"

장산은 입맛을 다셨다. 제법 한가락 하는 놈들인 줄 알았는데 죄다 반편이밖에 없었다. 특히 멋들어진 철궁을 가진 노인은 누가 봐도 명숙임이 분명해 보였는데, 검집으로 휘두른 한 방에 그대로 정신을 잃어버렸다.

"문우가 걱정되는데."

장산은 쓰러진 노인을 발로 툭툭 차며 입을 비쭉 내밀었다. 장욱과 이철경은 순조롭게 궁수들을 제압하고 있었다. 숫자가 제법 되는데도 망설임이 없었다.

이철경이야 본디 살수의 길을 걷던 자이니 암습에 뛰어나다고 해도 장욱은 정공만 익혀온 무인이 잘도 빈틈을 노리고 주먹을 찔러 넣는다. 태영사에서 행한 수련이 빛을 보는 순간이다.

"아무튼 저놈은 그대로 머무는 것이 좋았겠어."

반면, 문우는 어린 나이에 비해 무공은 제법 뛰어나도 경험이 일천했다. 어린 나이에 도주를 반복하다 보니 맞서 싸우기보단 도망치는 것에 일가견이 있었다. 그래서 장산은 한시도 문우에게서 눈을 떼지 못했다. 그가 불귀궁객 도염춘만을 제압하고 전장을 지켜보고만 있는 이유였다.

"그나저나… 곧 끝나겠는데."

장산이 도염춘의 멱살을 잡아 일으켰다.

아직까지 정신을 차리지 못한 이 노인은 제법 중요한 인물처럼 보였으니 굳이 죽이기보단 정보를 캐내는 데 활용할 생각이다.

"웃차."

장산은 도염춘을 땅에 패대기치며 나무에서 내려왔다.

그러곤 곧장 법륜이 있는 곳으로 도염춘을 질질 끌고 갔다.

"사주."

"장산."

법륜은 장산의 손에 대롱대롱 매달려 있는 도염춘을 힐끗 보곤 혀를 찼다.

"고작 이런 꼴을 당하려고… 토사구팽이 따로 없군."

사냥이 끝나면 사냥개를 삶아 먹는다고 했던가.

도염춘의 꼴이 딱 그 모양이다. 법륜은 도염춘에게 다가가 뺨을 툭툭 쳤다. 머리에서 흐르는 피가 보였다.

"제법 세게 쳤나 보군."

장산은 법륜의 말에 도염춘의 멱살을 잡은 손에서 힘을 뺐다. 눈치로 보아 법륜과 아는 사이가 분명했다. 게다가 말투가 그리 적대적이지 않으니 제법 안면도 있어 보였다.

장산은 뒷머리를 긁적이며 어물거렸다.

"어쩌다 보니……."

"되었네. 그보다 다른 이들은?"

"멀리서 보니 숫자가 제법 되더이다. 아까 그 노인이 누구인 진 모르겠지만… 백 명이 넘는 것 같았습니다. 절반이 궁수, 절 반은 가지각색이더군요."

"백 명이 넘는다? 도와주지 않아도 괜찮겠나?"

장산은 법륜의 말에 웃음을 터뜨렸다.

"괜찮습니다. 궁수들이야… 이 노인… 장만 빼면 그냥 활만 잡아본 수준이고, 나머지는 제각각 움직이니 오합지졸이 따로 없더군요. 문우도 걱정이 많았는데 생각보다 잘 적응하는 것 같더군요."

"그래, 일단은 그렇겠지."

장산의 말처럼 문우는 꽤 잘 적응했다.

그것은 법륜이 이번 여정에 있어 따라나선 야차들에게 두 가지를 당부했기 때문이다.

—불살생(不殺生). 스스로의 목숨이 위험하지 않는 이상 목숨은 빼앗지 마라. 과한 손속을 삼가라.

—필살생(必殺生). 만약 죽여야 한다는 판단이 서면 반드시 죽여라. 망설임은 내 목숨을 위태롭게 하고 동료의 목숨마저 앗아간다.

문우는 법륜의 가르침에 철저하게 임했다.

활을 든 궁수들은 제대로 된 궁수들이 아니었다. 궁술은 하루에도 수백, 수천 발을 쏘아야 감을 잡는 무술이다. 거기다 내력의 운용까지 더해 화살을 쏘아내는 것은 더 어렵다. 아무나 할 수 없는 기예(技藝)이다.

오합지졸이나 다름없는 궁수들을 잡는 일이니 문우로선 첫 번째 원칙 불살생을 어길 일도 없었다. 그 말은 그의 목숨 자체가 위태로운 일이 아예 없었다는 말이다.

문제는 그다음이다.

만약 스스로의 판단에 의해 정말 위험하다는 생각이 들면? 살인을 해보지 못한 이가 과연 다른 이의 목을 가르고 심장을 찌를 수 있을까? 법륜의 걱정은 여기에서 비롯됐다.

"괜찮을 겁니다."

장산은 단정적인 어투로 법륜의 걱정을 불식시켰다.

문우는 심성이 강한 청년이다. 그는 어려운 상황에서 담담하게 웃을 줄 아는 남자였다. 그런 남자라면 믿어도 된다.

"그래, 그보다 그자는 놓친 것 같군."

"아까 그 비화군이라는 노인이요? 엄청나더이다. 저로서는 상대할 엄두가 나질 않겠어요."

"본래도 강한 자였지. 마공으로 그 힘마저 증폭시켰으니 마주한다면 괜히 싸울 생각 말고 뒤로 물러서라. 아직은 아니야."

"알겠습니다."

법륜은 장산의 담담한 대답이 마음에 걸렸다.

장산은 호승심이 충만한 무인이다. 불리한 세를 뒤집고 승리를 쟁취할 만큼의 강단도 있는 사내였다. 그런 만큼 법륜의 명이 있다고 해도 상황이 되면 반드시 붙어보려 할 것이다.

'가급적이면… 떨어뜨려 놓아야겠군.'

어느새 사위가 적막해졌다.

법륜이 고개를 돌리자 싸움이 정리되고 있었다.

궁수들은 이미 지리멸렬했는지 화살 한 대 날아오지 않았고, 병장기 부딪치는 소리마저 끊긴 것을 보니 나머지 반도 모두 도주한 것 같았다.

"그럼 정리해 볼까?"

법륜은 쓰러져 정신을 잃은 도염춘을 바라봤다.

법륜은 네 명의 야차를 뒤로 물리고 도염춘의 앞에 쪼그리고 앉았다. 묘한 인연이다. 구양선 하나를 중심으로 수많은 인연이 그와 얽혔다. 법륜은 오랜 시간 강호를 떠돌았지만 단 한 번도 이 불귀궁객에 관한 이야기를 들은 적이 없다.

'그만큼 구양세가의 상황이 복잡하다는 뜻이기도 하겠지.'

주력 단체인 오륜대와 빈객원, 그리고 최후의 보루나 다름없는 장로원까지. 각 단체가 서로의 이득만 좇다 보니 첨예하게 대립한다. 그리고 결국엔 세 갈래로 찢어졌다.

태양신군 구양백을 따르는 이들.

마인 구양선의 욕망에 동조하는 자들.

구양정균의 야심에 한 다리 걸치고자 하는 이들까지.

도염춘이 비록 중원삼대궁사라는 명성에 걸맞지 않게 이리저리 이득을 따지는 성격이긴 하지만 양심을 모조리 팔아넘기고 안면 몰수할 파렴치한은 아니다. 그래서 법륜은 그가 무슨 생각을 하고 있는지 듣고 싶었다.

빈객원의 원로인 도염춘이 아니라 강호의 삼대궁사 중 일인인 불귀궁객 도염춘에게서.

짝짝!

법륜이 도염춘의 뺨을 세게 내려쳤지만 그는 미동도 하지 않았다. 장산의 일격이 생각보다 강한 탓이다.

"안 되겠군."

법륜은 도염춘의 장심에 손을 올리고 진기를 불어넣었다.

서로 상충하는 진기가 몸속으로 흘러들어 가면 상당히 위험했지만 법륜이 누구인가. 이미 천의무봉(天衣無縫)의 경지에 접어들기 시작한 이가 아니던가. 법륜의 내력은 한 치의 저항도 없이 도염춘의 단전으로 흘러갔다.

우웅!

금기가 스며들자 도염춘의 신형이 꿈틀거렸다.

법륜은 도염춘의 장심에 손을 올린 채 뒤에서 지켜보고 있던 야차들에게 질문을 던졌다.

"활은 전술 병기다. 비록 그 수효가 많진 않지만 전쟁에서나 사용할 물건. 분명 관은 구양세가의 위세에 눌려 허용했을 가능성이 크다. 여기서 우리가 얻을 수 있는 것은?"

"명분."

의외로 문우의 입에서 대답이 나왔다. 법륜은 흡족한 표정으로 되물었다.

"이유는?"

"활이 전쟁에서나 사용하는 전술 병기라면… 숫자가 적든 많든 관에서는 부담을 느낄 것 같아요."

"정답이다. 당금의 황실은 강한 억제력을 가지고 있지. 황제가 생목숨 수만을 날려 버릴 정도로 강단이 있는 사람이니 분명 이번 일은 강호를 억제할 좋은 명분이 되겠지. 그렇다면 우리가 해야 할 일은?"

"그건……."

문우가 대답하지 못하자 법륜은 웃으며 정답을 말했다.

"우리는 이자들을 관에 넘긴다."

"네?"

"예?"

모두의 입에서 경호성이 나왔다.

관과 무림은 언제나 불가분의 관계를 유지한다. 이는 불문율이다. 강호는 관의 막대한 숫자의 병졸과 법에 의한 제약을 두려워했고, 관은 보통 사람이 당해낼 수 없는 무인들의 신묘하고 기이한 힘을 두려워했다.

"왜 그리 놀라지?"

"강호를… 제약할 명분이 생긴다면 저희에게도 좋지 않은 일이지 않습니까? 팔대세가에 대한 억제책이 생기면 그다음은 구파가 아니겠습니까? 그렇게 된다면 태영사같이 작은 곳은……."

"그 말도 맞다. 하지만 명분은 코에 걸면 코걸이요, 귀에 걸면 귀걸이라는 말도 있지."

법륜은 명분이라는 것이 얼마나 중요한지 알고 있다. 그 허울뿐인 명분에 의해서 파문까지 당하지 않았는가. 이번 일은 관이 구양세가에서 등을 돌리게 만들 정도는 아니었지만 분명 좋은 기회였다.

"무파를 표방하는 곳치곤 활 몇 자루 없는 곳이 없겠지. 규모가 커진다면 당연히 보유하고 있는 것도 다양할 테고. 그중에선 관에서 엄격하게 금지하는 물건도 있을 거다. 이를테면… 화약 같은 것."

"그 말은… 구양세가를 표적으로 만들어준다는 뜻입니까?"

"그래. 그럼에도 관은 무파를 표방하는 곳을 들쑤시지 않았지. 시기가 좋지 않았고, 그들이 가진 힘이 두려웠을 테니까. 우리는 그 명분을 준다."

"그렇다면 저희가 얻는 것은 무엇입니까?"

"덮어놓고 싸울 수 있는 권리, 그것을 얻는다. 관도 충분히 알 거다. 작금의 구양세가가 정상이 아니라는 것을. 우리가 구양세가를 돌려놓는다면 그들도 동의할 거다. 구양세가에서 관으로 들어가는 재물이 엄청날 터이니. 그리고… 싸움은 한중 한복판에서 벌어진다. 한중은 대도시야. 무인뿐만 아니라 민초들이 더 많다."

"그 말씀은… 어느 누구도 우리와 구양세가의 싸움에 끼어들 여지를 주지 않겠다는 말씀이시군요. 고통받을 민초들을 위해 구양세가의 수습을 원한다고……."

법륜이 고개를 끄덕였다.

이번 전쟁과 아무런 상관도 없는 민초들은 폭음과 병장기가 부딪히는 소리, 그리고 비명 소리에 밤잠을 설칠 것이다. 관은 민초들의 소란을 수습하고, 태영사는 관이 끼어들기 애매한 싸움을 조기에 종식시킨다. 합당한 거래였다.

'조 대주 정도의 인물이 끼어든다면 또 모르겠지만……'

금룡수사 조비영이나 그의 스승인 황금포쾌 마운철 정도 되는 위인이 섬서에 머물고 있다면 모르겠지만 한중의 관은 무능력자나 다름없다. 분명히 받아들일 것이다.

"그렇다면 저들부터 수습해야겠군요."

장산은 쓰러져 널브러진 궁수들을 바라보며 탄식을 터뜨렸다. 싸움을 할 때야 단련되지 않은 오십 명은 그리 많은 숫자가 아니지만, 저들을 인솔해 관에 넘겨야 할 경우는 다르다. 너무 많은 숫자이다.

개중에는 분명 재수가 없어 죽은 자도 있을 것이다. 살인은 관에서도 엄격하게 금지하는 범죄이니 그 사실을 둘러대는 것도 상당히 어려운 일이 될 것이 분명했다.

"우리는 손을 쓰지 않는다."

법륜은 그런 장산의 고민을 일소시켰다. 그러곤 한 사람을 바라보았다.

"여기 있잖아. 우리 일을 대신 해줄 사람이."

도염춘은 여전히 정신을 잃은 채였다.

*   *   *

구양선은 구양백을 상대로 선전했다.

여러 가지 무공을 몸에 붙이고 더 높은 경지에 오르기엔 부족한 시간이 분명했지만, 이미 강기를 다룰 수 있는 구양선에게 잡다한 무공은 그의 공격적인 움직임에 힘을 더해주기에 충분했다.

"합!"

구양백은 혼신의 힘을 다했다.

삐걱거리는 몸뚱이와 부상으로 인한 군더더기, 오랜 시간 와병한 탓에 굳어버린 움직임까지 그에게 호재(好材)는 없었다. 하지만 그에겐 이 모든 것을 덮을 만큼의 노련함이 있었다.

구양선이 강하게 내치면 물러나 화운비탄의 초식으로 틈을 노리고, 뒤로 물러서면 접화수로 강하게 내친다. 분명 호각으로 보이는 이 싸움에 지켜보고 있던 홍균은 나지막한 신음을 흘릴 수밖에 없었다.

'흡수하고 있어. 그리고 점점 익숙해진다.'

문제는 구양선의 움직임이 점차 좋아지고 있다는 것이다. 석실에서 홀로 쌓은 무공은 빈틈투성이지만, 기이한 진기의 장벽으로 그 틈을 메웠다. 거기다 구양백의 움직임마저 훔치고 있으니 시간을 끌면 끌수록 불리한 것은 구양선이 아닌 구양백이었다.

'태상, 미안하지만 끼어들어야겠소.'

홍균은 떨리는 팔을 진정시키며 검을 들어 올렸다.

구양백의 싸움에 끼어들어 그의 역사에 오명을 남기고 싶지는 않았지만 목숨을 잃는 것보단 나을 것 같았다. 홍균은 계속해서 기회를 엿보았다.

'조금만 더……'

한편, 구양백은 구양선을 상대하며 이대로는 끝이 없겠다는 판단을 내렸다. 그도 알고 있었다. 손자인 구양선이 자신의 무공을 훔치고 있다는 것을. 시간이 지나면 자신의 움직임이 둔해질 테고, 마인의 움직임은 점차 좋아질 것이다.

'단번에 끝내야겠다.'

구양백은 결단을 내렸다.

'이도 저도 아닌 초식으로는 안 돼. 강력한 것으로 한 방. 단숨에 목숨을 끊어야 한다.'

그는 구양선을 제압할 수 있는 무공은 단 하나뿐이라는 것을 알았다. 남환신공의 오의. 지금의 몸으로 무리해서 펼친다면 결과는 명백했다.

'동귀어진.'

구양백은 싸움의 한복판에서 인생의 무상함을 느꼈다. 싸우다 죽는 것이 무인의 숙명이라지만, 결코 이런 죽음은 바라지 않았다.

명예로운 죽음. 어느 누구나 인정할 수 있는 무인과 대적하다 죽고 싶었다. 그것이 태양신군이라는 위명에 걸맞은 죽음이라 생각했으니까.

'하지만…….'

자신이 내린 목숨, 자신이 거두어가는 것이 이치에 맞았다. 그것도 세상에 해악을 끼칠 사람이라면 더더욱. 구양백은 마침내 결단을 내렸다.

화륵—

몸에서 다시 한번 불길이 치솟았다. 종전과는 확실히 다른 종류의 불꽃이었다. 구양백은 단전에 남아 있는 진기 한 방울마저 긁어모았다.

불꽃의 대지.

남환신공의 오의 천주현현이 세가의 시작을 알린 곳에서 다시금 모습을 드러냈다.

[홍 대주, 부탁하네.]

구양백은 홍균에게 짧은 전음을 남기고 앞으로 돌진했다. 매캐한 냄새가 났다. 구양백의 발끝에서 불꽃이 일며 바닥을 태운 탓이다. 구양백은 지금까지는 마치 몸풀기였다는 듯 압도적인 위용을 자랑했다.

그리고 구양선은 알았다. 드디어 고대하던 순간이 찾아왔음을.

'분명… 위력적이지만 오래가진 못할 거야. 저것만 손에 넣으면.'

이 순간만 잘 넘긴다면 누구나 바라는 신공을 손에 넣을 수 있다.

'느껴보자. 어떤 것인지.'

구양선은 정신을 집중했다. 구양백의 몸을 뒤덮은 불꽃은 이 세상에 존재하는 모든 것을 태워 버리겠다는 듯 맹렬하게 타올랐다.

'진기의 흐름은 이런 식이군.'

대주천을 이루는 기경팔맥을 넘어 그 주변에 존재하는 모든 세맥까지 진기가 용솟음치고 있었다. 구양선은 구양백이 운기하는 행로의 정반대로 진기를 운용했다.

파직!

파지직!

검은 불꽃이 구양선의 몸 주변으로 튀었다. 잘되지 않는다는 듯 구양선은 인상을 찌푸렸다. 구양백은 그 모습을 보며 고소를 금치 못했다. 저 아이는 제대로 깨닫지 못했다.

"왜, 잘 안 되느냐?"

"이 노인네가……!"

구양백은 구양선의 버릇없는 말버릇에도 허허 웃어넘겼다. 굳이 심력을 소모할 필요가 없는 탓이다.

"내가 말했지. 네겐 소림의 그 아이가 지닌 것 중에 가지지 못한 것이 하나 있다고. 그것은 바로 의지이니라."

"의지?"

"그래. 의지에는 여러 가지 종류가 있지. 무공을 펼칠 때 스스로를 보호하겠다는 의지, 또 남을 지키겠다는 의지, 그리고… 그것을 위해서 스스로를 불사를 수 있는 의지!"

구양백은 말과 동시에 막대한 진기를 쏘아냈다.

남환신공의 오의 천주현현은 막대한 진기를 대가로 한다. 하지만 오의를 펼치기 위해 엄청난 양의 진기만 필요했다면 굳이 오의라는 이름으로 따로 분류할 이유는 없었으리라.

오의가 오의일 수밖에 없는 이유.

그것은 막대한 양의 진기를 자유자재로 수발함과 동시에 불이 지닌 본질을 이해해야 했으며, 더불어 그 본질로 무엇을 할수 있을지 선을 그어야 한다.

'그래야 그 선을 넘을 수 있다.'

그것이 오의가 최후 절초인 이유이다. 한계 너머의 힘을 발휘하기 위해선 그 밑에 깔린 모든 것을 이해해야 하는 일종의 제약이다.

"그럼 어디 한번 받아보아라."

구양백은 과거를 회상했다.

처음 부친으로부터 천주현현이란 초식을 전수받으면서 가장 먼저 선행한 것이 불을 이해하는 것이었다.

"천주현현은 이 세상에 존재하는 모든 불꽃을 지배하고자 만든 초식이다. 그렇기 위해선 네 몸 자체가 불꽃이 되어야 해."

삼 년.

불이란 것을 겉핥기나마 이해하는 데 삼 년이 걸렸다. 아니, 아직도 자신은 불이란 것이 어떤 것인지 전부 알지 못했다. 하지만 대략적으로는 안다.

불꽃이란 파사현정(破邪顯正), 즉 사특한 것을 정화하고 마(魔)에 물든 육신을 치유하는 힘이며, 반대로 모든 것을 파괴하고 허무(虛無)로 돌려놓는 재앙이기도 했다.

'그것을 알지 못한다면… 절대 닿을 수 없으리라.'

구양백은 손자를 이 세상에 존재해선 안 될 악(惡)으로 규정했으면서도 눈앞의 아이가 더 높은 곳에 닿기를 바라는 한 줄기 미련을 버리지 못했다. 그래서 구양선을 계속해서 궁지에 몰아넣으면서도 끝끝내 목숨을 취하는 것에 망설이고 있었다.

뒤에서 검을 든 채 구양백을 바라보던 홍균은 대번에 구양백의 속마음을 알았다. 더는 위험했다. 저 악마 같은 놈에게 시간을 주면 어떻게 변할지 모른다.

[태상, 개입하겠소!]

홍균은 구양백의 허락이 떨어지기도 전에 전투에 난입했다. 새빨간 강기를 머금은 홍균의 검이 낭패한 표정을 지으며 뒤로 물러서는 구양선의 목을 노리고 쏘아졌다.

"빌어먹을!"

구양선은 홍균의 갑작스러운 기습에 손발이 어지러워졌다.

발에선 불이 예고도 없이 피어오르고 허공에서는 폭발이 일어났다. 그리고 구양백의 강력한 손속에 연신 뒤로 물러서기만 했다. 천주현현이란 오의를 제대로 훔쳐낼 여유가 없었다.

'아니, 이미 방법은 알았어.'

단지 구현할 수 없을 뿐이다. 의지라고 했던가. 구양신은 모든 것을 집어삼키는 탐욕 그 자체이다. 세상의 전부를 갖고 그 외에 가질 수 없는 것이 있다면 부숴 버리는.

'움직여. 움직이라고!'

구양선은 계속해서 뒤로 물러나면서 마공을 운용했다. 이미 온몸이 화상 자국으로 벌겋게 익어버렸고, 홍균의 날카로운 검격에 얇은 자상이 수도 없이 생겨났다.

그럼에도 구양선은 포기하지 않았다. 남환신마공을 믿었다. 그에게 새로운 인생을 선사한 천고의 마공 남환신마공은 살아 있는 생물과도 같다. 스스로의 의지를 지닌 채 자신의 뜻에 동조한다. 그 말은 곧 자신의 의지에 반응해 스스로 운기하고 내력을 쏟아낸다는 뜻과 다르지 않았다.

'제발!'

구양선의 간절한 외침이 닿아서였을까. 남환신마공의 마기는 온몸 구석구석을 돌며 그간 신경 쓰지 못한 혈들을 거침없이 뚫어버렸다. 내부에 상처가 나는 것쯤은 관계없다는 듯 거칠었다.

"이놈!"

가장 먼저 이상을 알아챈 것은 바로 앞에서 상대하고 있는 구양백이었다.

'운용 방식이 달라졌다.'

현재 구양선의 몸에 존재하고 있는 마기는 폭주하고 있었다. 그 사실을 시시각각 변하는 얼굴을 보며 알았다. 추위에 살이 퍼렇게 죽었다가 다시 홍조를 띠듯 계속해서 변화했다. 입가에 흘러내리는 가느다란 핏줄기는 내부, 혈맥과 장기에 손상이 생기며 흘러내리는 선혈(鮮血)이다.

[홍 대주, 시간을 끌면 안 되겠어. 내가 제압한다. 목숨을 끊어라.]

구양백은 홍균이 대답할 틈도 주지 않고 몸을 날렸다.

동귀어진. 구양백이 택할 수 있는 최후의 방법이었다. 일순간 구양백의 몸에 타오르던 불길이 훅 하고 꺼져 버렸다.

그러곤 오른손, 더 나아가 오른쪽 팔에 하얀색 불꽃을 머금은 칼날 하나가 모습을 드러냈다. 구양백의 모든 것이 담긴 하나의 칼. 이것으로 지독한 인연의 종지부를 찍어야 했다.

'부디……'

구양백의 칼이 움직였다.

'내세에서는……'

불꽃의 칼날이 구양선이 든 검과 부딪치자 검이 산산조각 났다. 구양백의 아련한 눈이 구양선의 두 눈으로 박혀들었다.

"이런 지독한 인연이 아니라 선연이기를 기대하마."

촤아악!

구양백의 칼날이 구양선의 몸을 갈라냈다.

구양선은 빠르게 뒤로 물러나려 했지만 시간이 부족했다.

'이대로는… 죽는다.'

머리카락이 곤두섰다. 죽음에 대한 공포를 처음 느껴본 것은 아니지만, 지금은 그 어느 때보다 확실하게 느낄 수 있었다. 이번엔 마공의 공능으로 인한 회생 같은 것을 기대할 수 없었다. 그대로 숨통이 끊어진다. 목숨이 경각에 달하자 남환신마 공이 화답했다. 삽시간에 구환신마벽이 일어나며 아홉 개에 달하는 장벽을 일궈냈다.

한 번 휘두를 때마다 벽이 하나씩 깨졌다. 두 개, 세 개… 여덟 개. 구양백은 한계를 느꼈다. 한 번만 더 손을 휘두를 수 있다면 완벽했는데.

'여기까지인가. 부탁하네, 홍 대주.'

구양백은 간신히 힘을 쥐어짜 마지막 일격을 먹였다.

촤락!

마지막 남은 마벽이 갈라지며 구양백의 신형이 허물어졌다. 이대로 반격을 당한다면 그대로 죽은 목숨이었다. 구양백은 생에 마지막일지도 모를 순간에 간신히 고개를 돌려 홍균에게 눈짓을 보냈다. 뒤를 부탁한다는 뜻이다.

구양선은 고통에 물든 얼굴로 손을 치켜들었다. 이대로 손을 내려치면 완벽했다. 하지만 아직이다. 방해꾼이 남아 있었다. 선택의 기로에서 구양선은 갈등했다.

'역시… 나는 탐욕스러운 놈이다.'

도저히 이 정도로는 만족할 수 없었다. 구양백도 죽이고 홍균도 죽인다. 그리고 자신은 산다. 어느 것 하나 포기할 수 없었다.

'어디 한번 들어와 보시지.'

구양선은 그렇게 생각하며 치켜든 손을 내리그었다.

"태상!"

홍균은 그 광경을 보며 고함과 함께 앞으로 달렸다. 검에는 여전히 시뻘건 강기가 휩싸여 있었다. 이대로 찔러 넣는다면 구양선은 죽는다. 그리고 구양백도 확실히 죽는다.

그는 선택해야만 했다. 살릴 것인지, 아니면 죽일 것인지. 그리고 그 고민은 짧았다.

'죽인다.'

그는 염원했다. 저놈이 죽기를. 그리고…….

'내가 죽는다.'

홍균은 구양백의 앞을 막아섰다. 그러자 구양선이 홍균의 측

면으로 돌아 손을 내질렀다. 홍균은 다급한 표정으로 세차게 검을 내질렀다. 빛살과 같은 빠르기로 검이 박혀 들었다.

서걱!

구양선의 상반신에 한 줄기 상처가 새겨졌다. 홍균은 그대로 검을 회수했다 다시 찔러 넣었다. 그와 동시에 구양선의 손이 주저앉은 구양백의 머리로 떨어졌다.

퍼걱!

＊   ＊   ＊

구양연은 자신의 방에서 초조한 얼굴로 발을 동동 굴렀다. 화약이 터지는 소리와 매캐한 화약 냄새가 세가에 진동했다. 그리고 곳곳에서 들려오는 비명 소리까지. 평생을 살면서 무공 한 자락 익히지 않은 여인이 감당하기엔 너무나 두려운 일이었다.

"연아."

구양연은 방 안에 있는 자신을 누군가 부르자 긴장했다. 익숙한 목소리였건만 어찌 그리 경계심이 생기는지. 구양연은 품속에서 자그마한 단도 하나를 꺼내 들었다. 여차하면 찔러 버리거나 그게 여의치 않다면 치욕을 당하기 전에 목숨을 끊기 위해서였다.

한 사내가 벌컥 문을 열고 방 안으로 들어섰다. 복면을 한 사내는 단도를 들고 있는 구양연을 보며 대소를 터뜨렸다. 급박한 상황에 어울리지 않는 시원한 웃음이었다.

"하하!"

"......?"

구양연은 긴장한 와중에 방금 목소리가 상당히 익숙하다는 것을 느꼈다. '어디였지? 언제였지? 누구였지?'와 같은 생각들이 순식간에 스쳐 지나갔다. 그러곤 깨달았다. 이 남자는 위험하지 않다는 것을.

"오라버니!"

"그래, 나다."

복면의 사내 구양비는 슬그머니 복면을 내려 얼굴을 보였다. 야행복 차림의 구양비는 관옥 같은 얼굴로 구양연에게 다가섰다. 구양연은 오라비의 얼굴을 보자마자 왈칵 눈물을 터뜨렸다.

"그동안 어디에 계셨어요?"

"일이 좀 있었다."

구양비는 구양연을 품에 안고 다독였다.

구양연을 품에 안고 다독이자 만감이 교차했다. 언제 이렇게 컸는지. 한참 어린 동생으로만 생각했는데 제법 강단이 있었다. 지금은······.

"아직 울보구나. 이제 그만 진정하거라. 지체할 시간이 없으니."

"네?"

구양연이 눈을 동그랗게 뜨며 되물었다.

"설명하자면 길구나. 일단은 이곳을 벗어나야 한다. 그리 멀리 가지 않을 테니 간단히 채비하여라. 패물이나 옷가지 같은 것들은 내버려 두고 편한 복장으로 갈아입어야 한다."

"네……."

구양연은 구양비의 말에 고개를 끄덕였다.

평소 그리 살갑지 않던 오라비의 모습이 낯설었다. 하지만 구양비의 진중한 얼굴과 자신을 안심시키려는 듯한 자상한 목소리에 이내 납득했다.

'이유 없이 움직이시는 분이 아니니 괜찮을 거야.'

구양연은 재빨리 옷을 갈아입었다. 한 번도 꺼내 입어본 적 없는 무복이다. 처음 입어보는 무복의 감촉이 낯설었지만 그녀는 이내 마음을 굳게 먹었다. 지금은 누가 봐도 비상사태이니 이 정도 불평은 접어둬야 했다.

"가자."

구양비가 구양연을 이끌었다.

세가의 지리를 누구보다 잘 알고 남들은 모르는 비밀 통로까지 전부 꿰고 있는 소가주이다 보니 그의 발걸음엔 거침이 없었다. 걸음을 옮기던 구양비는 높다란 담장 앞에서 멈춰 섰다.

"이쪽이다."

"네? 여긴 그냥 담장이잖아요."

"지금은 그렇지."

구양비는 웃으며 담장 한구석에 튀어나온 돌을 눌렀다. 그러자 담장을 구성하고 있는 돌들이 우르르 무너지며 사람 한 명이 웅크리고 지나갈 수 있는 공간이 생겨났다.

"어머!"

"가자. 시간이 없다."

구양비는 놀란 얼굴의 구양연을 앞으로 밀었다. 이제 이런 담장 서너 개만 더 지나치면 세가 밖으로 빠져나갈 수 있었다. 흔적이 고스란히 남으니 들키는 것이야 시간문제지만 무사히 몸만 빼낼 수 있으면 그만이다.

구양비 남매는 다시 종종걸음으로 가내의 이곳저곳을 돌파했다.

'이대로 조용히 나갈 수 있다면 좋겠지만······.'

상황이 그리 순조롭지만은 않았다. 한 번은 반드시 부딪칠 것이다. 구양비는 그 장소를 마지막 담장인 외원의 경계로 삼았다. 그곳엔 자신을 따르는 무리가 진을 치고 있으니 그곳까지만 도달한다면 안심이다.

'게다가… 그도 있으니······.'

그라면 어떻게든 이 아이를 밖으로 빼내줄 것이다. 자신은 이 아이를 그와 연결해 줄 것이다. 그러면 이 아이만큼은 무사할 수 있었다.

'신승 법륜······.'

하지만 그런 구양비의 바람은 세 번째 담장을 넘는 순간 무참히 깨졌다. 그곳엔 예상치 못한 인물이 서 있었다. 장로원의 봉공(縫工)이며 태양신군 구양백의 조카이자 자신에게 숙부인 비화군 구양정균의 자식이.

"오랜만일세, 조카. 그간 얼굴 보기가 힘들더니 잘 지냈는가?"

"구양철……!"

"허어, 숙부에게 그런 말버릇이라니. 가내의 법도가 땅에 떨어졌구나. 가문의 대를 이을 소가주라 하나 그 방자함이 하늘에 닿았도다. 거기 우리 연이와 함께 이 숙부에게 혼이 좀 나야겠구나."

제이십구장(第二十九章)

전선(前線)

법륜은 도염춘의 멱살을 끌어당겼다.

아직까지 제정신을 차리지 못한 도염춘은 법륜의 손짓에 질질 끌려갔다. 중원삼대궁사로 이름이 드높던 그의 위명이 땅에 떨어졌다. 그리고 그의 몸도 땅 위로 끌려가자 불편함에 정신이 조금 드는 듯 신음을 흘렸다.

"끄응……."

"어, 사주! 이자, 정신이 드는 모양입니다."

"끄으……."

법륜은 손에 쥔 멱살에서 슬그머니 힘을 뺐다.

제 발로 걸어간다면 굳이 강호의 명숙을 질질 끌고 가 관아에 집어 던질 이유가 없었다. 차라리 설득해 자발적으로 도움을 받는 쪽이 좋았다.

"정신이 좀 드시오?"

"여긴……?"

도염춘은 아직까지 제정신이 돌아오지 않는다는 듯 고개를 빠르게 흔들었다.

"한중으로 가는 길이오."

"한중?"

도염춘은 법륜의 입에서 나온 한중이라는 말에 사색이 되어 소리쳤다.

"한중은 안 돼!"

"너무 과민한 반응인데?"

법륜과 일행은 도염춘의 반응에 의아함을 느꼈다. 그 이상함을 도염춘도 눈치챘는지 재차 덧붙여 설명을 늘어놨다.

"거긴 사지(死地)다! 이대로 들어간다면 아무도 살아남지 못할 걸세!"

"사지라? 그렇지 않은 곳이 또 어디에 있던가?"

법륜은 사지라는 말에 그저 웃었다. 도염춘은 중원에서 알아주는 궁사다. 궁술이라는 무공이 익히기 어렵고 근접전에 너무 취약하기에 무인들이 등한시하는 무공이긴 하지만…….

'그의 실력은 출중해. 지금껏 봐온 이들 중 궁술로는 최고다. 그런 그가 이렇듯 겁을 먹다니.'

법륜은 도염춘의 신경을 긁기로 작정했다. 이렇듯 술술 털어놓는데 안 그럴 이유가 없었다.

"세상 오래 살고 볼 일이군. 삼대궁사씩이나 되는 이가."

법륜은 도염춘을 등진 채 읊조렸다. 그 말을 들었음인가. 도염춘이 법륜의 말에 버럭 소리를 질렀다.

"내 말이 우스운가? 거긴 복마전(伏魔殿)이야! 구양세가의 전력이 총동원되었단 말일세!"

참으로 우스운 이야기다. 무엇에 그렇게 겁을 집어먹었나 했더니 너무 뻔한 이야기다. 무인이 사지임을 알기에 피해 가고자 한다니. 복마전? 마귀들이 암약하는 소굴이란 말인가? 그렇다면 자신은 명왕(明王)이다. 악마들을 굴복시키는 것쯤은 손바닥 뒤집듯 쉬운 일이 아닌가.

"복마전이라……. 내가 누구인지 잊은 모양이군."

법륜은 도염춘을 싸늘한 눈으로 흘겼다. 하나 도염춘은 그런 법륜의 뻣뻣한 반응에도 결코 말을 번복하지 않았다.

'이놈은 몰라. 거기에 누가 있는지.'

세가의 전력도 전력이지만 그곳에 암약한 절대자의 위용은 무시무시하기 짝이 없다. 그는 이대로 끌려가 다시 그의 앞에 서고 싶지 않았다.

"법륜, 십대마존을 참살했다 해서 세상이 좁아 보이는가? 신승이란 그 별호가 과연 그곳에서 통할 성싶으냔 말일세!"

"그것은 상관없다. 나는 그깟 허울에 얽매이지 않아. 나는 신승이 아니다. 그저 법륜이지."

법륜은 투명한 눈으로 도염춘의 말을 받아냈다. 그곳에 누가 있던 그런 것은 그에게 아무런 영향을 주지 못했다. 그저 전진,

또 전진이다. 돌아가는 길 따위는 애초에 염두에 두지도 않았다. 하지만…….

"이상한 반응이군. 고작 구양선이나 구양정균 따위에 그리도 겁을 먹나? 도염춘씩이나 되어서?"

"끄응……."

도염춘은 그 말에 반박하려다 침음을 삼켰다.

그를 떠올리는 것만으로도 공포감이 스멀스멀 기어올라 등이 축축하게 젖었다.

'구양철……'

구양정균의 아들이자 장로원의 숨은 고수. 혹자는 구양철의 무위가 별 볼 일 없어 부친의 위세를 등에 업고 한량 노릇을 한다고 생각하지만 그것은 잘못된 생각이다. 그는 강했다. 진실로.

만약 그가 무공에 욕심을 두지 않고 가문의 권력을 탐했다면 구양세가는 구양선이라는 망종이 설치기도 전에 진즉 그의 손에 떨어졌을 게다. 언젠가 도염춘이 구양철에게 물은 적이 있다.

"어찌하여 가문의 일을 그리 등한시하시오? 가문의 위세와 명예가 달린 일일진대."

"위세? 명예? 그런 것은 힘이 없으면 지킬 수 없는 것들이다. 당금의 세가는 약해 빠졌어. 내 무공이 완성되는 그날, 세상은 세가가 아닌 내 앞에 엎드릴 것이다."

도염춘은 구양철의 눈빛이 아직도 생생했다. 세상을 집어삼킬 것 같은 욕망의 화신. 저열한 욕심이나 탐욕과는 달리 그 순수한 욕망은 도염춘을 전율케 했다. 그래서 그는 결코 그와 다시 마주하고 싶지 않았다.

'어떻게든 틈을 만들어서 빠져나가야 하는데… 이놈을 보니 그것도 쉽지 않겠다.'

도염춘은 법륜의 의중을 파악하기 위해 질문을 던졌다.

"그래서 이대로 한중에 들어서서 뭘 할 참이냐?"

"관아로 갈 거요."

법륜은 그 물음에 간단하게 답했다.

"관아?"

도염춘이 의아함을 담아 묻자 법륜은 그저 쓰게 웃었다. 그가 하고자 하는 일은 같은 강호인을 관에 팔아넘기는 행위이다. 비록 명분을 세우기 위함이나 마음은 결코 편치 않았다. 하지만 해야만 했다.

"이번 싸움에 끼어들 명분. 당신이 만들어줘야겠어."

"명분? 그건 또 무슨 소리지?"

법륜은 도염춘에게 계획한 일에 대해 털어놨다. 도염춘의 얼굴이 법륜의 계획을 듣는 내내 시시각각 변했다.

"자네는 참 잔인한 사람이군. 내게 모든 책임을 뒤집어씌울 참인가?"

"말에 어폐가 있군. 뒤집어씌우다니. 사실이지 않은가?"

"결코 아닐세! 나는 그저 이용당했을 뿐이야! 모든 것은 구양 씨가 책임져야 할 일들이 아닌가!"

법륜은 고래고래 소리치는 도염춘의 멱살을 움켜잡았다.

"구양씨? 책임? 세상 편하게도 사는군! 그래, 구양세가 내에 서 저들끼리 치고받고 싸웠다면 내가 이렇게 끼어들 겨를이 없 었겠지. 당신은 단 한 번이라도 이 싸움에서 떳떳하게 당신의 뜻을 드러낸 적이 있나?"

법륜이 도염춘의 얼굴에 대고 으르렁거리자 도염춘은 말문 이 막혀왔다. 맞다. 법륜의 말처럼 그가 뜻을 세워 단 한 번이 라도 세가의 비인도적인 처사에 반대했다면 이렇듯 떳떳하지 못할 이유가 없었다.

도염춘은 그 말에 눈을 감았다. 눈가가 파르르 떨려왔다. 법 륜이 잡은 멱살을 풀며 밀치자 도염춘은 그대로 나둥그라졌다. 살기 위해서였다는 변명은 절대로 통하지 않으리라.

'결국 살기 위해 판 굴이 내 무덤이 되었구나.'

"떳떳해라. 말은 그처럼 쉽지. 하지만 그대는 떳떳한가? 그렇 지 못하다면 내 계획에 동참해라. 그렇다면 최소한의 살길은 열 어줄 터이니."

법륜은 그 말을 끝으로 도염춘에게서 멀어졌다.

쓸데없이 시간을 너무 많이 낭비했다. 한중은 도염춘의 말대 로 복마전일 것이 분명했다. 은근하게 흐르는 긴장감과 살기가 이 먼 곳까지 느껴졌으니까.

'금기(金氣). 병장기다. 그리고 군기(軍氣)까지. 아주 작정을 한

모양이군. 숫자가 상당해.'

"장산, 장욱."

"네."

"예, 사주."

장산과 장욱이 동시에 답하자 법륜은 앞으로의 작전을 지휘했다. 일단은 예정대로 움직인다. 하지만 상황이 좋지 않을 경우엔 다른 방도를 찾아야 한다.

"나는 먼저 한중으로 간다. 계획대로 움직이는 것을 명심해. 우선 관아로 이동해 명분을 만든다. 그 뒤 백호방으로 집결해라. 아마 한중의 불안한 정세에 갈팡질팡하는 이들이 많을 것이다. 그들을 회유해. 최대한 목숨을 보전해라. 그러고도… 목숨이 위급하다고 생각된다면 뒤로 물러서라. 그리고 찾아라."

"예?"

"구양세가의 속문 중 작금의 처사에 반발하는 이들이 분명 있을 것이다. 그들을 모으고 규합해. 그러면 한동안은 안전할 것이다. 그게 너희가 할 일이다."

장산과 장욱은 대답하기를 망설였다.

전장이 코앞이니 목숨이 위험하다는 것은 자명한 일이다. 그렇다고 해서 바로 물러난다면 체면이 말이 아니다. 둘이 망설일 때, 의외로 대답은 문우에게서 나왔다.

"알겠습니다. 제가 대형들을 잘 설득하겠습니다. 그러니 너무 걱정하지 말고 다녀오십시오, 사주."

문우는 자신만 믿으라는 듯 가슴을 두드렸다. 법륜은 자신만만한 문우의 말에 웃음을 터뜨렸다. 어딘가 가슴 한구석이 꽉 막힌 듯 계속해서 답답했는데 문우의 말 한마디에 뻥 뚫리는 것 같았다.

"하하, 그래. 네가 잘 보필하도록 해라."

"네, 사주. 보중하십시오."

문우는 포권을 취하며 의연하게 법륜에게 인사를 올렸다. 장산과 장욱, 그리고 이철경은 그 모습을 멍하니 바라보다 다급하게 포권을 취하며 인사를 올렸다.

"그럼."

법륜은 고개를 끄덕여 보인 뒤 걸음을 옮겼다.

일보, 이보……. 법륜의 모습이 멀어지자 장산과 장욱은 고개를 흔들며 정신을 차리기 위해 노력했다. 이제부터는 한 치의 방심도 용납할 수 없었다. 작은 방심이 곧 생명과 직결되기에.

"그럼."

남은 일행은 눈빛을 교환했다. 장산과 장욱은 고개를 떨군 도염춘의 전방과 후방에 자리했다. 행여나 허튼 마음을 먹고 도주한다거나 자해할 경우를 대비해서이다.

"철경은 앞서 나가 행여나 있을 기습에 대비하라. 그리고 문우는 후방에 남아 전체적인 상황을 살핀다."

장산이 각자가 수행할 임무를 명하자 일행은 일사불란하게 움직였다. 지금부터는 명백하게 시간 싸움이다. 재빨리 한중으로 이동해 관아에 도염춘을 넘기고 명분을 만든다. '그 뒤 상황을 보아 사주가 위험할 경우 끼어들어야 해. 그러려면 각자 주어진 일을 완벽하게 해내야 해.'

장산은 앞서 걷고 있는 이철경을 향해 전음을 보냈다.

[철경, 반응하지 말고 듣도록.]

장산의 전음에 이철경이 움찔했으나 장산의 말대로 아무런 내색도 하지 않고 앞을 경계하며 걸어갔다.

[한중에 들어서면 문우가 도염춘을 호송해 관아로 이송할 것이다.]

[문우가요?]

[그래. 어리지만 영민한 아이이니 관아에 이자를 넘기고 약속을 받아내는 것쯤은 문제없을 거야. 그리고 자네는 한중 내의 낭인들과 무인들을 규합해 민초들을 보호해. 장욱은 구양세가의 속문을 돌면서 불만이 있는 자들을 포섭할 것이다.]

[그럼 대형은……?]

장산은 이철경의 물음에 잠깐 고민하는 듯하더니 이내 시원하게 답했다. 사주의 명이 걸렸기 때문이다.

[나는 사주에게로 간다. 사주는 강하지만… 저자의 반응이 마음에 걸려.]

[사주를 위협할 누군가가 있을 것이라 판단하십니까?]

장산은 자신의 왼편에서 힘없이 걷고 있는 도염춘을 힐끗 바라봤다. 세가의 전력이 동원되었다 함은 분명 엄청난 일이나 저 정도 공포감을 이끌어내기엔 부족하다.

'게다가 삼대궁사씩이나 되면……'

신법도 타의 추종을 불허할 정도로 뛰어날 것이 분명했다. 위험한 상황에서도 충분히 도주할 수 있다는 말이다. 하지만 도염춘의 반응은 그런 것치곤 굉장히 예민했다. 도대체 어떤 자가 있기에 저리 과민하게 반응하는지.

'마주치게 되면 알겠지.'

장산은 무의미한 고민은 그만 접기로 했다.

'일단은 사주를 위협할 정도라면 내가 가도 도움이 되진 않겠지만… 시간은 벌 수 있겠지.'

"여기서 갈라진다. 철경, 부탁하네."

"어, 어!"

장산은 한중의 높다란 성벽이 보이자마자 제 할 말만 하고 휙 성벽을 넘어가 버렸다. 장욱과 문우가 놀람의 탄성을 터뜨렸다.

"아니, 철경. 대체 무슨 일인가?"

장욱이 장산의 돌발 행동에 적잖이 당황한 듯 허둥대며 물었다. 이철경은 장욱을 진정시키며 장산이 남긴 말을 전했다.

"대형께서 각자 할 일을 분담하셨습니다. 문우는 관아로, 저는 낭인들을, 장 이형(二兄)께서는 구양세가의 속문을 규합하라 하시더군요."

"그럼 대형은?"

이번엔 문우가 묻자 이철경은 고개를 저었다. 문우의 성격상 장산이 한 선택을 알게 되면 자신도 따라가겠다고 날뛸 것이 분명했다.

"대형은 따로 할 일이 있으시다. 그러니 성벽을 넘자마자 즉시 이동한다. 이형께서도 양해 부탁드립니다."

이철경은 장욱을 향해 고개를 숙인 뒤 앞장섰다. 장욱에게는 미안하지만 이미 결정된 사안. 장욱과 문우는 자신들이 더 이상 할 수 있는 일이 없다는 것을 깨달았다. 그렇다면 앞으로의 일에 차질이 없게 주어진 명을 완벽하게 수행해 내면 된다.

한편, 도염춘은 신법을 펼쳐 성벽을 넘어가 버린 장산을 보며 속으로 감탄을 터뜨렸다.

'상당한 신법!'

구양세가와 전쟁을 하겠다니. 그저 젊은이들의 치기로만 여겼는데 모여 있는 이들의 면면이 상당했다. 거기다 신승의 가세는 그로서도 전혀 예상하지 못한 일이 아닌가. 구양정균이 자신을 산으로 이끌 때만 해도 이런 일이 펼쳐질 줄 상상도 못했다.

'그렇다면……'

도염춘은 산을 내려오며 계속 괴롭기만 하던 마음을 추슬렀다. 가능하다. 이들이 확고하게 결심을 한다면, 그리고 자신의 도움이 더해진다면 전혀 불가능한 일은 아니었다.

'삼대궁사 따위가 뭐라고……'

너무 허명에 집착했다. 중원제일궁사도 아니고 고작 삼대궁사에 이름을 올렸다는 것 하나만으로 나태했다. 그리고 집착했다. 그래서 숲을 보지 못하고 나무만 보고 걸었나 보다. 자신의 발밑이 진흙탕인 것도 모른 채 제 잘난 맛에 살았다.

'무엇이 정도인가?'

도염춘은 심각하게 고민했다. 구양세가에 몸담은 지 어언 삼십 년. 그 세월보다 법륜을 만나 호되게 질타를 받은 일각이 더 뜻깊은 시간이었다. 이제 길을 알았으니 걸으면 된다.

"이보게들."

도염춘은 걸음을 멈춘 채 장욱을 바라보았다. 거검을 든 청년이 일행에서 빠졌으니 그다음은 저 청년이다. 도염춘은 장욱을 향해 입을 열었다.

"내 육십 년을 살았네. 그중 절반을 구양세가에서 보냈지. 그 길이 정도라 생각했으나 돌이켜 보면 내 실력을 뽐내기에 급급한 세월이었구먼."

장욱도 도염춘이 멈추자 그 옆에 서서 그의 말을 들었다.

"그래서 뭐 어쩌란 말이오?"

장욱은 도염춘을 잘 알고 있다. 중원삼대궁사? 아니다. 남들은 잘 모르지만 그는 구양세가의 비수나 다름없는 노인이다. 한중에서 방을 꾸리며 몇 번이나 마주친 적이 있기에 잘 안다. 장욱이 도염춘의 심성을 짐작할 수 있는 이유는 단 하나였다.

'피 냄새.'

그의 몸에선 피 냄새가 진동했다. 이자는 너무 위험했다. 지금 당장은 장산이 혈을 점해 무공을 펼치지 못하지만, 훗날 자유로워지면 무슨 짓을 저지를지 모르는 자다.

게다가 사람을 아래로 내려다보는 듯한 그 눈빛은 당해본 사람으로서는 절대 잊을 수 없다. 장욱은 그렇게 생각했다. 거기에 더해 구양세가가 백호방을 핍박할 때 가장 앞장 서 있던 자가 바로 도염춘이다. 방이 와해되면서 뿔뿔이 흩어진 자들 중 그의 철시에 유명을 달리한 방도가 얼마나 많을지 상상도 안 간다.

'백배사죄부터 해야지.'

만약 도염춘이 타인을 존중할 줄 아는 사람이었다면, 아랫사람에게 조금이라도 신경을 쓰는 이였다면 자신을 본 뒤 방주에 대해서 물어야 했다. 그리고 지난날의 일에 고개부터 숙여야 한다.

'그래도 방주와 도염춘은 친분이 있었으니까.'

하지만 그는 그러지 않았다. 아니, 안중에도 없었다는 말이 옳으리라.

"허허, 별다른 것은 없네. 그저 미혹을 깨쳤다고나 할까. 자네들, 나를 관아에 넘기고 바로 싸움을 시작하려 하지? 그 싸움은 전선(前線)을 만드는 것부터 시작할 참이고."

장욱은 굳게 입을 다물었다. 사주가 이미 언급한 바 있으니 비밀도 아니지만 굳이 떠벌릴 필요도 없었다. 도염춘은 일행의 얼굴을 한 차례 둘러보더니 고개를 끄덕였다.

"구양세가라는 거대 집단과 싸우려면 자네들만으로는 턱도 없으니 당연한 짐작일세. 그보다 어찌 시작할 참인가?"

"무슨 뜻이지?"

장욱이 묻자 도염춘은 되레 기가 차다는 듯 되물었다.

"설마 아무런 계획도 없이 속문과 낭인들을 규합할 생각이었나? 자네들 셋이서?"

"그렇다면?"

"허허, 무모하군, 무모해. 그들이 자네들의 말을 듣겠나? 행여 듣는다고 쳐도 믿고 따르겠나? 전선에 구멍이 뚫린 채 싸우면 아주 볼만하겠군."

장욱은 도염춘의 말에 움찔거렸다. 그저 낭인들을 규합하는 것에만 신경이 팔려 그 방도까지는 생각지 않았다. 도염춘의 말처럼 무인들을 규합해 하나의 세력으로 묶는 것은 상당히 지난한 일이다.

"방도가 있나?"

"있지. 내가 나서면 되네. 그러자면 자네들의 도움이 필요해. 이 상태로는 아무것도 할 수 없네."

도염춘은 어깨를 으쓱였다.

"혈을 풀어달란 말인가? 내가 당신의 무엇을 믿고?"

"믿음은 자유일세. 하지만 나는 자네들에게 도움을 주길 원하고 있지. 선택하시게. 시간이 얼마 없다네."

"도염춘."

장욱은 도염춘에게 한 발 다가섰다. 이글거리는 눈빛이 무시무시한 기세로 타올랐다. 장욱은 지금 분노하고 있었다. 죽은 방도들을 생각하면 당장에라도 머리를 부수고 싶었다. 도염춘이 움찔거리며 뒤로 물러섰다.

"난 당신을 믿지 않아. 그 교언(巧言)에 당해줄 만큼 어리숙하지 않다."

"알 수 없는 일이군. 어째서 날 믿지 못하지? 정 그렇다면 내 이름이라도 걸지. 삼대궁사의 명성이 그 정도로 헐값은 아니겠지?"

"아니, 헐값이다."

장욱은 진정으로 그렇게 생각했다. 도염춘은 늙었다. 궁술이 다른 무공보다 육체의 영향을 덜 받는다곤 하지만 한계에 다다른 상태이다. 그가 전성기의 실력을 그대로 유지했다면 장산이 기습을 했다 한들 이렇게 사로잡히지도 않았을 것이다.

"당신은 기억 못 하겠지."

"기억?"

도염춘은 장욱의 말에 묘한 기시감을 느꼈다. 어디선가 본 듯한 얼굴과 장면이다. 이철경과 문우는 둘의 대치에 이러지도 저러지도 못하고 걱정스러운 얼굴로 주변을 서성거리고 있었다. 장욱은 한마디 단어를 툭하고 내뱉었다.

"백호방."

도염춘은 그 짧은 단어에 충격을 받은 듯 비틀거렸다.

"당신은 사죄부터 해야 했어. 그 잘난 활과 화살로 얼마나 많은 이들을 죽음에 이르게 했나. 방도들도… 마찬가지였겠지. 당신은 그저 재미를 위해 활을 당기는 사람일 뿐이야. 당신의 무도한 처사에 방도들은 사냥감처럼 사냥당했을 뿐이다!"

장욱은 분노에 몸이 떨려왔다. 단매에 때려죽이고 싶은 심정을 꾹꾹 눌러 담았다.

"그랬군. 그랬어. 그래서 어디서 본 듯한 느낌이 자꾸만 들었군. 허어, 남의 운명을 귀신같이 본다는 혈우만통(血雨萬通) 그 늙은이도 자기 운명은 못 본다더니 내가 딱 그 짝이군."

도염춘은 이내 모든 것을 포기한 사람처럼 옆에 서 있는 문우에게 손짓했다.

"아이야, 이리 와보거라."

문우는 경계의 빛을 띠며 도염춘에게 접근했다. 허튼수작을 부리면 언제라도 검을 뽑겠다는 듯 검병에 손을 올린 채였다.

"그리 긴장하지 않아도 된다. 저기, 저기 가서 검은색 활을 가져오너라."

문우는 장욱과 이철경에게 그렇게 해도 괜찮겠냐는 눈빛을 보냈다. 장욱은 고개를 돌려 버렸고, 이철경은 가볍게 고개를 끄덕였다. 문우가 흑철로 만든 활을 가져오자 도염춘은 그 활을 쥔 채 장욱에게 다가갔다.

"이제야 기억이 나는군. 백호방의 부방주 장욱. 여 방주가 그리 간 것에 위로의 말을 건네네. 아까운 친구였는데. 그리고… 이걸 받게."

도염춘은 장욱의 손을 향해 활을 내밀었다.

"이 활을 가지고 가서 내 이름을 팔게. 그러면 속문을 규합하는 것에는 문제가 없을 걸세. 내 직접 나서서 도움을 주고 싶었으나 과거의 원한이 하늘에 닿았으니 그것조차 쉽지 않겠군. 부디 이 활을 받아주게."

"늙은이, 무슨 의도인가?"

장욱이 싸늘하게 외치자 도염춘은 그럴 줄 알았다는 듯 고개를 저었다.

"아무런 의도도 없네. 단지… 아주 오랫동안 잊고 있던 것을 떠올리게 해준 것에 대한 보답일세. 그리고… 나를 용서하라는 말 따위는 하지 않겠네. 다만… 과거에 백호방에 손을 과하게 쓴 이들에 대해 자비를 베풀어주게."

"세상 참 편하게 사는군. 그런 입에 발린 말을 한다고 해서 죽은 이가 돌아오는 것은 아니다."

다시 한번 도염춘이 고개를 끄덕였다. 지당한 말이다. 죽은 자가 살아서 돌아온다면 이 세상에 원한 같은 것은 존재하지 않으리라.

"알고 있네. 그 죗값은 내가 치를 걸세. 관아에 나를 발고(發告)하고, 정리가 되면 내 목을 내놓겠네. 그러니 내 이렇게 부탁함세."

도염춘은 그 말을 끝으로 무릎을 꿇었다.

더는 하고 싶은 말도, 그리고 할 말도 없었다. 남은 것은 온전히 죗값을 치르는 일뿐이었다. 장욱은 타오르는 분노에 이를 악물며 활을 받아 들었다.

"그 말, 내가 똑똑히 기억해 두겠다. 당신이 죽었다는 소식이 내 귓가에 들리지 않는다면… 세상 끝까지 쫓아가서라도 당신을 찾아낼 것이다. 그리고 반드시 죽인다."

장욱은 뒤를 돌아 성큼성큼 성문을 향해 걸었다. 이철경과 문우가 그 뒤를 따랐다. 도염춘은 그 모습을 보며 한숨을 쉬며 일어섰다. 그 짧은 순간 몇 년은 더 늙은 것 같았다.

'그래도… 이제 무엇이 협의인지 알았으니… 그걸로 되었다. 세상은 날 협사로 기억할 것이니 너는 욕심부리지 말자.'

그의 걸음도 빨라지기 시작했다.

그리고 그 시각.

구양세가의 내부에선 이들이 상상도 할 수 없는 일이 벌어지고 있었다.

*   *   *

퍼억!

구양비는 이를 악문 채 공격을 막아냈다. '과연!'이라는 감탄이 절로 나왔다. 장로원에 틀어박혀 별다른 활동도 하지 않던 이 남자는 그가 세가 내에서 경험해 본 어떤 이보다 강했다.

"제법이로구나. 이것도 막아보려무나."

구양철은 싱긋 웃으며 구양비를 향해 다시 발을 차올렸다. 대기를 가르며 구양철의 발이 채찍처럼 꽂혔다. 구양비는 남환신공을 극한으로 끌어 올렸다. 머리를 뒤로 젖혀 가까스로 공격을 피해냈다.

"남환신공, 좋은 무공이지. 하지만 설익었다."

구양철은 삐죽하게 자라 정리가 되지 않은 수염을 쓰다듬으며 웃음을 터뜨렸다. 절세의 신공이라는 남환신공을 상대하면서 느끼는 그의 감상은 고작 좋은 무공 그 이상도 이하도 아니었다.

'이마가 찢어졌다. 피가 눈을 가려. 빨리 지혈해야 해.'

구양비는 기의 칼날에 얇게 베인 얼굴을 손으로 쓸어내렸다.

치지직.

손끝에 머문 열기가 이마에 난 상처를 지졌다. 순식간에 피가 멎었다. 빠른 판단이다. 조금이라도 여유가 있을 때 만전의 상태를 유지해야 했다.

"호오?"

구양철이 감탄을 터뜨리자 구양비는 피가 싸늘하게 식는 것 같았다. 저자에게 자신은 유희거리밖에 못 된다.

'거리를 재야 해. 숙부를 상대하는 것은 불가능하다.'

단번에 알았다. 자신은 구양철의 상대가 못 된다. 그것을 발차기 한 번, 주먹질 한 번으로 깨달았다. 그렇다면 그가 할 수 있는 일을 해야 한다. 거리를 잰 것도 그 이유다. 그는 지금 혼자가 아니기 때문이다.

'연아.'

구양비의 눈이 자신을 걱정스러운 눈빛으로 바라보는 구양연을 향했다. 구양철의 눈길이 자연스럽게 따라붙었다. 그 눈빛에 흡족함이 담겨 있다.

"그래도 소가주라 이건가, 아니면 혈육의 정(情)이런가? 식솔을 챙기려는 그 마음, 이 숙부는 꽤 마음에 든다."

"그런 사람이 지금 소가주의 앞을 가로막는가? 이렇게 무력시위를 하면서?"

구양철은 그 말에 피식 웃음을 흘렸다.

"무력시위라……. 소가주는 아직 진짜를 경험해 보지 못했군. 이 정도에 무력시위라는 단어를 사용한 것을 보면. 행여 이 숙부가 조카들에게 칼을 들이밀까. 그러니 너무 걱정하지 말게."

"그 말인즉 언제든지 마음을 뒤집을 수 있다는 게로군."

이미 두 번의 공격을 감행했다. 죽일 의도가 없었다고는 해도 충분히 위협적인 수였다. 만약 달리 마음을 먹는다면? 구양비와 구양연 두 남매는 오늘 죽을 운명이다.

"그 말을 부정할 수 없겠군. 단, 우리 소가주가 이 숙부의 청을 거절했을 때의 이야기라네. 만약 내 요청을 들어준다면 연아의 안위는 내가 보장해 주지."

"요청?"

구양철은 고개를 끄덕였다.

"간단하네. 내 아버지를 죽여주게."

"뭐라?"

구양비는 도저히 알 수 없다는 얼굴로 소리쳤다. 아버지를 죽여달라니. 패륜이다. 숙부도 자신이 얼굴도 모른 동생과 같은 부류였단 말인가. 게다가 구양정균은 구양철의 든든한 조력자가 아니던가.

"꽤나 놀란 얼굴이군. 그 말이 그리도 충격적이던가?"

구양철은 침중한 어조로 안색을 찌푸렸다. 참으로 괴로운 일이다. 그 또한 부친의 뜻에 동조했기에 이 자리에 서 있지만 그가 절실히 원한 방식은 아니었다. 구양철은 속으로 사촌 형제이던 구양금을 욕했다.

'멍청한 새끼.'

가주이던 구양금은 어리석었다. 그리고 무능했다. 스스로의 단련보다 주색에 보낸 시간이 더 많았다. 만약 그가 부족한 재능을 뒤집기 위해 연무에 더 시간을 쏟았다면, 그래서 구양세가의 위세를 벗어도 언제 어디서든 당당했다면……

'조금 다르게 생각해 볼 수 있었겠지만……'

그는 끝내 멍청하게 살다가 멍청하게 죽었다. 그래서 직접 자신이 손으로 명줄을 끊어놓고 싶었다. 그 앞에서 가문의 수치라 크게 외치고 싶었다.

'그런데 그 녀석이 나타났단 말이지.'

구양금도 알지 못한 자식의 존재. 구양금은 구양선에 의해 목숨을 잃었다. 그래서 정당하게 가주의 위를 계승하지 못했다. 구양철은 그렇게 생각했다.

"어찌 충격적이지 않을까. 당신도 그놈과 마찬가지군. 다를 것이 없어."

"아니, 다르다."

구양철은 단호한 어조로 말을 이었다.

"내 아버지는… 불쌍한 사람이다. 태상가주에게 밀려 장로원으로 밀려났고, 어중이떠중이가 머물며 사고나 치는 빈객원을 맡았다. 그리고 그 어린 마종을 만나… 결국 타락했지."

구양철은 분노를 참기 위해 주먹을 꽉 쥐었다. 꽉 쥔 손바닥에서 손톱이 파고들었는지 피가 뚝뚝 흘러내렸다.

"고작 타락했기 때문에 부친을 죽여야 한단 말인가? 당신은… 숙부라고 불리기에 너무 멀리 갔군. 내 눈에 진정으로 타락한 사람은 당신으로 보이는군."

구양비는 여전히 냉철한 어조로 구양철을 나무랐다.

고작 마공을 익혔다고 부친을 살해해 달라? 그것이야말로 타락이나 다름없었다.

"고작? 내 평생이었다. 부친의 한을 풀기 위해서 내 인생을 보냈다. 실력으로 세가를 내 손에 넣기 위해 평생의 시간을 무에 쏟아부었다. 그러고도 정당하게 내가 가져야 할 자리를 차지하지 못했어. 든든한 지원군인 부친마저 변해 버렸지. 나와 내 부친의 인생 전부를 걸었는데도 고작이라고?"

"어리석다."

구양비는 숙부를 향해 안타까운 말을 던졌다. 너무 안타까운 일이다. 그리고 그릇이 작다. 무공으로는 아직 저 정도의 경지에 도달하지 못한 자신이 할 말은 아니지만 여실히 느낄 수 있었다.

"당신은 그릇이 작아."

구양비는 결국 그 말을 내뱉고야 말았다. 그리고 그 대가는 확실하게 돌아왔다.

퍼억!

구양비가 구양철의 일격을 막으며 담장에 처박혔다. 팔이 시큰거리는 것이 금이 간 모양이다. 입가로 핏줄기가 흘러내렸다.

'고작 한 번의 일격에 왼팔과 내상이라. 확실히 엄청나군. 하지만……'

구양비는 왼팔의 혈을 점해 통증을 마비시켰다. 그리고 계속해서 진기를 흘리며 내상을 회복하기 위해 노력했다.

"내가 그릇이 작다고? 다시 한번 지껄여 보거라. 이번에는 이렇게 쉽게 안 끝낸다."

"당신은 그릇이 작다. 간장 종지보다 못하구나. 정정당당하게 세가를 차지하시겠다? 어리석다. 그 정도의 무도를 쌓은 이가 하는 생각이 고작 권력에 대한 탐심뿐이라니."

"이놈이!"

구양철은 제자리에서 서서 기세를 끌어 올려 손을 내뻗었다. 그러자 구양비의 몸이 천천히 허공으로 떠올랐다.

'엄청난 내력이다.'

완벽에 이른 격공섭물이다. 구양비 정도의 무인을 진기로만 구속하려면 얼마나 많은 양의 내력이 필요할까. 태양신군이라 불리던 구양백도 어려운 일이다.

'괴물이군. 잘못하면 죽겠어.'

뒤에서 걱정스러운 눈으로 자신을 지켜보고 있을 구양연이 떠올랐다.

'이 아이를 살려야 하는데…….'

하지만 할 말은 해야 했다. 그렇게 배웠고 그렇게 살았기 때문이다.

"무공이 천외천(天外天)에 닿으면 무엇 하나. 세가를 가지고 싶었다고? 그러면 갖지 그랬나."

구양철은 이가 갈렸다.

"네놈은 소가주이기 때문에 그리 담담하게 말할 수 있는 것이다. 태어날 때부터 모든 것에 배제당하며 사는 삶이 얼마나 괴로운지 아느냐?"

"물론 모른다. 나는 태어날 때부터 모든 것을 다 가졌으니까. 원하는 것을 가져보지 못했던 적은 없다."

"네놈이 지금 나를 놀리느냐!"

구양철이 발을 세게 구르자 땅이 움푹 파였다. 구양비는 그 모습을 보며 숙부가 어린아이처럼 느껴졌다. 힘만 센 어린아이. 그 힘을 어찌 휘둘러야 할지 몰라 탐욕으로 물들어 버린 불쌍한 남자.

"무공만 강한 병신이군. 당신이 가주 위에 올랐다면 아주 볼 만했겠어. 잘 들어라. 당신은 자격이 없어. 왜인지 아는가? 세가의 담장이 무너지고 적들의 발에 전각이 짓밟혀도 여기 이것."

구양비는 자신의 머리와 가슴을 검지로 툭툭 건드렸다.

"협의지도를 세우고자 하는 마음과 정신이 있으면 그것이 곧 구양세가다. 우리는 그렇게 일어났고, 그렇게 살았으며, 그렇게 죽을 것이다. 당신에겐 이게 없어."

구양비는 몸에 잔뜩 힘을 줬다. 진기가 다시 한번 세차게 휘돌며 그를 구속하고 있던 진기의 사슬이 끊어졌다. 구양철을 바라보니 그는 꽤나 놀란 눈치다.

"그것을 깨닫지 못한다면… 당신은 언제까지나 불명예스러운 찬탈자일 뿐이야."

[연아, 준비하거라. 내가 막아줄 터이니 그 틈에 빠져나가. 백호방으로 가면 내가 부리는 사람이 있다. 그 친구에게 몸을 의탁해. 신호하면 뛰어라.]

구양비는 구양철의 눈치를 살피며 조심스럽게 거리를 벌렸다. 아직까지 허공을 바라보며 중얼거리는데 입모양을 보니 '협의지도'를 연발하는 모양새다.

"지금!"

구양비는 그렇게 외치며 구양철에게 달려들었다. 구양연도 구양비의 입을 주시하고 있다가 세차게 발을 구르며 달려 나갔다.

'무공을 익히지 않은 게 천추의 한이로구나.'

구양연은 달리며 생각했다. 자애로운 조부와 자상한 오라버니, 거기에 자신이 부담스럽다며 손사래를 쳐도 언제나 발 벗고 나서 도와주는 세가의 무인들까지. 너무 많은 이들의 도움을 받고 살았기에 지금껏 몰랐다. 담장을 지나자 혼란에 휩싸인 거리가 나왔다.

민초들은 구양세가의 변고에 자신에게도 불똥이 튈까 전전긍긍했다. 무인들은 어찌해야 할지 모르겠다는 듯 입맛만 다시고 있었다.

"후우."

구양연은 침착함을 되찾으려 심호흡을 했다. 그때.

콰직—!

콰아아앙—!

등 뒤에서 폭음이 울렸다. 구양연은 그 소리가 마치 신호라도 되는 듯 다시 앞으로 달렸다. 백호방은 여기에서 멀지 않았다. 무공을 모르는 이가 전력으로 달려도 일각이 걸리지 않는 거리다.

'오라버니.'

구양연은 숨을 몰아쉬며 헉헉거렸다. 눈가에 자꾸만 눈물이 맺혔다. 오라비의 목숨을 담보로 이렇게 살아야 하는 걸까.

'만약에… 만약에 오라버니가 죽는다면……'

구양연은 마음을 독하게 먹었다. 흘러내리는 눈물을 소매로 훔쳐냈다. 만약에 오라비인 구양비가 죽는다면 자신도 죽는다. 살아갈 용기나 삶에 대한 가치가 없어서가 아니다.

'숙부고 뭐고 죽일 거야.'

복수다. 그러자면 반드시 살아야 했다. 그녀는 기적을 바라며 백호방을 향해 달렸다. 그리고 그녀의 염원에 기적이 호응했다.

구양비는 숨을 몰아쉬었다. 구양비는 자신의 숨소리가 정상적이지 않은 상태라고 판단했다. 가슴에 일격을 그대로 허용했으니 당연한 일이다. 숨소리도 폐장이 진탕되어 극심한 내상을 입었다고 알려왔다.

"허억, 허억!"

숨을 쉴 때마다 가슴이 들썩이며 입에서 피거품이 뿜어져 나왔다.

"소가주의 말은 잘 들었네. 하지만… 이런 얕은 수라니. 좋지 않아. 협의지도를 행하겠다는 이가 말이야. 어서 일어나게. 이 정도로 끝내기엔 자네나 나나 아쉽지 않겠나?"

구양비는 속으로 혀를 찼다. 가슴을 부여잡으며 다시 진기를 끌어냈다. 기경팔맥 중 일부가 손상되었는지 진기의 순환에 군데군데 구멍이 생겼다.

"근성은 있군. 제 아비와는 달라."

구양철은 구양비를 이채 어린 눈으로 바라봤다. 모자란 재능에 없다시피 한 노력까지. 구양금과는 정반대인 아이였다. 구양철은 손을 까닥였다. 다시 들어와 보라는 뜻이다.

"이제 걱정거리도 사라졌으니 진정한 힘을 보이시게. 연아 그 아이는… 자네와의 볼일이 끝날 때까지 쫓지 않겠네. 나는 남환신공이 고작 이 정도라고는 생각하지 않아."

구양비는 그 말에 없는 힘을 잔뜩 쥐어짜 구양철의 면전에 겁화수를 연달아 먹였다. 쾌속의 연환타가 이어졌지만, 구양철의 움직임은 세상의 이치를 깨우쳐 승천하려는 이무기와도 같이 신묘했다.

겁화의 연격이 속절없이 깨져 나갔다. 구양비는 깨져 나가는 겁화수에 뒤이어 초풍보를 극성으로 전개해 구양철의 어깨를 점했다. 아니, 그렇게 보였다.

"이번 수는 제법."

구양철은 가볍게 어깨를 틀어 구양비의 일장을 피해냈다. 구양비는 그 모습에 신법을 극성으로 끌어 올리며 뒤쪽으로 몸을 뺐다. 바닥에 깔려 있는 풀에서 매캐한 연기가 피어올랐다.

하지만 구양철이 더 빨랐다. 따라붙는 구양철의 속도는 종전에 비할 바가 아니었다. 지금까지는 그저 여흥에 불과했다는 듯 엄청난 속도이다. 같은 초풍보를 익혔으니 격차가 나는 것은 당연했다.

'벗어나기엔 늦었다. 방어한다.'

거리를 자유자재로 유지할 수 있다는 것, 그것은 곧 권각의 간격을 유지할 수 있다는 뜻이기도 했다. 구양비는 그 사실을 너무도 잘 알기에 있는 힘껏 진기를 끌어 올려 대비했다.

"하압!"

퍼엉!

'비켜냈다.'

구양비는 전력을 다해 구양철의 손을 비켜내자마자 세 걸음을 더 물러섰다. 그 뒤로 구양철의 권력이 따라붙었다. 구양비가 절묘하게 몸을 젖혀 따라붙는 일권을 피해냈다. 하지만 그다음은 피하지 못했다. 허공에서 경력이 폭발하며 구양비의 전면을 휩쓸었다.

후우욱!

뜨거운 바람이 얼굴에 부딪쳤다. 구양비는 치밀어 오르는 통증에 인상을 찌푸렸지만, 멍청하게 신음을 흘리진 않았다. 소리란 공기를 통해 전달되는 것. 그 말은 곧 호흡이 흐트러진다는 뜻이고, 진기의 흐름을 제어하지 못한다는 뜻이기 때문이다.

그는 위기를 기회로 사용했다.

'이용한다.'

구양비는 오른손으로 억지를 부리듯 진기를 도인했다. 오른손에서 다시 한번 불꽃이 타올랐다. 오른손을 쭉 내뻗어 구양철이 뿜어낸 권력의 여파를 감싸듯 끌어당겼다. 그러곤 다시 내쳤다.

파아앙!

허공에 난무하던 열풍(熱風)이 소용돌이치며 폭발했다.

후욱!

구양철은 구양비가 펼친 회심의 한 수를 손날 한 번 내리긋는 것으로 무마했다.

"흡(吸)자결은 그렇게 쓰는 것이 아닐세. 이렇게 쓰는 거지."

구양철이 시범을 보이듯 땅을 주먹으로 내려쳤다. 다시 한번 권력에 양강(陽剛)의 기운이 실리며 무시무시한 열기를 뿜어냈다. 구양철은 그 열기를 한껏 빨아들였다. 그러곤 왼손으로 양기를 끌어들여 내뿜었다.

화륵!

허공에 무시무시한 흡력이 생기며 구양비를 열풍 속으로 끌어당겼다. 구양비는 더 이상 그 힘에 저항할 능력이 없었다.

꽈앙!

다시 한번 구양철의 오른손이 구양비의 가슴팍을 두들겼다. 구양비의 몸이 화살처럼 뒤로 튕겨 나가 땅바닥에 처박혔다. 구양철이 보란 듯이 두 발을 구양비의 전면에 디뎠다.

구양비의 앞에 선 구양철의 얼굴이 놀람으로 물들어 있다. 쓰러져서 다시 못 일어날 줄 알았던 구양비는 두 손으로 바닥의 흙을 움켜쥐며 비척비척 몸을 일으키려 용을 쓰고 있었다.

"무엇 때문이지?"

"뭐가… 말인가……."

구양비는 한마디 말을 내뱉는 것도 힘에 부치는지 연신 식은 땀을 흘렸다. 그의 얼굴은 화상과 땀, 그리고 계속해서 게워낸 피로 엉망진창이었다.

"어째서 이렇게까지 하느냔 말이다. 자넨 분명 편안한 길을 갈 수 있었어. 이런 말을 하긴 뭐하지만 어찌 되었든 내 아버지 구양정균은 자네에겐 가문에 분탕질을 일삼는 미꾸라지가 아닌가."

"고작… 그것이 궁금한가?"

구양비는 연신 피를 토하며 기침했다. 그는 손바닥으로 움켜쥔 열기에 익은 뜨거운 흙을 들어 올렸다.

"협의지도를… 바로 세우고자 했다. 수신제가치국평천하(修身齊家治國平天下)라. 집안 단속도 제대로 못하는 이가 어찌 협의지도를 천하에 세운단 말이냐."

"허!"

구양철은 감탄했다. 이 아이는 진정으로 뜻을 세우고 그 뜻을 향해 정진하고 있었다. 문득 부끄러운 마음이 슬그머니 고개를 내밀었다. 하지만 이제 와서 그 뜻을 물릴 수는 없는 일. 구양철은 단호한 마음으로 손을 들었다.

"이 숙부를 부끄럽게 하는군. 하지만 자네의 운명은 여기까지일세. 이 숙부를 용서치 마시게. 자네의 뜻은 내 진지하게 한번 생각해 봄세."

구양비의 눈살이 잔뜩 찌푸려졌다. 고통에 일그러진 얼굴이 도무지 펴질 줄을 몰랐다. 이대로 끝내기엔 아쉬움이 남았다. 구양비는 각오를 다졌다. 하지만 그의 각오는 한 사람의 등장으로 물거품처럼 쉽게 무산되었다.

*   *   *

그 시각, 법륜은 단숨에 담장을 뛰어넘고 있었다. 구양세가는 너무 거대한 크기 때문에 찾기 쉬웠다. 게다가 한동안 머물기까지 했으니 길을 찾지 못한다면 눈 뜬 장님이다.

사박사박.

법륜은 한동안 관리를 하지 않았음인지 외원에 길게 자란 풀을 밟으며 길을 헤치고 나아갔다. 불길이 치솟고 여기저기 싸움이 일어나는 듯 혼란스럽기 그지없었다. 법륜은 고개를 들어 화광이 충천하는 곳에 시선을 주었다.

'이쪽은 아니다.'

법륜의 신안(神眼)이 반짝이며 이쪽은 길이 아님을 알려왔다. 신안은 계속해서 한쪽을 주시하면서도 외면했다. 이상한 일이다.

"진짜는 이쪽이군."

법륜은 그제야 알았다. 정종(正宗)의 무공이지만 이상하리만치 불길한 기운이 넘실거렸다. 그리고 그에 맞서 강렬한 화속성의 기운이 하늘을 찔렀다.

'남환신공.'

분명히 느껴졌다. 남환신공은 가주 직계만 익힐 수 있는 신공이다. 그 말인즉 저곳에 있는 자는 태양신군 구양백이거나 한 번도 본 적이 없는 소가주 구양비라는 인물임이 틀림없었다.

'구양백 노선배는 아니다. 미숙해.'

법륜이 전투가 벌어지고 있는 곳을 향해 나아가자 탁한 숨소리가 들렸다. 멀리서도 느낄 수 있던 실력의 차이가 가까이 다가서니 더 명확하게 느껴졌다.

"강하군."

구양비도 강했다. 나이에 비해서. 이대로 시간이 무사히 흐르면 구양백에 필적할 무인이 될 것이다. 반면에 처음 보는 텁석부리 사내는 자신도 가늠이 잘 되질 않았다.

자신 이상이다. 법륜은 긴장감에 솜털이 곤두섰다. 기련마신을 참살한 이후 그 어떤 자도 자신을 이렇게 긴장시킬 수 없었다. 그런데 구양백 말고는 상대할 가치가 없다고 생각한 곳에서 모골을 송연하게 만드는 포악한 괴물을 만났다.

법륜이 담장 위로 올라서자 매캐한 냄새와 함께 정경이 한눈에 들어왔다. 가슴을 부여잡은 채 숨을 헐떡이는 젊은 남자.

"…생각해 봄세."

텁석부리 사내가 손을 들어 올리는 모습이 시야에 들어왔다.

'저자가 구양비로군. 잘못하면 죽겠어.'

법륜은 단숨에 담장에서 뛰어올라 허공을 유영하며 활시위를 걸었다. 금기가 혈맥을 타고 흘렀다. 법륜은 무한정 금강야차진기를 끌어 올리며 허공에서 지면을 디디듯 발을 굴렀다.

퍼엉!

허공을 디딘 발에서 회전이 시작되었다. 발목에서 시작된 회전이 허리로, 그다음은 온몸을 틀게 만들어 막강한 일격을 형성했다. 법륜의 손에서 폭음이 울렸다. 그리고 폭음의 여파는 조금 뒤에 벌어졌다.

꽈아앙—!

거친 폭발음과 함께 구양철의 신형이 그림같이 뒤로 물러나 진공파를 비켜냈다.

"거기… 누구냐!"

구양철은 지금 이 순간을 방해받은 것 같은 기분에 싸늘한 말투가 절로 튀어나왔다. 법륜은 허공에서 사뿐히 내려와 합장했다. 그 모습에 구양철의 눈가에 이채가 흘렀다. 전혀 예상치 못한 손님이다.

"지나가는 과객이라 하면 믿지 않을 테지. 저 친구에게 볼일이 좀 있는데 잠시 양보 좀 해주시겠소?"

"과객? 과객이란 말엔 어폐가 있군. 소림의 예법이라……. 그렇군. 네가 아버지가 말하던 신승이란 놈이로군."

법륜은 그 말에 눈을 빛냈다.

'역시 이자들은 알고 있었어. 어디서부터 정보가 새어나간 거지?'

구양정균은 아마 홍균을 감시했을 것이다. 자신이 구양백과 친분이 있다는 사실도 알았을 것이다. 게다가 그는 자신 때문에 소림에 와서 시위를 하다 망신까지 당하지 않았던가.

'하지만 어떻게?'

법륜의 의문은 경로에 있었다.

자신이 올 것을 알고 있다. 하지만 어느 길을 따라 올지는 미지수다. 하지만 구양정균은 보란 듯 자신 앞에 모습을 드러냈다. 이건 좋지 않았다. 정보가 새서 괜한 뒤통수를 맞는 것은 사양이다.

"날 알고 있나?"

"물론. 소림에서 보기 드문 악질이라 들었지. 파문까지 당했다고 들었다."

법륜은 그 말에 어깨를 으쓱였다. 이제 너무 많이 들어서 신물이 날 정도의 말이다. 그의 마음을 흔들기엔 약했다.

"뭐, 그렇게 됐지. 그보다 이 사달에 대해서 설명을 좀 해주실까?"

"사달? 네놈은 자격이 없다. 이것은 가내의 일이야. 외인(外人)이 끼어들 틈은 없다."

"외인이라……."

법륜은 품에서 서찰 하나를 꺼내 들었다. 섬서와 하남의 경계에 머물 때 홍균이 전달해 준 구양연의 서찰이다. 그는 줄곧 그 서찰을 품 안에 품고 있었다. 구양철은 눈앞에서 서찰을 흔드는 법륜을 보며 얼굴을 찌푸렸다.

흔들리는 종이라 제대로 된 내용은 파악하기 힘들었지만, 그 필체만큼은 어디선가 본 듯 익숙했다.

"세가의 장중보옥이 내게 도움을 청했는데 외인이라……. 이래도 내가 외인이오, 소가주?"

기적을 향한 구양연의 바람이 여기 이곳에 당도했다.

"분명 당신은 외인이 아니오. 구양세가의 소가주로서 보증하지."

구양비는 언제 그랬냐는 듯 찌푸린 표정을 지우고 밝게 웃었다. 예상치 못한 손님이 이리도 반가울 줄이야. 구양비는 쭉 빠져 버린 줄 알았던 손아귀에 다시금 힘을 줬다. 손가락이 파들거리긴 했지만 주먹이 쥐어졌다.

'이걸로 다시 한번 해보자.'

주먹을 쥐었다 펴기를 반복했다. 방금 전 구양철이 보여준 흡자결의 묘리가 손에 잡힐 듯 아른거렸다. 손에 남아 있던 감각을 가까스로 붙잡아 되살렸다. 일렁이는 열기를 손으로 잡아당겼다.

파스스스!

열기가 한곳으로 몰려들면서 언제라도 반격을 할 수 있도록 형태를 갖춰갔다.

"제법."

법륜은 그 모습을 보며 감탄했다. 잘 자란 샌님인 줄 알았는데 생각보다 강단이 있었다. 거기다 적을 앞에 두고 물러서지 않으려는 태도. 자신보다 강한 상대 앞에서 초개처럼 목숨을 거는 것은 어려운 일이다.

구양비와 구양철이 그랬다.

구양비는 구양철에 비해 약하지만 강했다. 육신이 아닌 정신이. 목숨은 귀중하지만 무인의 명예 또한 숭고하다. 구양비는 그 모습을 단적으로 보여줬다.

"죽이지 않으려 했더니… 죽으려고 발악을 하는구나. 정녕 관을 보아야 정신을 차릴 테냐!"

구양철은 그런 구양비의 태도가 마음에 들지 않는 듯 성을 냈다. 구양비와 법륜의 눈이 마주쳤다. 동시에 고개를 끄덕인다.

'그렇다면 나도 보여줘야겠지.'

법륜은 곧바로 금강령주를 깨웠다.

곧바로 전력이다. 황금빛 서기가 구양세가의 외원에 비추었다.

'간다.'

법륜이 먼저 움직였다. 구양철은 갑작스러운 법륜의 전력에 당황하지 않고 되레 폭풍 같은 열기를 뿜어냈다. 구양철이 뿜어내는 압력은 실로 무지막지했다.

'하지만.'

법륜은 그 압력을 가볍게 이겨냈다. 이런 패도지력쯤은 이미 수도 없이 겪어봤다. 가깝게는 스승이던 무허에서부터, 멀게는 십대마존 중 하나인 기련마신 정고까지. 상대가 강하다고 해서 아무것도 하지 못한 채 무작정 물러날 이유가 없었다.

구양철은 법륜이 살면서 넘어야 할 하나의 벽에 불과했다.

파아앙—!

금강령주가 발에 고여 법륜의 몸을 밀어냈다. 경쾌한 소리와 함께 법륜의 신형이 쾌속하게 날았다. 금기가 넓게 퍼지며 법륜과 구양비를 동시에 감싸 안았다. 이제부터 벌어질 기의 폭풍에 구양비가 휘말리지 않게 배려한 것이다.

법륜은 금기로 만들어낸 그물 안에서 세차게 움직였다. 여기선 바람 하나까지도 온전히 느낄 수 있다. 금기가 만들어낸 그물이 눈이 되고 귀가 되었다.

법륜의 손날이 두부를 가르듯 부드럽게 뻗어나갔다.

'일단 본다.'

금기의 칼날이 구양철의 목을 노리고 짓쳐들었다.

상대방이 얼마나 강한지 알아야 자신도 상대의 움직임에 대비할 수 있었다. 그래서 날린 손날이다. 탐색전이다. 구양철은 법륜의 공격에 옆으로 한 걸음 이동했다.

촤아아악—!

법륜은 구양철의 움직임을 분명히 볼 수 있었다. 구양철은 한 점의 망설임도 없이 법륜의 손날을 피해냈다. 그의 얼굴은 상당히 불쾌해 보였다.

"거추장스럽군."

구양철이 똑같이 손날을 만들어 허공을 갈랐다.

쫘아악!

법륜이 만들어낸 기의 그물이 단번에 찢겨 나갔다. 이어서 구양철의 주먹이 다가왔다. 막강한 내력이 담긴 손에 열기가 어리고 공기마저 뒤틀어 버렸다. 힘의 흐름을 읽는 법륜의 두 눈에 놀라움이 서렸다.

'엄청난 열기. 노선배의 무공보다 한 수 위다.'

법륜은 제자리에서 한 발 뒤로 물러나 자세를 잡았다.

양팔에 금기가 고이며 회전했다. 회전력으로 만드는 내력의 폭풍. 진공파다. 진공파는 전사력을 만들어내며 맹렬하게 회전했다. 법륜이 팔을 쳐냈다.

꽈릉!

쫘아아아앙!

구양철은 한 번도 겪어본 적 없는 법륜의 무공에 자신도 모르게 웃음을 터뜨렸다. 살면서 단 한 번도 겪어보지 못한 희열이 전신을 지배했다. 구양철은 본능적으로, 아니, 몸에 각인시킨 자신의 무공 구결대로 내력을 폭발시켰다.

파아아!

거대한 불꽃이 타올랐다.

불꽃은 구양철의 몸에만 머무르지 않았다. 불똥이 튀며 바닥에 연기를 피워냈다. 구양철의 발 주변에 있던 풀들이 순식간에 녹아내렸다. 엄청난 열기였다.

"흐읍!"

법륜은 깊게 숨을 들이마신 채 다시 한번 움직였다. 손바닥에 진기를 가득 모아 추법으로 밀어냈다. 철탑신추다. 법륜의 손 한가운데 금빛 기운이 공처럼 뭉쳤다. 그리고 던졌다.

콰아아!

구양철이 뿜어내는 화력과 법륜의 철탑신추가 부딪쳤다.

법륜은 연달아 철탑신추를 전개했다. 법륜의 추법은 구양철이 내뿜는 화력을 쉽게 뚫어내지 못했다.

'막힌다. 아니, 녹는다. 이대로는 안 돼.'

금기가 구양철의 화력에 제대로 된 위력도 발휘하지 못한 채 녹아내리는 것을 느낄 수 있었다. 법륜은 빠르게 판단을 내렸다.

'바꾼다.'

추법을 쳐내는 사이사이 손의 모양이 변했다. 송곳처럼 날카로운 경력이 암경처럼 소리도 없이 날았다. 날카로운 송곳이 구양철의 화벽(火壁)에 구멍을 냈다. 법륜은 그 틈을 향해 손을 치켜들었다.

꽈앙!

폭음이 사위를 울렸다. 법륜의 마관포가 구양철의 화벽을 뚫고 몸에 틀어박히는 소리였다. 구양철은 그 일격에 뒤로 주춤주춤 물러났다. 구양철이 움직일 때마다 새까맣게 탄 흙먼지가 휘몰아쳤다.

법륜은 그 모습을 보며 침음을 삼켰다.

'좋지 않군.'

마관포가 틈을 노리고 구양철의 몸에 틀어박히긴 했지만 제대로 된 일격은 아니었다. 그 증거로 구양철의 몸에서 뿜어지는 화력은 조금도 줄지 않았다. 법륜은 손을 회수하고 기의 그물마저 거두어 버렸다.

"소가주."

구양비는 넋을 놓고 있다 법륜의 부름에 화들짝 놀랐다. 구양비는 놀라고 있었다. 아니, 감탄하고 있었다. 심각한 상황임을 잊을 만큼 두 사람의 무공이 훌륭했기 때문이다.

법륜의 섬세한 기의 운용, 그리고 구양철이 뿜어내는 패도지력까지 자신은 흉내조차 낼 수 없는 일들을 아무렇지도 않게 해낸다. 법륜이 다시 한번 구양비를 불렀다.

"으음?"

구양비는 그제야 자신만의 세계에서 빠져나왔는지 법륜의 물음에 답했다.

"왜 그러시오?"

"지금부터는 내가 막아줄 수 없소. 몸을 빼시오. 휘말리지 않으려면."

법륜은 구양비를 일견하고 다시 구양철에게 시선을 던졌다. 참으로 대단한 자다. 분명 마관포는 구양철의 몸에 정확하게 꽂혔다. 하지만 그는 상처 하나 입지 않았다.

'몸을 뒤로 빼서 충격을 상쇄했어. 여력은 저 불꽃같은 호신강기로 막아내고.'

타의 추종을 불허하는 반사신경과 막강한 내력, 그리고 그 짧은 순간 몸을 움직이게 만드는 본능적인 판단력까지. 강하다는 것을 보자마자 느끼긴 했지만 확실히 생각한 것 이상이다.

법륜은 구양철과 일 장 거리를 두고 마주 섰다.

불광벽파를 회수한 지금 일 장 거리는 서로에게 상당히 치명적인 거리였다. 하지만 법륜도 구양철도 치졸한 수로 상대방의 목숨을 빼앗을 생각은 하지 않았다.

"오랜만이군, 이런 기분은."

구양철은 마치 산책이라도 다녀온 사람처럼 상쾌한 얼굴로 법륜에게 말을 건넸다. 법륜 또한 마찬가지. 몇 개월간 산속에서 태영사 무인들의 무공을 지도하며 전력을 쏟아낸 적이 없었다.

"나야말로."

"연배에 비해 상당하다. 저기 미숙한 조카 녀석은 상대조차 되질 않겠어. 아니, 웬만한 명숙은 이름 석 자도 내밀지 못하겠군."

"그를 너무 폄하하는군. 그는 강하다. 여러 가지 의미로."

"그런가? 그렇다면 자네는 어떤가? 자네 또한 여러 가지 의미로 강한가?"

"그 질문에 의미가 있나?"

법륜과 구양철은 한참 동안 말이 없었다. 누군가 기습을 한다면 찰나의 순간에 목숨을 잃을 수도 있는 상황에서 둘은 태연한 신색을 유지했다. 법륜은 법륜대로, 구양철은 구양철대로 답을 찾아가고 있는 까닭이다.

법륜은 잠깐의 침묵 끝에 다시금 입을 열었다.

"어째서지?"

뜬금없는 법륜의 질문에 구양철은 미간을 찌푸렸다.

"무슨 뜻이지? 뭐가 어째서냐는 말이다."

법륜이 반문했다.

"모르나? 왜 이런 짓을 저지르지? 같은 가문이 아니던가?"

구양철은 그 바보 같은 질문에 웃음을 터뜨렸다.

"으허, 으하하하! 역시 소림의 중이란 말인가? 자네도 짐작하고 있을 텐데? 그저 떠보는 겐가, 아니면 정녕 몰라서 묻는 겐가?"

"물론 안다. 하지만 참으로 알 수 없는 일이다. 인간의 욕심이란 어찌 이리도 탐욕스러운가. 혈육마저 베면서 권력과 재물을 얻어 무슨 소용이 있단 말인가?"

뚝.

법륜의 말에 구양철의 표정이 변했다.

"그런 것이 아니다. 나는 무공만을 바라보며 살았다. 그깟 권력과 재물, 내가 이룬 이 힘만 있으면 언제든지 가질 수 있는 것들이다. 내가 원하는 것은 그런 하찮은 것이 아니야."

"그럼 뭐지?"

"자유."

법륜은 그 말에 대답할 말을 찾을 수 없었다.

구양철이 자유라는 말에 묘한 동질감을 느낄 수 있었다. 사천에서 사숙을 잃고 모든 것이 부질없다 여겨지던 그때, 그는 모든 것을 내려놓고 자유로워지고 싶었다. 그때의 감정이 되살아나서 법륜은 대답하는 대신 고개를 들어 하늘을 바라봤다.

"……"

구양철은 그 모습을 지켜본 채 말을 이었다.

"나는 강해지고 싶었다. 그리고 강해졌지. 그런데 아무것도 내 마음대로 할 수가 없더군. 나를 옭아매는 가문이라는 이름과 나를 이용하려고만 하는 허울 좋은 명분들. 그것을 참을 수 없었다. 그래서… 부숴 버리기로 했지."

"틀을 말인가?"

묘한 동질감을 갖게 한 연유가 여기에 있었다. 법륜 또한 같은 감정을 느꼈으니까.

"그래."

구양철을 이해한다. 하지만 단호하게 말할 수 있었다. 당신의 방법은 잘못되었다고. 제자리에 서 있던 법륜이 마침내 발을 뗐다. 그는 구양철을 향해 한 걸음을 더 내디디며 말했다.

"당신이 그럴 자격은 되나?"

구양철의 눈썹이 꿈틀거렸다.

"나를 이해할 줄 알았는데. 너처럼 앞서 걷는 사람은 언제나 외로운 법이니까. 주변의 기대에, 떡고물 하나 떨어지지 않을까 기웃거리는 파리 떼에."

"물론 이해한다. 나 또한 그런 적이 있으니까. 하지만 당신의 방식대로는 아니야. 당신은 자유라는 이름으로 마도(魔道)를 포장하고 있어."

법륜이 기세를 드높였다.

"당신의 무공을 더 봐야겠다. 과연 그런 말을 할 자격이 있는지."

또 한 발. 법륜의 목소리가 천근처럼 무겁게 내려앉았다. 구양철은 법륜의 한기마저 느껴지는 목소리에 피가 싸늘하게 식는 것 같았다. 자신의 감정을 이해해 줄, 평생에 다시없을 지우(知友)를 만난 줄 알았다. 그런데 그 생각이 단번에 깨졌다.

"네놈만큼은 나를 이해할 수 있을 것이라 생각했는데. 분명히 말하지. 너는 나를 판단할 자격이 없다."

구양철의 몸에서 진기가 넘치듯 흘러내렸다.

"우리에게 남은 것은 이제 싸움뿐이구나."

구양철이 땅을 박찼다.

제삼십장(第三十章)

각개(各個)

　구양철의 일권에서 뻗어 나온 권력은 방금 전과는 또 달랐다. 지금까지는 본인도 탐색전이었다는 듯 전력을 다해 오는 권경에 법륜은 속절없이 뒤로 물러났다.

　법륜은 물러나는 와중에 삼단전에 가득 고여 있는 진기를 끌어냈다. 하단, 중단, 상단이 차례로 즉각 호응했다. 육신에 생기가 가득하고, 평정과 신의 세계를 엿보는 눈이 동시에 뜨였다.

　'막는다.'

　구양철의 기세는 성난 멧돼지 같았다. 회피한다고 끝나는 것이 아니라는 말이다. 회피가 불가능한 저돌적인 공격. 구양철은 법륜에게 자신에게 맞서 싸울 것을 강제했다.

　'선택의 여지가 없군.'

법륜은 진각을 밟아 뒤로 몸을 띄웠다. 허공에 뜬 상태에서 힘껏 발을 차올렸다. 보검의 기운이 실린 각력이 한차례 구양철을 밀어냈다. 여기에서 끝난다면 너무 쉽다.

"타합!"

법륜은 기합성을 내지르며 연달아 마관포의 일격을 먹였다. 진공파였다면 더 좋았을 테지만 진공파로 밀어내기엔 힘을 받기가 어려운 거리였다.

구양철은 법륜의 재빠른 일격에 후퇴가 아닌 전진을 택했다. 어떻게든 반격하지 않고서는 계속해서 밀릴 뿐이라는 것을 너무도 잘 알았다.

구양철의 눈이 싸늘하게 빛났다.

손바닥을 펴서 중단으로 끌어당겼다. 저쪽이 포탄을 쏘아낸다면 이쪽도 쏘면 된다. 시뻘건 불길이 두 손에 어렸다.

파앙!

구양철은 기합을 내지를 여유도 없이 강맹한 장력을 떨쳐냈다. 연이어 불꽃의 파도를 만들어냈다. 법륜은 기존보다 더 강력한 기운이 상체의 전면을 잠식하는 것을 느꼈다.

'이쪽도.'

저쪽이 불꽃으로 이루어진 해일을 일으킨다면 이쪽도 만든다. 법륜은 허공을 밟고 재차 몸을 뒤집었다. 허공에서 일 장 높이를 더 뛰어오른 뒤 발로 구양철의 전면을 쓸어내렸다. 상체를 통째로 날려 버리겠다는 듯 무지막지했다.

촤라락!

법륜의 발끝에서 솟아난 진기의 파도는 비단 폭을 풀어내듯 구양철의 불꽃과 어우러졌다. 그것은 단순한 내력을 통한 힘겨루기와는 달랐다. 시시각각 변하는 상황을 단번에 계산하고 진기가 상대적으로 약한 쪽을 거침없이 물어뜯는다.

구양철도 마찬가지였다.

법륜이 허공에 떠 있다는 약점을 이용해 계속해서 진각을 밟고 위로 경력을 쏘아냈다. 구양철의 불꽃은 거대한 환(環) 같았다. 계속해서 회전하며 끊임이 없다. 강대한 발톱과 철탑 같은 신체, 그리고 이 모든 것을 아우르는 야수의 본능까지. 구양철은 그야말로 완성된 무인이었다.

하지만 그런 구양철의 일격도 법륜의 금기를 흩어내지는 못했다.

'이대로는 소모전이 될 뿐이야. 다른 방도가 필요하다.'

내력은 자신 있었다. 하지만 그것은 상대도 마찬가지. 법륜이 아무리 영약과 내단을 통해 진기를 불려왔다고 해도 구양철이 보낸 만큼의 시간은 없었다. 결국 시간을 끌면 불리해지는 것은 법륜 자신이었다.

퍼어엉!

법륜은 한차례 세찬 경력을 쏟아내고 허공을 날아 지면에 착지했다. 곧장 왼팔에 진공파의 경력을 덧씌웠다. 구양철은 법륜의 팔에 담긴 전사력을 보며 눈을 빛냈다.

'저거다.'

전사력은 막강한 힘이긴 하지만 준비하는 데 시간이 걸린다.

진기를 풀어내고, 회전시켜 폭발시키기까지 짧은 순간 틈이 생긴다. 구양철은 제 손에 진기를 쏟아부었다. 전사력이 큰 힘이라면 단번에 더 큰 힘으로 찍어 누를 셈이다.

'저놈 정도라면……'

찰나의 순간 저 무공을 완성할 것이다. 하지만 자신에겐 그 찰나마저 비집고 들어갈 만큼의 힘이 있었다.

법륜은 공기가 변하는 것을 단번에 알아챘다. 죽음의 냄새가 콧속 깊숙이 박혔다. 진공파의 힘은 부족하지 않았지만, 구양철이 선보이려는 일격은 실로 무시무시한 힘을 지니고 있던 것이다.

'하나 더.'

법륜은 자신에게로 달려드는 죽음을 비켜내기 위해 오른팔에도 진기의 칼날을 둘렀다. 쌍수에 어린 진공파가 맹렬하게 회전했다. 그리고 활시위를 당긴 저격수처럼 구양철을 향해 손을 겨눴다.

진공파가 연달아 터져 나갔다. 뒤늦게 준비한 오른쪽이 먼저였다. 구양철이 채 손을 쓰기도 전이다. 연이어 왼손에 실린 진기의 폭풍이 다시 한번 구양철의 몸을 때렸다.

꽈앙!

꽈릉!

약간의 시간 차이를 두고 폭음이 울려 퍼졌다. 진공파의 힘은 부족하지 않았지만, 구양철이 부리는 불꽃의 호신강기를 뚫어내진 못했다.

"무지막지하군."

법륜은 자신도 모르게 탄성을 내뱉었다. 말 그대로 무지막지했다. 공력이 무한정이라도 되는 듯 군데군데 약해진 호신강기를 단숨에 불려냈다.

구양철은 연달아 터진 진공파를 상쇄하며 진각을 밟고 전진했다.

'내력의 차이는 크지 않다.'

구양철은 놀란 마음을 추슬렀다. 이립이나 되었을까. 저 나이에 자신에 필적할 만한 내력이다. 기연이 있었다 하더라도 대단한 것은 분명했다. 하지만 전투는 내력만으로 하는 것이 아니다.

사람은 목만 졸라도 죽는다. 내력은 그 행위를 돕는 보조 수단이다. 결국 움직이는 것은 육신이다. 그 육신을 제대로 통제하지 못한다면 어린아이가 보검을 쥐고 흔드는 것과 같았다. 구양철이 본 법륜의 상태가 그랬다.

'저놈, 자기 전력이 어느 정도인지 잘 몰라.'

일격에 막강한 내력을 담아 쳐내지만 그뿐이다. 저 단련된 육신은 더 큰 힘을 담아낼 수 있음에도 여기까지가 제 한계라는 듯 선을 그어놓았다.

'그게 네가 죽는 이유가 될 것이다.'

구양철은 도도하게 흐르는 진기의 흐름을 배가시켰다. 움직임이 종전보다 두 배는 빨라진 것 같았다. 구양철은 우악스럽게 손을 뻗어 법륜의 멱살을 잡아챘다. 법륜은 진공파의 쌍수를 풀어냄과 동시에 몸을 뒤로 빼며 오른쪽 무릎을 차올렸다.

진기가 제대로 실리지 않은 슬격을 구양철은 망치를 내려치듯 주먹으로 봉쇄해 버렸다.

따앙!

오른쪽 무릎이 부서진 듯한 통증이 느껴졌다.

구양철은 우수를 회수하지 않았다. 그대로 주먹을 쥔 채 법륜의 얼굴을 날려 버렸다.

'죽는다.'

법륜은 필사적으로 고개를 뒤로 젖혔다. 불광벽파를 끌어내 진기의 방패를 겹겹이 둘러쳤다. 진기의 방벽이 우수수 부서졌다. 그와 동시에 최대한 몸을 틀고 왼쪽 어깨에 진기를 잔뜩 집어넣어 구양철의 몸에 부딪쳐 갔다.

터엉!

구양철은 법륜의 천공고를 팔뚝을 들어 막아냈다. 새로운 진기의 불꽃이 구양철의 팔뚝에서부터 솟아났다. 방금 전, 법륜의 얼굴을 날려 버리려던 것에 비해서는 절반도 안 되는 내력이지만 그것은 법륜의 천공고도 마찬가지.

양쪽 다 제대로 된 위력을 살리지 못했다. 서로가 너무 근접해 있었기 때문이다. 잠깐의 정적이 두 사람을 휘감았다.

그 정적을 깬 것은 다름 아닌 전투를 지켜보고 있던 구양세가의 소가주 구양비였다. 구양비는 두 사람의 경천동지할 싸움을 지켜보면서 손아귀에 피가 나도록 힘을 줬다.

'내게도 저런 힘이 있었다면.'

자신이 굳건하게 중심을 지키고 있었다면 가문이 이 지경이 되도록 엉망진창이 되지는 않았을 것이다. 그 사실이 가슴을 후벼 팠다. 하나 지금은 감상에 젖어 있을 때가 아니었다. 법륜이 죽으면 구양철을 막을 수 있는 인물이 없다.

'틈을 만들어줘야겠어.'

구양비는 두 사람의 곁으로 조심스럽게 접근했다. 두 사람은 서로 간에 주고받는 공방에 정신이 팔려 구양비의 접근을 알아채지 못한 것 같았다. 구양비는 구양산수 이초 화운비탄의 초식으로 불덩어리들을 만들어 구양철에게 쏘았다.

구양철의 몸에 호신강기가 둘러쳐져 있으니 타격은 주지 못하겠지만 시선을 끌 수는 있으리라.

피웅!

푸스스스!

구양비가 쏘아낸 불덩어리가 구양철의 호신강기에 막혀 녹아내렸다.

"물러서!"

법륜은 구양철의 등 뒤에 뭔가 부딪치는 느낌을 받자마자 소리쳤다. 구양철은 고수였다. 기련마신 정고 이후 상대해 온 그 어떤 자보다도 강한 고수였다. 그런 고수가 등 뒤를 노리는 치졸한 암습을 느끼지 못했을 리 없다.

그 분노는 여실히 드러났다.

법륜의 어깨를 막고 있던 구양철의 신형이 팽이처럼 회전했다. 순식간에 주먹을 쥐고 있던 손이 펴지며 손날로 변했다. 시뻘건 강기가 구양비의 목을 노리고 날아들었다.

그 순간, 법륜도 몸을 한 바퀴 회전시킨 뒤 자세를 낮추며 발을 차올렸다. 구양철의 손날을 향해서였다. 보검난파의 각법이 강기를 가르고 지나갔다. 그 광경을 보자마자 법륜은 진각을 다시 한번 밟으며 앞으로 뛰쳐나가 구양철의 몸통에 어깨를 들어박았다.

제대로 된 진기가 실린 천공고다.

충돌에서 발생한 충격파가 법륜과 구양철의 주변을 휩쓸었다.

파아아아!

보통의 무인이라면 이번 일격에 뼈가 으스러지고 피를 토하며 그대로 주저앉아야 옳았다. 하지만 구양철은 그렇지 않았다. 자신은 보통의 무인이 아니라는 듯 그 짧은 순간에도 양발을 지면에 굳건히 한 채 팔을 십자로 교차해 법륜의 천공고를 막아냈다. 양팔에 적지 않은 충격을 받았지만 뼈가 상하지도, 내상을 입지도 않았다.

"치졸한 수로군."

구양철은 미간을 찌푸리며 자신의 조카를 쏘아봤다. 한 번이라도 더 끼어들면 손해를 감수하고서라도 죽이겠다는 눈빛이다. 구양비는 온몸의 힘이 쭉 빠지는 것을 느끼며 비척비척 뒤로 물러섰다.

"충분히 막을 수 있었어."

"그렇겠지."

구양철은 법륜의 차분한 말에도 냉담하게 반응했다. 구양철은 속으로 생각했다. 그럴 게다. 충분히 막을 수 있었다. 이놈은 그와 같은 부류이니까.

'천재.'

구양철은 그것을 분명히 알 수 있었다.

작정하고 노린 틈을 순식간에 메우고 치명적인 반격까지 해온다. 무공을 위해 태어난 사람이 있다면 이런 놈이 그런 사람이다.

'시간이 조금 더 흐르면 감당 못 할 괴물이 되겠어.'

눈앞에 보이는 법륜의 얼굴이 바로 그 증거였다.

한 치의 물러섬도 없이 더 강맹한 기세를 내뿜는 금기가 그 사실을 증명했다. 얼마나 더 위력적인 수를 선보이든 더 강한 힘으로 박살 내겠다는 의지가 명백하게 보였다.

"어쩌다 너 같은 놈이 소림에서 나왔는지."

구양철은 사뭇 안타깝다는 어조로 말했다.

"소림에서 배웠기에 가능한 것이다."

법륜은 쓸데없는 말을 들었다는 듯 대꾸했다.

"그보다 이렇게 잡담이나 나눌 정도로 여유 있질 못해서."

법륜이 먼저 땅을 박차고 몸을 숙이며 돌진했다. 구양철도 동시에 몸을 날렸다. 두 사람의 모습은 마치 최고의 화공이 작정하고 그린 한 폭의 그림 같았다.

양손을 뻗어 각자의 손을 부여잡았다. 힘 대 힘, 내력 대 내력으로 맞섰다.

꽈아악!

밀린 것은 법륜 쪽이었다. 손이 꺾이고 균형이 무너졌다. 압도적인 근력의 차이였다. 법륜의 무릎이 꺾이려는 순간, 구양철의 공격이 한 번 더 이어졌다. 법륜으로선 전혀 예상치 못한 한수였다.

구양철이 법륜의 얼굴을 향해 머리를 부딪쳐 온 것이다. 진기가 실린 일격은 아니었지만 정신이 흐트러지기엔 딱 좋은 공격이었다. 강력한 박치기 한 방에 얼굴에서 피가 튀고 정신이 몽롱해졌다.

'다음 일격은?'

법륜은 정신을 부여잡았다. 하지만 다음 한 수도 법륜의 예상을 훌쩍 벗어났다. 구양철은 공격을 시도해 오는 대신 법륜의 팔을 당겨 자신의 품속으로 끌어당겼다. 양손이 봉해진 상태로 가슴팍에 어깨를 부딪쳤다.

우지직!

갈비뼈가 박살 나는 소리가 들렸다. 구양철은 다시 한번 법륜을 밀어냈다가 당겼다. 잘못하다간 그대로 상체가 날려갈 판이다. 무너진 자세 그대로 다시 한번 슬격을 차올렸다. 어떻게든 시간을 벌어보려는 필사의 노력이었다.

"쿨럭!"

결론부터 말하자면 법륜의 기습적인 슬격은 실패했다. 구양철이 어깨를 부딪쳐 오다 말고 뻗어낸 장력이 법륜의 무릎을 덮어 눌렀다. 내력이 잔뜩 실리진 않았다지만 굉장히 빠른 속도였는데 순식간에 무위로 돌려 버렸다. 법륜의 입에서 핏물이 흘러내렸다.

'틈이… 없어!'

적재적소. 말 그대로였다. 구양철은 파괴적인 힘을 구사하는 데도 능숙했지만, 필요할 때 필요한 만큼의 힘만을 사용해 최적의 효과를 거두는 것에도 능숙했다. 법륜은 구양철의 손아귀에 단단하게 붙잡힌 채 굳은 얼굴로 구양철을 직시했다.

"꽤나 당황스러운 얼굴이군."

구양철은 법륜의 속내를 짐작이라도 한 듯 즐겁다는 얼굴로 화답했다. 법륜은 이를 악물며 그 말에 대답하지 않았다. 이대로는 안 된다. 부러졌는지 계속해서 폐부를 찔러 통증을 유발하는 갈비뼈에 구양철의 열기에 익어버린 살까지. 그중에서도 제일 큰 문제는 내상이었다.

'생각해라. 저자가 진정으로 놀라운 점은 거대한 힘을 자유자재로 휘두른다는 점이다.'

방금 전만 해도 그랬다. 어깨에 잔뜩 실은 내력을 순식간에 이동시켜 장력으로 탈바꿈시켰다. 저런 운용의 묘는 법륜으로선 따라 할 수 없는 종류의 것이었다. 법륜의 경지가 모자란 것이 아니었다.

'지금껏 사용해 온 무공의 발전 방향 때문이다.'

법륜은 목숨을 걸어야 하는 대적을 만날 때마다 전력을 쏟아부어 순식간에 적을 압살했다. 그리고 구양철은 그 방법이 통하지 않는 상대였다. 밑 빠진 독에 물이라도 붓는 것처럼 그는 여유로워 보이는 기색으로 자신을 상대한다.

'괴물이야.'

자신을 괴물 보듯 바라보던 무인들의 심정이 조금은 이해가
되었다. 법륜은 구양철의 무력에 새삼 감탄하며 지금의 상황을
타개하기 위해 정신을 집중했다. 일단은 구양철의 손아귀에서
벗어나는 것이 중요했다. 진기를 끌어냈다.

구양철이 워낙 높은 경지에 오른 무인이다 보니 진기의 유동
을 눈치챌 가능성도 충분히 있었지만 법륜은 개의치 않았다.
어차피 빠져나가지 못하면 죽는다.

'가라. 회복해.'

법륜은 금기를 끌어내 우선적으로 장기들을 보호했다. 이어
질 충격에 대비해 더 이상의 내상을 방지하기 위함이다. 아직
전쟁은 초반부다. 구양철 이후로 얼마나 더 많은 강자들이 달
려들지 알 수 없었다.

그다음은 법륜을 구속하고 있는 구양철의 결박을 풀어내는
것이다. 이대로 몸이 붙잡혀 있으면 아무리 진기로 몸을 보호
해도 타격을 방어해 내는 데 한계가 있었다. 법륜은 구양철이
자신을 바라보고 있을 때 갑작스럽게 움직였다.

타앙!

다시 한번 접전이 벌어졌다.

금속을 후려친 듯 기성이 법륜의 손에서 발생했다. 법륜은
붙잡힌 두 손에 진기의 칼날을 만들어냈다. 그리고 그 칼날은
예외 없이 구양철의 두 손에서 일어난 불길에 막혀 더 이상 전

진하지 못했다. 금기가 요동을 치며 구양철의 불꽃을 분쇄했지만, 두 손이 붙잡힌 상황에서는 어찌할 도리가 없었다.

'예상한 바.'

하지만 법륜은 당황하지 않았다. 어떤 무인이라도 두 손을 봉한 상태에서 승기를 내주고 싶진 않을 것이다. 구양철도 자신이 만만치 않다는 것을 알았으니 더더욱. 그래서 법륜은 초강수를 뒀다.

우웅!

구양철의 등 뒤에서 조그만 구슬 하나가 솟아올랐다. 금기를 잔뜩 머금은 염라주다. 염라주는 구양철이 고개를 돌려 파악하기도 전에 그의 등에 틀어박혔다.

지이잉!

구양철의 몸에서 솟아난 불꽃의 호신강기가 염라주가 등을 파고드는 것을 막아냈다. 단순히 불꽃의 강기를 넓게 펼쳐 막아낸 것이 아니었다. 필요한 곳에 필요한 만큼만. 염라주의 폭발 범위를 감지라도 하듯 정확하게 등을 보호했다. 불과 몇 합만에 법륜은 자신의 무공이 구양철에 비해 손색이 있다는 것을 인정할 수밖에 없었다.

법륜은 구양철의 무공에 거듭 감탄하며 구양철의 등 뒤로 염라주를 계속해서 피워 올렸다. 염라주가 계속해서 늘어나자 구양철은 호신강기로만 막을 수 없다는 것을 깨달은 듯 법륜의 한 손을 잡은 팔을 풀고 등 뒤로 내저었다.

화륵!

불꽃의 강기가 염라주의 개수만큼 떠오르며 그대로 염라주를 감싸 안고 소멸했다. 폭발이 아닌 말 그대로 소멸이었다. 법륜이 부린 신기를 구양철이 지닌 힘 그대로 내리눌러 버린 것이다.

'미쳤군.'

하지만 생각은 짧았다. 법륜은 한 팔이 자유로워지자마자 철탑신추를 짧게 여러 차례 구양철의 몸에 먹였다. 다시금 구양철의 몸에서 강기가 솟구치며 철탑신추의 공격이 단숨에 막혀 버렸다.

법륜은 전혀 당황하지 않았다. 지금까지 구양철이 보여준 무공을 돌이켜 보면 충분히 가능한 일이었다. 법륜이 노린 바는 구양철이 입을 피해가 아니었다.

'거리.'

구양철이 호신강기를 일으키며 뒤로 살짝살짝 물러나 벌어진 틈. 처음부터 그것을 노렸다. 법륜은 무한대의 내공이 있기라도 한 듯 구양철의 가슴 지근거리에서 염라주를 다시 한번 생성해 냈다. 그러곤 그대로 폭발시켰다.

콰아앙!

무시무시한 폭발음과 함께 법륜의 몸이 뒤로 튕겨나갔다. 구양철은 틈을 노리고 갑작스럽게 폭발한 염라주에 눈을 가늘게 떴다. 별다른 피해가 없다는 듯 구양철은 앞섶을 툭툭 털어 내렸다. 옷자락이 새까맣게 그을렸지만 그 안의 피부는 멀쩡했다.

"예상 밖이로군."

구양철의 말은 타당했다. 무인은 언제, 어디서나 자신의 몸을 최상으로 돌봐야 한다. 격전의 와중에서 손해를 감수하고 적을 참살하는 경우도 왕왕 있지만, 지금은 그럴 만한 때가 아니었다.

"여기서 손해를 본다면 앞으로 상당히 힘들 터인데?"

"어쩔 수 없더군. 이렇게라도 하지 않았으면 어려웠을 거야."

법륜은 진기와 육신을 점검하며 말을 받았다.

'확실히 그의 말이 옳다. 좋지 않아. 하지만……'

구양철 외에 또 어떤 고수가 있는지 모른다. 그런 상황에서 부상은 꽤 커다란 변수이다. 하지만 그것은 훗날의 일. 지금 당장 목숨을 보전하지 못한다면 아무 의미 없는 일이었다.

"제법. 젊은 나이에 그 정도의 심기라……. 감탄이 절로 나오는군."

구양철은 간단하게 인정했다. 무인으로 자신의 생명을 지키는 것에 소홀해서는 안 되지만, 반대로 필요한 상황에선 목숨을 걸 줄 알아야 진짜 무인이다. 그가 본 법륜은 진짜였다.

'어리숙한 조카 놈들에 비하면……'

확실히 난놈은 난놈이다.

저기 멀리 떨어져 넋을 놓고 바라보는 구양비는 차치하고서라도 그 속에 뭐가 들었는지 모를 둘째 조카 놈은 확실히 자격 미달이다. 그놈은 무인의 기개(氣槪) 같은 것이 없다. 그저 탐심과 욕망뿐이다.

'이 아이가 차라리 혈육이었다면.'

그랬다면 자신이 이렇듯 욕심을 불태우진 않았으리라.

그저 깔끔하게 물러나 후인을 지켜보는 가문의 노인 그 이상의 욕심은 부리지 않았을 것이다.

'따지고 보면 이게 모두 구양금 그 자식 때문이다.'

그가 제대로 자리를 잡았다면 이런 비극도 없었을 것이다.

"이상한 생각을 하는군."

"뭐라?"

"무슨 뜻이냐? 이상한 생각을 하고 있다니."

법륜은 구양철이 잠깐 다른 생각을 한 사이에 점검을 끝냈다. 내력의 흐름은 아직 도도했고, 육신은 지치고 다치긴 했지만 못 움직일 정도는 아니었다. 아니, 언제든 폭발적인 일격을 내칠 준비가 되어 있었다.

'이상해.'

하지만 이상했다. 구양철의 얼굴이 시시각각 변했다. 분명 구양철의 표정은 무표정으로 싸늘함 그 자체였다. 하나 지금 이 순간 그의 표정에서 무슨 생각을 하는지 알 수 있을 것 같았다.

구양비를 흘끗 바라보다 자신을 돌아보았다. 그 순간 구양철의 생각이 머릿속에 박히듯 들어왔다. 그리고 알았다. 구양철이 자신과 구양세가의 후학을 심중으로 비교하며 저울질하고 있음을.

"나와 저기 있는 저 친구를 두고 계속해서 저울질하지 않았나? 그런 줄로만 알았는데. 그리고 지금은… 원망하고 있군. 그게 누구지?"

구양철은 자신의 속내가 낱낱이 까발려지자 안색이 붉어졌다. 부끄러움보다 누군가에게 속내를 읽혔다는 것에 더 큰 놀라움이 들었다.

"어찌 알았지?"

"표정에 다 드러나니까."

"표정?"

구양철은 절대 그럴 리 없다고 생각했다. 표정으로 속내를 읽는다? 자신의 얼굴에 감정이 쉽게 떠오른다고 해도 불가능한 일이었다.

'저놈, 교통(交通)을 이루고 있군.'

구양철은 확신했다. 천지간의 흐름이 몸속에 담기고 그 몸에 담긴 수레바퀴를 온전하게 굴릴 수 있게 되면 여러 가지 능력이 생긴다. 저놈이 아무렇지도 않게 내뱉는 지레짐작도 절대 가벼이 볼 수 없게 되었다.

천지 교통을 이루고 나면 생기는 여러 가지 능력 중 쓸모없는 것은 하나도 없다. 구파의 도사들은 대부분 천기(天氣)를 읽게 되고, 속세에 머무른 자들은 다양한 이능을 갖게 된다.

'그리고 불가는 대대로… 예지(叡智)나 타심통(他心通)이었지.'

자신도 모르게 상대방의 마음을 읽는 것. 어찌 보면 무한한 능력의 기반이 될 수 있는 것이다.

'시간을 주면 안 되겠군.'

상대는 자신이 보는 것이 무엇인지, 또 어떻게 활용해야 하는지 모르는 상태이다. 그런 점에선 구양철이 아직까지 유리했다. 구양철은 가만히 서서 자신을 바라보고 있는 법륜을 향해 다시 무공을 전개했다.

불꽃이 넘실거리며 구양철의 몸을 잠식했다. 방금 전까지 구양철이 화기를 자유자재로 다루는 모습이었다면 지금은 불꽃 그 자체가 된 것 같았다. 불꽃이 구양철의 전신을 뒤덮고 얼굴마저 가려 버리자 그는 화인(火人) 그 자체로 변해 버렸다.

"화신강림(火神降臨)이라는 무공이다. 온전히 막아낼 수 있다면… 어디 가서 떠들어도 좋다. 네가 천하제일이라고."

화기가 폭발하며 사위를 뒤덮었다. 시간은 어느새 밤을 향해 달리는데, 이곳은 한낮이라고 해도 좋을 만큼 밝았다. 화광(火光)이 충천했다. 위력도 방금 전과는 거의 다른 무공이라 봐도 좋을 만큼 천양지차였다.

법륜은 달려드는 구양철을 피해 뒤로 한 발 물러나며 사멸각으로 맞섰다. 다시 한번 절세의 보검이 하늘을 가르고 휘몰아쳤다.

사악!

바람이 갈라졌다. 구양세가에 짙게 깔린 불길을 걷어내는 듯했다. 법륜의 각법에 구양철이 뿜어내는 화기가 갈라졌다가 다시 붙었다. 이전보다 더 맹렬했다. 구양철은 법륜의 각법에 맞서 똑같이 발을 차올렸다.

까앙!

법륜이 디딘 지면에 깊은 고랑이 파이며 몸이 일 장 뒤로 튕겨져 나갔다. 구양철의 각법과 부딪친 발등에 은은한 통증이 느껴졌다.

'아직 괜찮아.'

내력은 아직 상당히 많이 남아 있었다. 발등의 통증도 견딜 만했다. 충만한 내력이 삼단전을 중심으로 내력을 밀어내며 고통을 완화시켰다. 법륜은 양발에 다시 진기를 쏟아부었다.

'내력은 저자도 나 못지않아. 그리고 강력해.'

구양철의 내력은 발과 발이 부딪치는 순간 화기가 혈도를 타고 침범했다. 재빨리 금기로 방어하지 않았다면 돌이킬 수 없는 상처를 입었을 것이다.

'그렇다면.'

통상적인 방법으로는 이기기 어렵다는 판단이 들었다. 제아무리 내력이 충만해도 방어막을 뚫을 수 없다면 결국 죽는 것은 자신이라는 것을 명확히 깨달았다.

'더 날카롭게, 더 강력하게 변해야 돼.'

법륜은 양손과 다리에 금기를 덧씌웠다. 지금껏 사용해 본 내력보다 더 강하게 밀어 넣었다. 허벅지를 타고 종아리를 지나 발등과 발바닥에 금빛 기운이 서렸다. 다시 법륜의 질주가 시작됐다.

파앙!

파아앙!

법륜은 발을 채찍처럼 휘둘렀다. 연달아 내치는 각법에 구양철의 화력이 주춤했다. 하지만 그뿐이다. 구양철은 각법 한두 번 허용했다고 무너질 위인이 아니었다. 그는 여전히 건재했다.

"차핫!"

구양철의 우수가 법륜의 얼굴을 노리고 날아들었다. 단번에 불로 녹여 버리겠다는 듯 막강했다. 법륜은 팔을 십자로 교차해 진기의 흐름을 더했다. 불광벽파의 호신기가 팔 앞에 방벽을 구사했다.

꽈아앙!

구양철의 일격이 법륜의 호신기를 뚫고 팔에 작렬했다. 팔에 화끈한 고통이 느껴지는 것 같더니 순식간에 벌겋게 물들어 버렸다. 내력으로 물 샐 틈 없이 보호하는데도 피부를 상하게 했다.

'이대로는 안 돼. 부족해.'

그 순간 법륜의 의념이 하나로 모여들었다. 내력이 부족한가? 아니다. 내력은 넘쳐흐른다. 그렇다면 무엇이 부족한가?

'방어도 방어지만… 길이 좁아. 화력이… 부족해. 육신이 받는 타격은 어떨지 몰라도… 내력은……'

기의 순환로인 혈도가 좁았다. 내력이 부족하면 채우는 것에 오랜 시간이 걸리지만, 기의 순환로가 좁으면 넓히면 된다. 그리고 법륜은 금강령주를 통해 몸속의 모든 혈과 기운을 통제할 수 있었다.

"간다."

법륜의 목소리가 땅에 깔렸다. 그의 목소리엔 아까와 같은 당황스러움이 담겨 있지 않았다. 화기가 피부를 뚫고 들어오면 밀어내면 된다. 상대의 호신기를 뚫어내지 못한다면 뚫릴 때까지 타격을 입히면 된다. 그에겐 마르지 않는 공력이 있으니까.

공력을 끌어낸 자세 그대로 금기를 순환시켰다.

그대로 땅을 박차고 달렸다. 화광이 솟구치며 몸을 덮쳐왔다. 옷깃에 불이 붙으며 살갗이 그을렸다.

'자잘한 상처는 무시한다.'

진짜 위험한 공격은 아직 시작도 안 했다.

구양철은 불의 화신이 된 것처럼 움직였다. 한 번의 휘두름에 수십, 수백 번의 변화가 담겼다. 불길을 자유자재로 다루는 그 모습이 마치 악단을 지휘하는 악공(樂工) 같았다.

완벽한 지휘를 뚫고 상처를 내야 한다. 그러기 위해선 자신의 안위는 잠시 뒤로 접어두어야 했다.

'천운(天運)이 필요한 때로군.'

하늘이 누구의 손을 들어주느냐에 따라 승패가 결정된다. 법륜은 그렇게 생각했다. 그럴 수밖에 없었다. 구양철은 난적이다. 상대하지 못할 정도는 아니지만, 명백하게 밀린다. 법륜은 그 차이를 경험이라고 봤다.

상당한 수라장을 거쳐온 법륜이지만 구양철의 연배에 비할 수는 없었다. 구양철의 신형이 일 장으로 거리를 좁혀왔다. 둘의 격돌이 다시 시작되었다.

법륜은 세차게 금기를 휘돌리면서 끌어낼 수 있는 최고 한도의 힘을 끌어냈다. 기경팔맥에 진기가 흐르며 세찬 바람이 불었다.

'조금 더.'

법륜은 진기의 흐름에 다시 한번 진기를 더했다. 기경팔맥을
한계까지 몰아붙였다. 한계까지 기운을 머금은 혈맥이 터질 듯
부풀어 올랐다. 팔과 다리에서 막대한 고통이 느껴졌다.

'뚫어낸다.'

법륜은 몸이 상하는 것을 알면서도 선택할 수밖에 없었다.
그래야만 이 상황을 타개할 수 있었다. 화염에 휩싸인 구양철
의 얼굴이 언뜻 드러났다. 아니다. 화염은 여전히 그의 얼굴을
뒤덮고 있었다. 그런데도 구양철의 표정이 아무런 장애물도 없
다는 듯 표정이 한눈에 들어왔다.

'알고 있어⋯⋯?'

구양철은 마치 그럴 줄 알았다는 표정으로 공세를 차분하게
막아내고 있었다. 화염에 덮인 얼굴 위로 그의 표정이 보였다.
느껴졌다.

'어떻게?'

법륜은 터질 듯 부푼 혈맥을 내력을 방사해 풀어내면서도
의문을 지우지 못했다.

'왼쪽, 다시 왼쪽, 그리고 오른쪽.'

구양철이 어디로 움직일지 한눈에 들어왔다. 아니, 온몸으로
느껴졌다. 마치 그의 속을 들여다보고 있기라도 한 듯 하나도
빠짐없이 알 수 있었다.

'무엇 때문인지는 모르겠지만⋯⋯.'

아무래도 천운은 자신의 손을 들어준 것 같았다. 상대방의 의중이 무엇인지 정확하게 알 수 있다면. 그것도 난전에서 실시간으로 상대의 움직임을 알 수 있다는 것은 확실한 승기의 조건이다.

법륜은 마음을 굳히고 땅을 박찼다.

대기를 뚫고 충격파를 내뿜는다.

'더, 더, 더.'

상대방이 화염의 성벽을 세웠다면 자신은 그 성벽을 뚫는 공성추가 되면 된다. 금강령주의 진기가 손바닥을 중심으로 휘몰아쳤다. 송곳처럼 솟은 경력이 법륜의 의념에 따라 움직였다.

'뚫어버려.'

파아앙!

처음이다. 처음으로 구양철의 호신강기가 뚫렸다. 마치 처음부터 이것이 당연하다는 듯 진기가 혈맥을 한계까지 몰아붙였다. 법륜은 그 뜻을 받아들였다. 법륜이 호응하자 진기가 즉각적으로 움직였다.

손바닥 위로 붉은 옥(玉)이 생겨났다. 그대로 내쳤다.

촤아아!

제마장 적옥의 장력이 구양철의 얼굴을 두드렸다. 거센 장력에 구양철의 얼굴을 감싸고 있던 호신강기가 바람 앞의 촛불처럼 흔들렸다. 그 사이로 구양철의 당황한 기색이 들어왔다.

법륜의 손에 승기(勝機)가 잡히기 시작했다.

　　　　*　　　　　*　　　　　*

　장산은 법륜의 흔적을 따라 구양세가의 외원으로 흘러들었다.
'이쪽.'

　꽤나 다급하게 움직였는지 평소라면 남기지 않았을 흔적을
여기저기 뿌려두고 떠났다. 분명 극상의 경신법이지만 장산이
익힌 감각도의 영역에 잡히는 미세한 흔적이 남은 것이다.

　전각의 지붕 위를 달린 흔적이 남아 있었다. 얼마나 빠르게
경공을 펼쳤는지 기와에 마찰에 의해 그을린 흔적이 남아 있었
다. 속내에 의아함이 가득했다.

　"생각보다 너무 빠르다. 도대체 무엇 때문에⋯⋯?"

　아직 전선을 구성하기 전이다. 세가의 속문을 규합하고, 낭
인들을 끌어모으고, 관의 도움을 받는다. 그렇게 끌어모아도
구양세가 하나를 감당하기 힘들다. 아마 심혈을 기울여 전선을
만들어도 구멍이 숭숭 뚫려 있을 것이다.

　문제는 또 있다.

　구양세가가 작정하고 난전을 유도할 경우이다. 태영사는 현
재 뿔뿔이 흩어져 있다. 위험의 부담이 모여 있을 때보다 훨씬
크다.

　"이렇게 되면⋯ 각자의 능력으로 살아남을 수밖에 없을 터인
데."

　장산은 도무지 알 수 없다는 말을 중얼거리며 쾌속하게 움
직였다. 일단은 구양세가가 목표다. 법륜의 흔적을 따라가다 보

면 모습이 드러날 것이다.

장산은 구양세가의 외원 담장이 보이자 한달음에 뛰어넘어 수풀 속으로 몸을 숨겼다. 세가의 내부는 그야말로 아비규환이었다. 불길이 치솟고 병장기에선 불똥이 튀었다. 무공을 모르는 민초들의 비명성이 울려 퍼졌다.

'이런 일이… 도대체 무슨 일을 획책하는가?'

장산은 멀리서 금빛 서기가 일렁이는 것을 보았다. 저곳이다. 태영사의 사주이자 무적의 신위를 자랑하는 신승이 있는 곳. 장산은 법륜에게 무한한 신뢰를 보내면서도 의아함을 감추지 못했다.

'주군께서 저 정도로 전력을 이끌어내야 할 상대가 있던가.'

초절정에 이르자 감각이 예민해졌다. 거기에 더해 낭아감각도까지 몸에 붙으니 그 날카로움은 이전과 비교할 수조차 없었다. 그런 감각에 법륜이 진심으로 사력을 다하고 있음이 느껴졌다.

'경이로울 정도다.'

막강한 기파가 부딪치며 공명음을 만들어냈다. 당장에라도 끼어들어 어울려 보고 싶었다. 하지만 저기는 그의 전장이 아니다. 그가 할 일은 정해져 있었다.

'위험 요소 제거.'

애초에 그가 기존의 계획을 수정해 법륜을 따라나선 이유는 법륜이 행여나 위해를 입을까 해서였다. 그리고 그런 그의 판단은 정확하게 들어맞았다.

'저자는……!'

장산의 눈에 전각 한편에서 몸을 웅크리고 상황을 주시하고 있는 노인이 들어왔다. 마기를 최대한 억누르며 기회를 노리는 자. 그는 법륜의 손에서 도망친 구양정균이었다.

장산은 구양정균을 향해 조심스럽게 접근했다.

'최대 전력으로.'

장산은 거검을 손에 쥔 채 단숨에 전각 위로 뛰어올랐다. 거검에 일 장이 넘는 강기가 넘실거리며 구양정균의 머리 위로 떨어졌다.

구양정균은 섬뜩한 기운에 다급하게 전각 위에서 몸을 굴렸다. 이어서 곧장 마기를 끌어 올리고 폭발시켜 재차 휘둘러지는 검강을 막아냈다.

"네놈은!"

구양정균은 아까 전 법륜의 옆에 시립해 있던 사람을 떠올렸다. 거검을 든 채 건방진 표정으로 언제든 검을 내칠 준비를 하고 있던 남자이다.

"죽어라!"

장산은 구양정균이 다른 무공을 펼칠 틈을 주지 않기 위해 아슬아슬한 줄타기를 계속했다. 무공과 경험 모두 구양정균이 한 수 위이기 때문이다. 장산은 숭산에서 줄곧 그려오던 검로를 떠올렸다.

'틈을 주지 않는다.'

구양정균의 손발이 어지러워졌다. 전각 위다 보니 평지에서 자유자재로 펼치던 초풍보도 제 위력을 발휘하지 못하고 있었다.

구양정균은 진기를 가다듬었다. 상대방의 검로가 쌓이면서 하나의 막을 이루었다. 도저히 치고 들어갈 엄두가 나지 않았다. 어떤 무공을 구사한다고 한들 지금의 자신으로는 뚫어낼 수 있는 진기가 아니었다.

'흐름을 끊어야 해.'

어디서 이런 놈이 나타났는지 짐작도 가질 않았다. 그래도 어쩔 수 없었다. 지금은 전시. 기회를 잡으려면 일단 부딪쳐야 했다.

'장기전으로 가선 곤란해.'

장기전으로 가면 여러모로 불리했다. 일단 눈앞에 있는 상대도 흐름을 타면 계속해서 강해지는 무공을 구사하고 있었다. 계속 기회를 주면 승기를 잡을 수 없었다.

'거기다가……'

저 밑에 자신의 아들과 싸우고 있는 법륜이라는 놈의 무공이 심상치 않았다. 뛰어난 줄이야 알았고, 자신보다 윗선이라는 것을 분명히 확인했지만 그는 자신했다. 자신의 아들 구양철이 법륜의 목을 가를 것이라고. 그러면 모두 끝날 일이었다.

그런데 그 예상은 보기 좋게 빗나갔다. 법륜은 강했다. 구양철을 상대로 조금 밀리는 기색을 보이긴 했지만 꿋꿋하게 버텨냈다. 때문에 촉박한 시간을 단축하기 위해서 기습을 준비하고 있었다.

"치잇!"

구양정균은 이를 악물고 반격에 나섰다. 지금 당장 몸을 빼기 어려운 상황에선 이게 최선이었다. 구양정균은 지붕을 세게 굴렀다.

쿠웅!

전각의 지붕이 굉음을 내며 주저앉았다. 먼지가 자욱하게 일며 시야를 가렸다. 장산은 기습에 대비하는 대신 발을 굴러 허공으로 뛰어올랐다. 그러곤 연환검로를 그리며 전각을 조각내기 시작했다.

콰아앙!

콰아아앙!

무너지는 전각 아래에서 구양정균은 이를 악물었다. 자신을 쫓아 아래로 내려올 것이라 생각했는데 상대방은 자신을 전각 속에 파묻어 버렸다.

'수를 내야 해.'

구양정균은 품속에서 작은 주머니 하나를 꺼냈다. 둥그런 고리 더미가 느껴졌다. 절정의 고수가 던지면 초절정고수가 부리는 호신강기도 뚫어낸다는 마골환(魔骨環)이었다. 당가의 암기로 암상(暗商)에 나온 물건을 구양정균이 재빨리 낚아챈 것이다.

'이놈이라면······.'

분명 틈을 만들어낼 수 있을 터였다.

전각 속에 파묻힌 구양정균은 손가락에 마골환을 쥔 채 이리저리 굴렀다. 마골환은 사천당가에서도 특별하게 취급하는 암기이다. 이유는 간단했다. 능력이 부족한 자가 사용하면 그 사용자도 해를 입기 때문이다.

자그마한 고리처럼 보이는 이 암기는 그 속에 수십 개의 얇은 침을 품고 있었다. 둥근 고리 모양으로 구부러진 침이 사방을 뒤덮는 식이었는데, 대상자뿐 아니라 던지는 사람에게도 피해를 준다. 그래서 붙여진 별칭이 사아환(死我環)이다.

'던지고 뒤로 빠르게 빠진다.'

구양정균은 언제든 암기를 던질 준비를 하며 먼지가 가라앉길 기다렸다.

'이상한데……'

상대방이 접근하면 암기를 던질 요량으로 준비하던 구양정균은 먼지가 가라앉고 한참의 시간이 흘러도 상대가 모습을 드러내지 않자 불길한 상상이 들기 시작했다.

'어째서……'

상대는 검강을 자유자재로 뿌려대는 초절정의 고수. 마골환이 치명적인 일격이 될 수는 없겠지만 틈을 만들 수는 있을 거라 생각했는데 상대는 그 틈조차 보여주질 않았다. 구양정균은 조심스럽게 무너진 잔해를 밀어내며 밖으로 나왔다.

사아악!

'왔다.'

뒤에서 검기가 날아드는 소리에 구양정균은 그대로 몸을 뒤집으며 일장을 뻗어냈다. 마기에 물든 검은 불꽃이 검기를 그대로 부수고 상대방의 면전에 도달했다.

'이렇게 쉽게? 놈을 너무 높게 보았나?'

장산은 날아드는 장력을 바라보며 한차례 크게 검을 떨쳤다.

서거걱!

장력이 그대로 갈라지며 의아한 표정을 짓고 있는 노인의 얼굴이 들어왔다. 장산은 그 모습을 보며 싸늘한 미소를 보였다.

"통성명이나 하자고."

"뭐라?"

"오늘 죽을 텐데, 네놈 목을 따는 사람이 누구인지는 알아야 하지 않겠나? 내 이름은 장산이다."

구양정균은 장산의 도발에 얼굴을 붉혔다.

"건방진 놈이……!"

구양정균이 마기를 끌어내자마자 장산은 싸늘한 미소를 거뒀다. 마공, 마기, 마인. 장산으로선 결코 두고 보고 싶지 않은 것들이다. 그 오명 탓에 지난 세월 겪은 고초를 말로 다 할 수 없다.

인적이 드문 곳만 골라서 살았고, 누군가를 깊게 사귄다거나 떳떳하게 일을 하며 살 수도 없었다.

도망자, 혹은 은둔자.

끊임없이 도망치거나 아니면 아무도 없는 곳에 숨어 살아야 하는 운명. 그것이 자신의 삶이었다. 해천이 찾아와 자신을 설득하지 않았다면 여생을 산속에 틀어박혀 검이나 휘두르며 살았을 게다.

"마인이여, 오늘 당신의 목은 떨어진다."

장산은 거검을 들어 올리며 구양정균을 향해 땅을 박찼다.

거검이 땅에 끌리며 거친 기음을 냈다. 장산은 거검을 휘둘러 그대로 구양정균의 상체로 올려쳤다. 구양정균은 장산의 기습적인 공격에 당황하지 않았다.

그 역시 오랜 세월 전장을 거쳐 온 무인이었다. 마도의 길로 접어들긴 했어도 그의 전력(全力)만큼은 진짜였다. 이런 눈에 보이는 기습은 기습 축에도 못 꼈다. 구양정균은 상체를 쓸어오는 검격에 맞서 손등을 들어 올렸다.

강맹한 기운이 서리며 수투처럼 손을 보호했다. 구양정균은 손등을 들어 검날을 쳐버렸다. 챙 하는 금속성과 함께 거검이 튕겨나갔다.

'내력은 한 수 위로군.'

장산은 빠르게 검을 회수했다. 마공을 익힌 마인에 대한 적개심과는 별개로 구양정균은 강한 상대였다. 강한 대적을 앞두고 지나친 흥분은 판단력을 흐리게 만드는 악수(惡手)다.

'흔든다. 시간은 내 편이야.'

구양정균은 노인이다. 어떤 단련을 했어도 젊은 육체를 따라올 수 없었다. 장산의 몸이 계속해서 탄력을 붙여간다면 구양정균의 몸은 갈수록 쇠락하고 있었다.

'다만… 변수가 없어야 할 텐데.'

문제는 변수. 누군가 이 싸움에 끼어들어 마인이 도주하는 상황이 발생하면 아무런 이득도 없다. 결국엔 상대방을 끌어들이는 심리전을 펼쳐야 하는데, 너무 소극적이면 상대방이 그 의도를 눈치챈다.

'좋아, 조금 강력하게. 무리하는 것처럼 보이는 선에서.'

장산은 튕겨져 나가는 거검을 고쳐 잡고 한 바퀴 회전하며 다시 한번 참격을 날렸다. 검이 정확히 구양정균의 목으로 떨어졌다. 구양정균은 마기를 끌어 올려 몸 전체에 둘렀다.

일반적인 장검보다 훨씬 길고 큰 장검, 그리고 맨손의 박투. 구양정균은 상대방과의 거리를 좁히기 위해 사력을 다했다.

그런 구양정균의 속내를 알아챘는지 장산 또한 일정 거리를 벌리기 위해 쉴 틈을 주지 않았다.

오 합, 십 합, 이십 합.

일 타 일격이 거리 싸움이다 보니 서로 틈을 보일 수 있는 치명적인 공격은 최대한 피하기 위해 노력했다. 겨루는 합이 삼십 합이 넘어가자 구양정균은 초조해지기 시작했다.

누가 우세한지 아직 쉽사리 판단할 수는 없지만, 시간은 자신의 편이 아니었다. 아직 몸에 힘은 넘치지만, 마음은 벌써 하루 종일 싸운 것처럼 길게만 느껴졌다.

'시간을 너무 끌었어. 저쪽이 어떻게 될지 모르는 상황인데……'

서로 치명적인 공격을 피하고 힘을 빼기 위한 합만을 주고받다 보니 팽팽하게 당겨진 긴장감이 느슨하게 풀려 버렸다. 구양정균은 변화가 필요한 시점이라 생각했다. 그는 여전히 손가락에 걸고 있던 마골환을 매만졌다.

'틈이 필요해.'

눈앞의 상대와 끝장을 보든, 아니면 뒤로 물러나 상황을 지

184 불영야차

켜보든 틈이 필요했다. 구양정균은 쌍장을 크게 떨치며 순식간에 뒤로 멀어졌다. 장산이 따라붙었다.

장산이 거검을 내려치자 구양정균은 마골환을 던져냈다. 눈에 보이는 뻔하고 얕은 수였다. 하지만 그가 노린 것은 이런 얕은 수가 아니었다. 이보 전진을 위한 견제였다.

췌에엑!

'암기!'

고리의 틈에서 비침이 발사되자 구양정균에게 따라붙던 장산은 급하게 진기를 끌어 올려 검을 휘돌려 크게 원을 그렸다. 검면을 따라 방벽이 둘러쳐지며 비침을 막아냈다. 장산은 비침을 막아내느라 구양정균의 손가락에 걸려 있던 마골환 두 개가 사라진 것을 보지 못했다.

따다당!

콩 볶는 소리와 함께 비침이 튕겨 나갔다. 하나 너무 지근거리였는지 검으로 막아내지 못하는 부분이 생겼다.

'몸으로 때워야겠군.'

장산은 눈을 빛내며 한 걸음 뒤로 물러섰다. 조금이라도 피해를 줄여보려는 수였다. 왼쪽 발뒤꿈치를 주축으로 몸을 틀었다.

타다닥!

비침이 왼쪽 어깨와 등에 틀어박혔다. 비침은 진기를 몸에 둘러 보호했음에도 살갗을 파고들어 깊숙이 박혔다. 장산은 급하게 진기를 돌리며 몸을 점검했다.

'독은 없군.'

치졸하다는 생각은 들지 않았다. 목숨은 선인이든 악인이든 하나뿐이다. 자신도 암기를 던져 목숨을 구할 수 있었다면 그렇게 했을 것이다.

'하지만… 실망감은 어찌할 도리가 없군.'

비화군의 명성은 익히 들어왔다. 강력한 무위와 정도의 기치를 올리기 위해 바쳐온 세월까지. 장산은 고개를 저으며 다시 검을 들어 올렸다. 암기가 몸을 파고들었지만 치명적이진 않았다. 충분히 상대할 수 있다는 자신감이 들었다.

장산이 다시 검을 들자 구양정균이 마기를 한껏 끌어 올렸다. 검붉은 마기가 뭉클거리며 몸 주변을 맴돌았다. 장산이 땅을 박차고 달리자 구양정균의 눈빛이 번뜩였다.

'지금.'

재빨리 쌍장을 터뜨렸다. 방향은 정확하게 마골환이 떨어진 방향이다.

퍼엉!

퍼어엉!

장력이 갑자기 땅을 때리자 장산은 호신강기를 급하게 끌어 올렸다. 전투 중에 미치지 않고서야 헛손질을 할 이유가 없다. 답은 간단하게 나왔다.

'아까 그 암기로군.'

몸의 좌우에서 비침이 터져 나왔다. 급하게 방어한다고 했지만 대부분의 침이 몸에 틀어박혔다. 장산의 모습은 서역의 색목인들이 기른다는 호저(豪猪) 같았다. 그는 신음조차 흘리지 않았다.

"치졸하군. 비화군이라는 자가 이렇게 나락으로 떨어졌구나. 수준 이하다. 무공은 어떨지 몰라도 너는 오늘 반드시 나에게 죽겠다."

"……"

구양정균은 장산의 말을 무시했다. 그저 달려들 뿐이다. 처음으로 손해를 입었으니 조금이라도 위축될 것이라 판단했다. 강력한 진각과 함께 몸이 회전했다. 틈을 만들었으니 최대한 그 틈을 비집고 들어가 상처를 헤집어야 했다.

"답하지 않는군. 좋다. 유언조차 남기지 못하겠구나."

장산은 자신에게 달려드는 구양정균을 보며 검을 들지 않은 손을 들어 어깨와 등을 쓸어내렸다. 비침이 우수수 떨어졌다. 그와 동시에 남은 한 손으로 거검을 땅에 박았다. 곧 구양정균의 우장(右掌)이 코앞으로 다가왔다.

"더 보여줄 것이 있다면 지금 보여라. 지금이 아니라면 기회는 없을 것이다."

그 말과 동시에 장산은 벼락처럼 진각을 밟으며 거검을 뽑아들었다. 발검술이다. 검의 특성상 검집이 없으니 땅을 검집으로 활용한 것이다.

꽈아앙!

굉음과 함께 장산의 거검이 막강한 진기를 머금은 채 구양정균의 몸을 때리고 뒤로 밀어냈다. 구양정균은 자신이 밀려났다는 사실을 인지하지 못하다가 몸이 허공에 붕 뜬 것을 알았다. 하지만 놀라고 있을 틈이 없었다. 이어지는 연환검로가 몸을 베어왔기 때문이다.

파스스스스!

막강한 진기가 거검을 중심으로 회전했다. 바람을 찢으며 폭풍이 몰아쳤다. 거검의 풍압에 옷자락이 세차게 흔들렸다. 검이 스치고 지나가는 곳마다 두꺼운 상처가 남았다.

"이만 죽어라!"

"빌어먹을!"

장산은 검을 든 채 다시 한번 진각을 밟았다. 세차게 밟은 발 주변으로 흙이 비산했다. 파동이 일며 구양정균을 밀어냈다. 구양정균이 악착같이 버텼지만 역부족이었다. 이미 기세에서부터 지고 들어간 까닭이다.

장산은 최후의 일격을 준비했다.

감각도가 최고조에 이르며 오감을 일깨웠다. 한껏 고조된 감각이 구양정균의 주름진 목으로 향했다. 극도의 집중력이 지금껏 경험해 보지 못한 세계를 눈앞에 펼쳐놓았다. 시계가 느려지며 무엇이든 할 수 있을 것 같은 느낌이 들었다.

'더뎌.'

물살의 결을 가르듯 거검이 더디게 허공을 유영했다. 답답함이 느껴졌다. 검이 생각처럼 빠르게 움직이지 않은 탓이다. 하나 벨 수 없을 것 같다는 생각은 들지 않았다. 상대방도 똑같이 느려진 까닭이다. 아니, 자신보다 느렸다. 확실하게.

'조금 더.'

스윽!

거검이 날아간 경로, 그 끝엔 구양정균의 목이 걸려 있었다. 정확하게 목젖을 갈라 버렸다.

"커어억!"

비명성과 함께 목에서 피분수가 튀자 느려지던 시계가 정상으로 돌아오며 세찬 풍압이 불었다.

"끝이다."

장산은 초감각의 영역에서 빠져나와 다시 한번 검을 찔러 넣었다. 거검이 정확하게 가슴을 반으로 가르고 지나갔다.

"내가… 이 내가……."

구양정균은 비척거리며 물러나다 제자리에 주저앉아 버렸다. 그리고 다신 고개를 들지 못했다. 비화군이라 불리며 천하에 이름을 떨치던 남자의 위명이 땅에 떨어졌다.

장산은 억울함에 눈조차 감지 못한 구양정균을 향해 최후의 일격을 가했다.

서거걱!

구양정균의 목이 땅에 떨어졌다.

"무엇을 얻기 위함인지는 모르나 당신의 최후는 추했어. 그저 비화군으로 남았다면… 어땠을까?"

장산은 구양정균의 목을 들고 걸음을 옮겼다. 초감각의 영역에서 빠져나온 여파인지 아직 몸이 삐걱거렸지만 아직은 쉴 때가 아니었다.

담장 너머.

금광(金光)이 넘실거리고 있었다.

*   *   *

그 시각.

장욱은 회한에 잠긴 얼굴로 무너지기 직전인 담장을 둘러보았다. 인적이 끊긴 지 고작 일 년여밖에 되지 않았음에도 그의 터전이던 백호방은 폐허가 되어 있었다.

"구양세가 놈들⋯⋯!"

장욱은 씹어 삼키듯 구양세가의 이름을 뱉어냈다. 참으로 고약한 일이다. 약하면 죽는다는 약육강식의 논리가 이렇게 철저하게 적용돼 짓밟힐 줄은 몰랐다. 눈에 보이는 모든 것이 폐허였다.

그리고 그 폐허 속에 비바람에 깎여 나간 수습되지 않은 유골들. 장욱은 지옥이 있다면 이런 모습이지 않을까 생각했다. 정도를 표방하는 무파들은 보통 인명에 관해 굉장히 보수적인 입장을 취해왔으니까.

"그런데도 이 정도란 말이지⋯⋯."

장욱이 분노하는 이유는 다른 것이 아니었다. 무파 간의 싸움은 언제든 일어날 수 있는 일, 그것을 트집 잡고자 함이 아니었다. 하지만 백호방이 폐허로 변했고, 그 일대에는 죽음의 기운만이 남아 있었다. 담력이 강한 사람도 몸을 움츠리게 만들 정도로 음산한 땅이다. 장욱 자신마저도 섬뜩한 기분을 느끼는데 평범한 사람이라면 어떨지.

이것은 전적으로 다른 문제였다.

전쟁에서 패해 멸망한 국가의 백성들을 전조(前朝)를 따랐다
는 이유만으로 무참히 학살한 것이나 다름없었다. 실제로 장욱
의 기억 속에 자리 잡힌 그날의 일도 이와 다르지 않았다.

"내 얼굴을 아는 사람이 하나라도 있을 줄 알았는데……."

묻고 싶었다. 그간 무슨 일이 있었는지, 또 어떤 고초를 겪었
는지. 그리고 그 어려움에 대해 사죄하고 싶었다. 백호방과 연
관되어 벌어진 일이기 때문이다. 그들의 고민을 듣고 길을 열어
주고 싶었다.

'사주가 그런 것처럼.'

그때, 장욱의 눈으로 미세한 흔적이 들어왔다. 다른 전각들
이 전부 불에 그슬리고 무너지기 일보 직전이었다면, 단 하나
의 전각만은 낡은 가운데 지나치게 깨끗한 면이 있었다.

'아무것도 남지 않은 것은 아니군.'

분명 사람의 손길이 닿은 흔적이다. 그것도 한두 군데가 아
니다.

'한두 사람이 아니야. 꽤 많은 숫자다. 도대체 어떤 이들
이…….'

인적이 드문 이런 폐허에서 전각 하나를 통째로 사용한다?
그것도 주변에 누구인지도 모를 유골들을 늘어놓은 채? 예사
인물들이 아닐 게다. 장욱은 조심스럽게 움직였다.

위험을 배제할 순 없었다. 위험을 배제하고 움직이기엔 작금

의 한중에 벌어지고 있는 상황이 여유롭지 못했다.

'무인이라고 생각하고 움직여야 해.'

장욱은 진기를 끌어 올리며 조심스럽게 접근했다. 반응은 즉각적이었다. 장욱이 진기를 끌어 올리기 무섭게 어둠 속에서 섬광이 번뜩이며 시퍼런 칼날이 날아들었다.

'이놈들……!'

장욱은 내쳐오는 검날을 정확하게 알아봤다. 그놈들이다. 백호방을 짓밟고 식솔들을 벤 그 칼이었다.

"구양세가 놈들이 감히!"

장욱은 폭풍처럼 움직였다. 생각보다 수월하게 검을 피해냈다. 구양세가와의 일전에서 겪은 실전 경험에 지난 몇 달 동안 법륜 밑에서 혹독하게 구른 대가였다. 그간 몸에 붙인 야차팔식이 장욱의 몸에서 뿜어졌다.

야차팔식은 법륜이 최악의 상황을 염두에 두고 만든 무공이다. 장욱의 본신 무공으로도 충분히 제압할 수 있는 상대였으니 법륜이 전수한 무공을 휘두르는 장욱의 무위는 적어도 이곳에선 일기당천 그 이상의 효과를 보이고 있었다.

"그만!"

장욱이 구양세가의 무인 여덟을 때려눕혔을 때, 전각 안에서 커다란 외침이 들려왔다. 남아 있던 무인들은 두려움이 가득 찬 눈으로 물러섰다. 전각 안에서 청수한 인상의 중년 문사 하나가 걸어나왔다. 장욱도 익히 알고 있는 인물이었다.

"지고당주……!"

장욱은 이를 빠득 갈았다. 백호방이 곤란을 겪을 때, 구양세가의 무사들을 지휘해 가장 곤욕을 치르게 만든 사람 중 하나가 지고당주 장영조였다. 장영조도 장욱을 보고 놀란 듯 소리쳤다.

"장욱……?"

*   *   *

이철경은 밤하늘을 야조(野鳥)처럼 날았다. 살수로서 무공을 수련하며 경험한 것은 결코 지워지지 않는 낙인처럼 머릿속에 알알이 박혀 있었다. 그중에는 단순하게 상대를 암살하는 것 말고도 각종 계책을 통해 상대의 진영을 이간질시키는 것도 포함되어 있었다.

"그중에서 최고는 돈줄이지."

이철경은 허리춤에 걸린 흑철보검을 한 차례 툭 건드린 뒤 움직였다. 목적지는 금와상단이었다. 구양세가의 속문 중 금와상단의 돈을 아예 빌려 쓰지 않은 곳은 있어도 한 번만 빌려 쓴 곳은 없었다.

그만큼 금와상단의 영향력이 구양세가에 끼치는 영향이 거대하다는 반증이다.

"일단은 상단주를 만나봐야겠는데……."

문제는 금와상단주가 어떤 인물인지 도무지 파악되질 않는다는 점이다. 그가 활동하던 곳은 안휘 북부. 섬서 한중과는 거리가 꽤 벌어진 곳이었고, 급하게 정보를 취합하긴 했지만 부족할 수밖에 없었다.

"아는 얼굴이 하나도 없으니 꽤 곤란하군."

이철경은 금와상단의 담장에 기대선 채 중얼거렸다. 이대로 금와상단주가 지나가길 바란다면 지나친 요행이다. 적어도 월 담이라도 해서 상대를 파악해야 한다.

'지금의 상황이 금와상단도 꽤 곤란할 테니까.'

이철경은 망설임 없이 담장을 넘었다.

이름난 무가였다면 더 조심스럽게 움직였을 테지만, 금와상 단은 구양세가의 비호를 받는 곳. 이철경은 정문을 지키는 호 위 무사를 보며 자체적인 무력은 형편없다는 판단을 내렸다.

그리고 볼 수 있었다.

은밀하게 움직이는 이십여 명의 무인을.

'일류급 스물에 절정급 하나라⋯⋯.'

섬서를 주름잡는 상단이라지만, 이렇게 뛰어난 무인들이 많 을 것이라곤 생각지 못했다. 이철경은 넘은 담장을 도로 타 넘 었다. 저들을 모두 상대하는 것이 불가능한 것은 아니지만, 그 렇게 되면 자신의 정체가 발각된다.

'어찌한다. 이대로 물러나기엔 뭔가 석연치 않은데⋯⋯.'

생각은 길었지만 행동은 빨랐다. 이철경은 급하게 상단을 나 서는 무인들의 뒤를 밟았다. 그간 살수 기예가 일취월장했기에 어떤 무인도 그가 뒤를 밟고 있다는 것을 눈치채지 못했다.

일류급 무인들은 절정무인의 지시를 받는 것처럼 보였다.

'아니, 확실하군.'

확실했다. 상당히 젊은 나이임에도 절정에 이른 실력자, 거기에다 상단 무인들에게 명을 내리는 자. 머리가 있다면 누구인지 모를 수가 없다.

'저자가 상단주의 후계자쯤 되겠군.'

금와상단쯤 되면 지금이 어떤 상황인지 모를 수가 없다. 이미 구양세가에서 연기가 치솟고 비명성이 울려 퍼졌다. 그런데도 세가로 향하는 것이 아니라 무인들을 이끌고 다른 곳으로 향한다는 것은 복심이 다른 곳에 있다고 해도 과언이 아니다.

'쫓아가야겠군.'

이철경은 다시 야조가 되어 하늘을 날았다.

                    *   *   *

문우는 도염춘과 함께 관청의 문턱을 밟았다.

관청은 한밤중에도 대낮처럼 환하게 불을 밝혀놓고 있었다. 관청을 지키는 관군들은 야심한 시각에도 엄정한 기세를 유지하고 있었다. 한중에 들어선 지는 한참 되었지만, 혹여나 도염춘의 얼굴을 알아보는 이가 있을까 저어해 조심하고 또 조심하다 보니 상당히 시간이 흘러 있었다.

"자네는 처음이겠군. 이런 곳에 발을 들이는 게."

도염춘은 관청을 넘으며 긴장한 표정의 문우를 향해 말문을 열었다. 문우는 어린 친구지만 상당한 실력을 쌓은 무인이었다. 그런 그도 이렇듯 긴장할 만큼 관청의 기세는 삼엄했다.

"……."

"너무 긴장하지 말게. 내가 옆에 있으니 이렇게 별 탈 없이 쉽게 들어오지 않았나? 만약 자네 홀로 찾아왔다면 쉽지 않았을 게야."

"그래서 노인장께서 진짜 원하는 것이 뭡니까?"

문우는 자신도 모르게 속내에 있던 궁금증을 털어놨다. 도염춘의 이름은 코흘리개이던 자신도 들어본 적이 있는 명사의 이름이다. 그런 그가 타락했다? 문우로선 선뜻 이해하기 어려웠다.

"내가 원하는 것이라……. 별다를 건 없네. 전부 되돌리고 싶을 뿐이야. 내가 저지른 과오를 말일세."

"과오라고 하셨지요? 저는 잘 모르겠습니다."

"음? 뭐가 말인가? 자네도 다 들어서 알고 있지 않은가. 내 부끄러운 과거에 대해서 말일세."

문우는 고개를 저었다.

그의 과거를 몰라서 이런 말을 하는 것이 아니다. 어쩌면 눈앞의 노인도 자신과 같다는 생각이 들었기 때문이다.

"그런 뜻이 아닙니다. 정녕 스스로 원해서 그리하셨습니까?"

도염춘은 문우가 말을 마치자마자 불같은 눈으로 화를 참아냈다. 문우에게 화가 난 것이 아니었다. 스스로에게 화가 났다.

그럴 리 없지 않은가. 자신이 타락했다고 느낀 이유는 단순히 민초들을 학살하고 부당한 명령에 따랐기 때문이 아니었다.

스스로 무인의 기개를 저버렸기 때문이다.

목숨을 잃는 것이 두려워, 가진 것을 잃을까 두려워서였다. 도염춘은 화를 가까스로 참아내는 듯하더니 한숨을 길게 내쉬었다.

"후우, 자네는 참으로 올곧은 청년이로군."

"아닙니다."

문우는 강하게 부정했다.

"나는 그리 떳떳하지 않습니다. 내가 떳떳했다면… 진즉에 죽었겠지요."

"어찌 그런 말을 하는가?"

문우 또한 한숨을 내쉬며 말을 이었다.

"도 노사 당신도 나와 같다는 생각이 문득 들었습니다. 원치 않는 상황에 휘말려 바라지 않던 행동을 한 것은 마찬가지이지 않습니까."

"원치 않는 행동을 했다……. 정말 그리 생각하는가?"

도염춘은 문우의 말에 반색하며 물었다. 문우가 불편하던 마음을 정확하게 집어 긁어냈다.

"물론입니다. 저는… 억울하게 마인으로 몰려 세상에 쫓겨야 했습니다. 제가 한 일이 아님에도 세상이 손가락질하니 그렇게 알고 살았지요. 참으로 억울하더이다. 그때 만약……."

문우는 서글픈 눈으로 도염춘을 돌아봤다.

그의 얼굴에서 잊고 살아온 가족의 모습이 보였다. 거파의 압력으로 원치 않던 일을 하고 그 일을 뒤집어써 마인으로 낙

인쩍힌 가문. 그것이 문우의 가문이었다.

"그때 만약… 내가 죽었다면… 어땠을까 생각합니다."

"그런 일은 없네."

도염춘은 부쩍 표정이 우울해진 문우를 위로하듯 말했다.

"후우, 나는 자네가 생각하는 것처럼 그리 선량한 사람은 아
닐세. 젊은 시절 나는 군에서 종군했고 수많은 사람을 사지로
몰아넣었어. 그 뒤 은퇴를 결심하고 강호의 삶을 살았네. 내가
후회하는 것은 단 하나일세. 내가 스스로의 행동에 떳떳하지
못한 것. 가진 것을 잃을까 두려워 나 자신마저 속이고 살았다
는 것일세. 자네도 그러한가?"

"저는……."

"그것이 아니라면 되었네. 이제 다 왔군. 시간이 많이 늦었
어. 저쪽은 이미 시작했네. 더 지체할 수는 없지."

도염춘은 성큼성큼 걸음을 옮겼다. 세가의 일을 하며 몇 번
이고 본 현령이 눈에 보였다. 이제 자신의 운명은 저 사람의 손
에 달려 있었다.

'아니지. 이 소형제의 손에 달려 있겠구먼. 끌끌.'

제삼십일장(第三十一章)

반격(反擊)

　구양철은 얼굴을 두드리는 장력에 속수무책으로 물러섰다. 하지만 그냥 물러서진 않았다. 구양철은 한 발 더 물러나서 왼손으로 불꽃의 강기를 뿌렸다. 겹겹이 둘러서 방대하게 응집시켰다. 단순한 강기라 보기엔 뿜어내는 위압감이 무시무시했다.

　법륜은 얄은수로 대응하지 않았다. 상대가 최강의 공격을 뻗어낸다는 걸 직감적으로 느꼈다. 저 공격을 뚫고 들어가 타격을 주려면 보통 수로는 안 된다.

　'염라주로.'

　법륜의 손바닥 위로 다시 한번 염라주의 강환이 떠올랐다. 법륜에게 주어진 시간이 길지 않았다. 속속들이 느껴지던 구양철의 속내가 점점 옅어져 갔다.

'역시 우연인 모양이군.'

그러면 어떤가.

절호의 기회를 잡았고, 최선의 공격을 가하면 그만이다. 법륜은 염라주의 강력함을 믿고 구양철의 불꽃에 맨몸으로 들이밀었다. 지독한 열기가 혓바닥을 날름거리며 법륜의 전신을 휘감았다.

파스스스!

법륜의 옷가지가 불에 타 재가 되어 부스러졌다. 화마에 몸이 벌겋게 달아올랐다. 진기를 휘돌려 열기가 내부로 침투하는 것을 최대한 배제하고 있었지만, 어디까지나 임시방편. 시간을 끈다면 결국 불리한 것은 자신이었다.

그렇게 생각하는 이유는 간단했다.

'이렇다 할 타격을 준 적이 없어.'

구양철이 족족 유효타를 먹이는 반면, 법륜은 구양철을 몰아붙이긴 했어도 물러나게 할 정도로 타격을 준 적이 없었다. 법륜은 강환을 구양철의 면전에 들이밀며 달려들었다.

구양철은 뒷걸음을 쳐 후방으로 물러났다. 따라붙는 법륜의 속도가 무시무시했다. 법륜이 두 손을 가슴팍에 모은 채 앞으로 뻗어냈다. 염라주의 폭발력을 믿는 게다. 법륜의 손에서 황금빛 광채가 소용돌이치며 터져 나갔다. 구양철은 강환의 폭발력 바깥으로 몸을 빼려 했지만 쉽지 않았다.

'이놈! 동귀어진이라도 할 셈인가!'

구양철은 코앞에서 화약이 터진 것처럼 불어 닥친 기의 폭발에 두 다리를 지면에 군건하게 박아 넣었다. 피할 수 없다면 정면승부다. 패배는 해도 상대방을 두고 도주는 할 수 없는 구양철의 강인한 성정이 발목을 잡았다.

'방어는 최선이 아니야. 피해가 생겨도 뚫어야 해. 그래야 승기를 잡는다.'

구양철은 마음속에 품고 있던 한 줌의 여유를 그대로 놓아버렸다. 두 손을 곧게 세워 앞으로 쳐냈다. 창졸간에 몸을 보호하고 있던 불꽃의 호신기가 손으로 빨려들어 갔다.

고오오!

콰아아아아아!

굉음이 사위를 휩쓸었다.

쌍장은 이 세상에 존재하는 모든 것을 태워 버릴 듯한 기세로 염라주를 먹어치웠다. 아니, 그렇게 보였다. 불꽃에 휘감긴 염라주가 맹렬하게 회전하면서 상황이 반전됐다.

강환의 회전에 엄청난 흡인력이 생기며 불꽃의 폭풍을 만들어냈다. 불꽃의 폭풍이 가라앉으며 두 사람의 모습이 드러났다. 법륜과 구양철. 두 사람은 지친 기색은 역력했지만 딱히 피해를 본 것 같은 모습은 아니었다.

'누가 승자지?'

계속해서 상황을 주시하고 있던 구양비는 두 사람이 지면에 군건하게 선 채 침묵으로 일관하자 초조해지기 시작했다. 지금 이렇게 시간을 끌어서는 안 되었다. 세가는 차치하더라도 여동생의 안위가 어찌 되었는지부터 확인해야 한다.

"카악, 퉤!"

구양철은 그런 구양비의 시선을 느끼기라도 한 것처럼 고개를 돌려 핏물을 뱉어냈다. 선혈이 흘러내려 수염이 덥수룩한 턱과 목을 적셨다.

"소가주, 끼어들 생각은 마시게."

구양철은 그 한마디를 남긴 채 법륜을 향해 걸음을 옮겼다. 태연한 신색이었지만 그의 속은 엉망이었다. 강환의 폭발에 의한 충격보다 급하게 내력을 끌어 올려 운용한 탓이 더 컸다. 약간의 내상. 법륜이 선보인 최강의 공격을 맞아 생긴 상처라곤 약간의 내상이 전부였다.

반면에 법륜은 침중한 안색으로 구양철을 바라봤다. 염라주의 위력은 이미 확실하게 확인했다. 당가의 태상이라던 당명금도 염라주의 일격에 고혼이 되지 않았는가. 염라주는 법륜의 전력이었다. 저렇게 사지 멀쩡하게 걸어와선 답이 없었다.

'이미 피해가 너무 크다.'

구양철의 신색은 멀쩡한 반면 법륜의 몰골은 처참했다. 부러진 늑골은 부풀어 올라 있었고, 온몸엔 화상과 찰상(擦傷)이 가득했다. 최소한 팔 하나는 날려 버릴 생각으로 펼친 무공이었다.

"너는 분명… 무공천하제일(武功天下第一), 그 이름에 가장 근접한 사람 중 하나다."

구양철의 목소리는 담담한 가운데 탁한 기운이 있었다. 약간의 내상을 다스리는 데 심력을 쏟고 있다는 증거이다.

"하지만 너는 나를 이길 수 없다."

법륜은 침묵했다. 지금은 저런 문답에 답해줄 시간이 없었다. 내상을 심각하게 입은 건 구양철뿐만이 아니기 때문이다. 끓어오르는 진기를 다스리는 것만 해도 벅찼다.

"……"

"좋은 자세다. 눈앞에 상대가 있음을 알기에 여유를 부리지 않는다. 오늘 이 자리에서 살아남는다면 너는 분명 천하제일에 가장 근접한 이가 아니라 천하제일 그 자체가 될 것이다."

구양철이 담담하게 말을 이어가는 와중에 법륜의 사고는 초고속으로 회전하기 시작했다. 진기를 끊임없이 순환시키며 사고를 이어갔다.

'염라주는… 힘들겠어. 도무지 타격이 들어가질 않아. 저자는 진정 완전무결한가.'

그도 아니라면 자신이 무결하지 못한 것인지. 법륜이 내부를 진정시키고 있을 때, 구양철의 말이 귓가에 들려왔다.

"자네는 날 이길 수 없어. 이유가 궁금하지 않은가?"

그 말에 법륜은 고개를 들었다.

"허허, 이 말은 통하는군."

구양철은 한숨을 가볍게 내쉰 뒤 쓴웃음을 지었다.

"하지만 알려줄 생각은 없네. 그건 자네가 생각해야 할 몫이지. 그럼 어디 한번 이번에도 잘 살아남아 보시게."

구양철은 그 말을 끝으로 다시 땅을 박찼다. 구양철의 몸이 흐리하게 사라졌다. 눈으로 좇을 수 있는 속도는 아득하게 넘어섰다.

'빨라!'

그 순간 억지로 진기를 움직여 발을 굴렀다. 무리한 움직임에 기경팔맥에 다시 상처가 새겨졌다. 신속(神速)의 경지에 들어섰음에도 구양철의 기척은 느껴지질 않았다. 그 순간.

지잉!

'왼쪽!'

법륜은 머리가 깨질 듯한 고통을 느끼며 몸을 오른쪽으로 틀어 구양철의 일격을 피해냈다. 다시금 발동하기 시작한 예지의 능이 위태로운 생명 줄을 잡아냈다.

'다시!'

지이잉!

구양철의 움직임이 느껴졌다. 아니, 느껴진 것이 아니었다. 보았다. 그가 어디로 움직일지, 어떻게 움직일지 정확하게 보았다.

'예지의 능. 상단전이다.'

법륜은 위태롭게 구양철의 맹공을 떨쳐내며 장고에 돌입했다.

'너무 신안(神眼)에만 의존했어. 상단전은 말 그대로 정신이며 사고의 근원 그 자체다. 상단전을 활용할 수 있는 방법은 무궁무진해. 그렇다면 어떻게?'

법륜은 곧바로 상단전을 활짝 개방했다. 상단전은 아직까지 모든 무가에서 신비의 영역으로 남아 있다. 활용법이 전혀 없는 것은 아니지만, 그 어떤 것도 완벽하진 않았다. 소림이라고 예외는 아니었다.

'그 말은 곧…….'

스스로 만들어야 한다.

법륜은 여기 구양세가의 대지에서 그 사실을 다시금 인지했다. 스스로 쌓아 올린 무공. 스스로 걸어간 길. 모든 것이 전부 자신의 의지하에 이루어진 일이다.

모든 것을 내던지고 스스로 걸어온 길이라는 것을 그 자신도 부정할 수 없었다. 무공의 정복자. 그 말은 곧 패도를 걷는 절대자가 되겠다는 뜻과 다르지 않았다. 무공으로 천하를 오시하겠다는 강렬한 의지가 전해졌다.

'정복.'

상단전을 정복한다. 금기가 맹렬하게 모여들며 두뇌를 일깨웠다. 어딘가 꽉 막혀 있던 머리 한쪽이 뻥 뚫린 것처럼 시원했다.

'읽어라!'

구양철의 모습이 한눈에 들어왔다. 그가 움직이기도 전에 어떻게 움직일지 한 폭의 그림처럼 머릿속에 스르르 흘러들어 왔다. 거대한 불꽃이 왼쪽 측면을 뒤덮었다.

"왼쪽!"

법륜은 왼손을 들어 머리를 최대한 보호했다. 금기가 일며 얇은 방벽을 일으켰다.

쾅앙!

왼쪽 상반신이 얼얼하게 울리는 충격과 함께 폭음이 일며 법륜의 몸이 뒤로 튕겨 나갔다. 급하게 불광벽파를 일으켜 막아냈지만 역부족이었다. 상단전에 공급되던 진기가 끊어질 듯 가늘게 이어졌다.

"후우!"

구양철이 법륜의 움직임이 점차 좋아지는 것을 보며 위기감을 느껴 피할 수 없는 광범위한 공격을 펼쳤다. 하지만 법륜은 그것마저 알아챘다. 그리고 그 상황에서 할 수 있는 최선의 방어를 해냈다. 하지만 그뿐이다.

'알아도 막을 수 없다면 무용지물이지.'

구양철은 이 차로 타격을 가했다. 땅을 접어 그대로 내달렸다. 구양철의 몸이 순식간에 확대됐다. 움직임이 너무 빨라 법륜은 예지의 능으로도 그의 모습을 읽을 수 없었다. 구양철은 진각을 밟으며 공중으로 뛰어올라 발뒤꿈치로 법륜의 어깨를 가격했다.

파각!

어깨가 부러지는 소리와 함께 구양철의 신형이 지면으로 내려섰고, 세 번째 일격을 터뜨렸다. 구양철의 우수가 법륜의 부러진 늑골에 한 차례 더 틀어박혔다.

"커윽!"

피거품이 터져 흐르며 허리가 절로 꺾였다.

법륜은 땅에 무릎을 꿇은 채 연신 피를 토해냈다.

"쿨럭!"

피가 땅에 후두두 떨어졌다.

"이제 끝난 것 같군."

구양철은 뻐근하다는 듯 몸 여기저기를 주무르며 법륜의 곁으로 다가섰다. 법륜은 힘겹게 몸을 세워봤지만 역부족이다. 무릎을 꿇은 채 구양철을 올려다봤다.

'이놈……!'

구양철이 본 법륜의 눈동자는 의외로 맑았다. 원독에 찬 눈으로 바라볼 줄 알았는데 티끌조차 느껴지지 않았다.

'죽여야 해. 반드시 죽여야 할 놈이다. 십 년? 아니야. 삼 년. 삼 년만 지나도 놈은 누구도 당적하지 못할 괴물이 되겠다.'

구양철은 가슴속 깊은 곳에서 솟아나는 불안감을 억누르며 한 자, 한 자 씹듯이 내뱉었다. 최대한 빠르게 목을 쳐야 했다.

"남길 말은?"

"내가… 당신을 이길 수 없는 이유가 뭐였지?"

구양철은 간단하게 대꾸했다.

"네 한계를 네가 경험하지 못했기 때문이다. 더 할 수 있음에도 어느 정도에서 멈췄지. 무의 그릇은 차고 넘치나 그대의 성정이… 소림다워서겠지."

"소림… 답다?"

"후우, 스승의 원한을 갚기 위해 십대마존을 베었다고 들었다. 그 이후 더 높은 곳에 이르기 위해 죽기 살기로 노력한 적이 있나? 네가 정한 한계는 거기까지인 게지. 그대들의 가르침대로 다음 생이 있어 다시 태어난다면… 무인은 되지 마라."

"그렇군. 그런 것이었어. 하하! 궁금증이 풀렸다. 이만 죽여라."

구양철이 손을 들어 올렸다. 최고의 상대에게 최고의 예우를 해주기 위해 전력을 한 손에 집중시킨 상태였다.

"그래, 이만 죽어라."

구양철이 손을 내려치는 그 순간.

불길한 기운이 덕지덕지 붙은 검 하나가 구양철의 배를 가르고 찔러들어 왔다.

"아니, 너나 죽어라. 저놈은 내 사냥감이야."

구양세가를 파탄에 이르게 만든 사내 구양선이 마기를 폭주시키며 등장했다.

구양선은 다리를 질질 끌며 걸었다. 상처를 입었음에도 그의 걸음엔 거칠 것이 없었다. 남환신마공을 믿었다. 불꽃과 재생의 마공은 언제나 그가 최고의 상태를 유지할 수 있도록 어력을 쏟아주었다.

그가 걸음을 옮기는 곳곳마다 핏방울이 방울져 흘러 기다란 웅덩이를 만들었다. 그 자신의 피보다 방금 전 목숨을 빼앗은 자의 피가 더 많았다.

"빌어먹을 늙은이. 목숨이 그리도 아까웠나."

구양선은 죽음 직전에서 도주한 구양백을 씹어댔다. 천하의 태양신군이 수하를 미끼로 목숨을 건 도박을 할 줄은 꿈에도 몰랐다. 미끼가 된 홍균은 그 자리에서 머리가 터져 즉사했다.

구양세가의 주력이 되어 위명을 떨치던 화륜대주의 최후치
고는 허무했다. 주인에게 버림받아 일격에 즉사. 구양선의 머릿
속엔 홍균이 이 세상 어떤 자보다도 바보 같은 자로 자리매김
했다.

'그래도… 기분이 묘하단 말이지.'

홍균에겐 빚이 있었다. 황실의 뇌옥으로 호송될 때 구명받은
빚. 그 덕에 홍균은 팔 한짝을 내놓아야 했다. 그래서 살려주
려고 했다. 하지만 그는 목숨 구걸을 포기했다. 남아 있는 시간
을 제 주인을 위해 사용했다.

주인을 위해 목숨을 내놓는 수하. 그 말은 곧 모든 것을 믿
고 맡길 수 있는 자라는 뜻이다. 그 사실이 무척 매력적으로
다가왔다. 구양선은 언제나 혼자였기 때문이다.

'한번 찾아봐야겠어. 그런 사람을.'

뒤를 맡길 수 있다면 조금 더 자유로운 행보를 선택할 수 있
다. 만약 그에게 홍균과 같은 수하가 한 명만 있었더라도 지금
과 같이 무리수는 두지 않았을 것이다. 개인이 거대 세가 하나
를 정면에서 상대한다면 목숨이 열 개라도 부족하다.

"일단은."

구양선은 호흡을 조절하며 비지 밖으로 나왔다. 구양백이
움직이며 흘린 흔적이 여기저기에 깔려 있었다. 하나 구양선은
그런 조부의 뒤를 쫓을 생각이 없었다.

"의미가 없지."

지금 당장 구양백을 죽여봐야 아무 이득이 없었다. 심력만

소모하고 뜻대로 되지 않을 가능성이 더 컸다. 지금은 다른 것에 신경 써야 했다.

"구양철……."

자신의 숙부라는 남자는 진정으로 괴물이었다. 구양선은 숙부를 꺾을 생각이었다. 그 저변엔 단 한 사람에 대한 적개심만이 남아 있었다.

'그 괴물을 이길 수 있다면… 그놈도 문제없다.'

천야차.

그리고 이제는 신승.

구양선이 마인으로 악명을 더해갈 때 법륜은 구파에서도 건드리기 껄끄러운 거물이 됐다. 막강한 무력과 소림이라는 배경, 그리고 세상을 혼란에 빠뜨렸다는 십대마존 중 하나를 격살하고 민초를 구한 영웅. 그게 법륜에 대한 평이었다.

"제 복수심에 이를 갈던 놈인데 영웅은 무슨."

구양선은 바닥에 한차례 침을 뱉고 발로 비볐다. 법륜이 복수의 화신이 되어 기련마신을 격살했다면, 자신은 그 복수심으로 신승의 숨통을 끊으면 된다. 어차피 역사는 승자의 것이다. 이 시대에 가장 강력한 인물 중 하나라는 신승을 격살하면 그 위상은 온전히 자신에게 온다.

"그전에… 여기부터 뒤집어야겠어."

구양선은 주변을 돌아봤다. 병장기 소리가 끊이질 않았다. 그중에 하나. 금광(金光)과 화광(火光)이 난무하는 곳이 있었다. 구양선은 금기와 화기가 부딪치며 일으키는 강렬한 폭풍에 소름이 돌았다. 손을 들어 올려다보니 손바닥에 땀이 흥건했다.

'무서울 정도군.'

거리가 오십 장도 넘는 것 같은데 그 여파가 고스란히 전해졌다. 확실히 숙부 구양철과 신승 법륜은 자신보다 윗선이었다. 정식으로 대결한다면 필패가 분명했다.

"그렇다고 방법이 없는 것은 아니야."

뒤를 노리면 된다. 괴물과 괴물이 만났으니 그저 가벼운 인사만 하고 끝나지는 않을 것이다. 누가 이기든 남은 한쪽은 심각한 부상을 입을 것이 자명했다. 구양선은 신경질적으로 말을 내뱉었다.

"이 내가 뒤를 노려 기습이나 해야 하다니. 쯧."

구양선은 기의 폭풍이 몰아치는 곳으로 조심스럽게 움직였다. 둘은 누가 끼어들 여지 자체를 주지 않으려 할 것이다. 아니, 애초에 저 사지(死地)로 들어갈 수 있는 자가 천하에 몇 없다고 보는 것이 옳았다.

한참을 기다렸다. 구양선은 담장에 기대어 폭음이 잦아들기를 기다리며 몸을 점검했다. 육신에 새겨진 상처는 그리 크지 않았고, 남환신마공의 공능으로 거의 다 회복한 상태였다. 문제는 내상이었다.

초절정고수인 구양백과 홍균을 상대로 분전했다. 태양신군 하나도 쉽지 않은 싸움인데 무공을 보겠다고 손에 사정을 두고 겨뤘다. 경력의 여파로 내상을 입지 않는 것이 이상한 일이었다.

'일단 내상을 다스려야 해.'

신마기가 기경팔맥을 역으로 돌며 혈맥에 남은 상처들을 돌보기 시작했다. 그렇게 일각(一刻)이나 지났을까. 구양선은 기다리던 때가 왔음을 직감했다.

'지금.'

남환신마공의 마기가 거세게 솟아올랐다. 구양선은 손에 든 검에 마기를 불어 넣었다. 검신을 따라 검은 불꽃이 번지더니 이내 크기를 줄여 정확하게 검신만을 덮을 크기로 줄어들었다. 싸움이 언제까지 지속될지 모르니 진기의 소실을 최소화하려는 모습이다.

구양선의 검에 맺힌 강기는 이전보다 크기는 작았지만 사람 하나를 찔러 죽이기엔 결코 부족하지 않았다. 구양선은 그대로 담장을 타고 넘었다.

'구양철!'

승자는 예상외로 구양철이었다.

자신의 대적자로 생각한 만큼 법륜이 이길 것이라 생각했는데, 신승은 피투성이가 되어 바닥에 널브러져 있었다. 구양선의 시계가 가속(加速)되었다. 갑작스러운 구양선의 등장에 구양철의 몸이 자연스럽게 반응하는 모습이 느껴졌다.

"…그래, 이만 죽어라."

'더 빠르게.'

구양선은 미간을 잔뜩 찌푸리며 한 발을 더 디뎠다.

파앙!

공기를 가르며 구양선의 신형이 순식간에 구양철의 등 뒤에 나타났다. 동시에 찔러지는 검.

써걱!

"아니, 너나 죽어라. 저놈은 내 사냥감이야."

구양선이 준비한 회심의 일격은 절반의 성공으로 끝났다. 정확하게 심장을 목표로 찔러 넣었는데, 찰나의 순간 구양철이 몸을 비틀어 주요 장기를 전부 비껴간 것이다.

                    *   *   *

"이놈……!"

구양철은 저도 모르게 섬뜩한 기분이 들어 본능적으로 몸을 움직였다. 급박한 상황에선 이성적인 판단보단 잘 단련된 무인의 감이 더 유용하기 때문이다. 게다가 구양철 정도의 경지에 오르면 그 감은 반드시 들어맞는다고 봐도 된다. 검날이 가슴에 박혀 아릿한 통증을 불러왔다.

'전부 못 피했다.'

심장이나 폐 같은 주요 장기는 용케도 피해냈지만 타격이 심각했다. 게다가 몸속을 휘젓는 이 마기. 부친인 구양정균이 보여준 것보다 한 수 위였다.

"쥐새끼 같은 놈이!"

구양철은 분노에 크게 손을 휘두르고 뒤로 물러났다. 구양선은 검신에 맺힌 핏방울을 한차례 휘둘러 털어냈다.

촤악!

'시간을 줘선 안 돼.'

부상을 입혔으니 시간을 끌면 유리할 것이라 생각한다면 하수다. 손해를 감수하기로 마음먹으면 이 세상 그 어떤 것보다 강해질 수 있는 것이 무인이다. 최악의 상황에선 동귀어진을 펼칠지도 모르는 일.

구양선은 초풍보로 거리를 벌리며 한 번에 서너 개의 검강을 날렸다. 검강은 마치 뱀이라도 된 것처럼 구양철의 뒤를 쫓아갔다. 구양철이 검강에 정신이 팔려 있을 때 구양선도 움직이기 시작했다.

파아악!

구양선은 마기를 허공에 흩뿌렸다. 검은 불꽃이 어둠을 좀먹고 주변을 칠흑으로 물들였다. 구양선은 그 안에서 한 마리 야수가 되어 움직였다. 계속해서 물러나던 구양철은 구양선이 대기에 마기를 흩뿌리자 더 이상 움직일 생각이 없는 것처럼 보였다.

'움직이지 않는다. 무슨 자신감이지?'

구양철은 움직이지 못해서 움직이지 않는 것이 아니었다. 조금 전만 해도 자신이 뿌린 검강을 모조리 파훼하지 않았는가.

'한판 붙어보자 이거군.'

구양선은 구양철의 생각을 알 수 있었다. 어떤 경우라도 절대 물러나지 않는 용장(勇將)의 기백이 느껴졌다. 하지만 구양선은 구양철의 장단에 놀아나 줄 생각이 없었다. 철저하게 실리 위주. 구양선에겐 장기전으로 가더라도 절대 정면으로 붙을 생각이 없었다.

'피하겠다 이거군.'

구양철은 칠흑 같은 마기 속에서 한 줄기 불꽃을 피워 올린 채 사방을 경계하고 있었다. 처음부터 알아보긴 했지만, 무공보단 심계가 뛰어난 놈이다. 무공도 마공이 아닌 정공을 익혔어도 언젠가는 사특한 길로 빠져들었을 것이 자명했다.

구양철은 흘끗 뒤를 바라봤다.

어둠 속에서 바닥에 쓰러진 채 미동도 하지 않는 법륜이 보였다. 굳이 그를 살려야겠다는 생각을 한 것은 아니었다. 다만 안타까웠다. 무인으로서 가치 있는 죽음을 선사해야 했는데, 훼방꾼이 끼어들어 모조리 망쳤다. 전력을 쏟아낸 상대와의 끝을 방해했다는 생각이 들자 그 분노에 진기가 요동을 쳤다.

"네놈이 오지 않는다면 내가 가마."

구양철은 꺼뜨린 불꽃을 일깨웠다. 불덩어리들이 뭉글뭉글 솟아나더니 사방으로 터져 나갔다. 법륜에게 염라주라는 강환을 다루는 운용법이 있다면 구양철에겐 화첨탄(火籤彈)이라는 운용법이 있었다.

불꽃의 구슬이 새처럼 허공을 유영하다 순식간에 터져 나간다. 그 모습이 마치 제비가 춤을 추다 사냥감을 발견하고 쏘아가는 것처럼 보여 붙여진 명칭이다.

수십 개의 화첨탄은 단번에 칠흑 같은 어둠을 거둬냈다. 구양철은 단숨에 끝장을 보기로 결심했다. 허공에 다시 한번 수십 개의 강환을 불러내더니 몸 주변으로 맹렬하게 회전시켰다.

'제길.'

상상도 못 한 최악의 순간이다. 약간이라도 망설일 줄 알았는데 단번에 의도를 파악하고 꿰뚫어온다. 완벽의 상황에서도 승부를 점할 수 없는 상대. 구양선 앞에 거대한 벽이 내려섰다.

"죽어!"

구양선은 발작적으로 검을 쳐냈다. 비지에서 갈고닦은 화륜대의 열화철검식이었다. 짧은 시간이지만 요체를 파악하고 몸에 붙이는 것에 성공한 것이다. 짧고 절도 있는 움직임이 터져 나왔다.

"제법!"

구양철은 열화철검식을 대번에 알아봤다. 화륜대주인 홍균정도나 가능한 움직임이랄까. 하지만 열화철검식을 꺼낸 것은 패착이었다. 구양철이 그 누구보다 구양세가의 무공에 정통했기 때문이다.

화첨탄 하나가 구양철의 중단에 머물렀다. 구양철이 손을 뻗자 화첨탄이 그 자리에서 터졌다.

콰아앙!

구양선은 그 폭발 속에서 연신 뒤로 물러났다. 모골이 송연했다. 구환신마벽이 막아주지 않았더라면 일격에 상반신이 날아갈 뻔했다. 고저(高低)가 명확하게 나뉘었다.

"미친……."

이제부터는 아귀다툼이다. 죽거나 죽이거나. 도망가고자 했다면 싸움을 걸지 않아야 했다. 지금부터는 조금이라도 망설이거나 뒤로 물러서면 단번에 죽는다는 것을 깨달았다. 구양선은 손에 든 검을 땅에 팽개쳤다.

구양철과 구양선이 동시에 땅을 박차고 달려들었다.

그리고 구양철과 구양선이 대립하는 그사이.

한 사람이 두 사람을 구해 자리를 벗어나고 있었다.

"자네가 여기에 어떻게……."

법륜은 장산의 등에 매달린 채 힘겹게 물었다. 장산의 등장은 뜻밖이었지만 천우신조(天佑神助)라 할 만했다. 장산은 입을 굳게 다물었다. 그는 지금 긴장이 팽배한 상태였다. 언제고 갑작스럽게 구양세가의 무인들이 들이닥칠 것 같았다. 그 긴장감을 구양비는 단번에 느꼈다.

"신승, 일단 자리를 벗어나는 것이 우선입니다."

장산의 눈이 급하게 달려 나가는 와중에 이채를 발했다.

'구양세가의 소가주라고 했던가. 필요할 때 필요한 일을 할 수 있는 자는 드물지. 살아남는다면 제법이겠어.'

"맞습니다. 일단 안정부터 취하시지요."

법륜은 힘겹게 고개를 끄덕이며 얼굴을 파묻었다. 진기는 남았지만 체력은 고갈됐고, 언제 쓰러져도 이상하지 않을 상황이다.

'언제고 누군가의 등 뒤에 숨어 도주만 하다 끝날 셈인지.'

법륜은 자신이 한때 등을 맡긴 사숙을 떠올렸다. 이제는 그 등을 수하이자 태영사에서 그 누구보다 가까운 사이인 장산에게 맡겼다. 생각만으로도 마음이 든든했다.

'일단은 회복이 우선이다.'

법륜은 등에 업힌 채로 진기를 조심스럽게 끌어 올렸다. 진기가 일주천하자 속이 조금 편해졌다. 법륜은 혈맥을 보듬는 일을 멈추고 육신에 매달렸다.

'내상은 그다음이야.'

육신을 회복하는 일, 이전에 해본 일이다. 구양선이 구사하는 마기가 복체진기처럼 몸의 상처를 회복하는 것을 보며 자신 또한 똑같이 활용하지 않았던가.

'늑골, 어깨, 화상 순으로 간다.'

은은한 금기가 늑골 부분에 머물렀다. 진기가 늑골을 감싸 안자 숨 쉬기가 한결 편해졌다. 늑골이 부러지며 폐부를 용케 비켜갔다고 생각했는데 미세하게 흠집이 나 있었다. 천운이었다. 법륜은 진기를 움직여 늑골을 밖으로 당겼다. 옆구리에서 우두두 소리가 나자 장산이 깜짝 놀라 움찔거렸다.

"괜찮으니 신경 쓰지 말게."

"……."

법륜은 재차 상처를 치료하기 시작했다. 늑골이 맞춰지자 그 다음은 피부였다.

'이건 아무래도 지금 당장은 어렵겠군.'

찢어진 피부는 지금 당장 봉합할 수가 없었다. 혈류를 약화시켜 그저 피가 흘러내리는 것을 최대한 막아내는 수밖에 없었다.

'다음은 어깨……'

어깨는 생각보다 상황이 괜찮았다. 특별하게 부러진 곳이나 찢어진 곳이 없었다. 엄청난 타격을 받아내면서도 제 기능을 해주고 있었다. 그만큼 법륜이 평소의 기초적인 단련을 소홀히 하지 않았다는 증거였다. 진기가 어깨를 순환하며 뻐근하게 뭉쳐 울혈이 진 곳을 풀어냈다. 법륜은 마지막으로 진기를 가속화해 온몸에 퍼뜨렸다.

'내상과 함께 잡는다.'

진기가 백(百)을 헤아리는 동안 대주천(大周天)을 해냈고, 그다음엔 오십, 삼십, 십의 속도로 줄어들 만큼 빠르게 움직였다. 대주천이 수십 회 이루어지자 가장 먼저 피부에 두드러진 변화가 나타났다. 붉게 물들었던 살갗이 빠르게 본래의 색을 되찾았다.

장산의 뒤에서 달리던 구양비는 그 모습에 속으로 기함했다.

'이 무슨 기사(奇事)인가!'

천하의 어떤 무인이 이토록 자유자재로 육신을 조율한단 말인가. 고절한 무공을 지닌 무인의 경지를 뛰어넘어 신인(神人)이나 되어야 가능할 법한 일이지 않은가.

"후우……"

법륜은 남아 있던 한 줌의 탁기를 뱉어냈다. 아직 내상이 완벽하게 가라앉은 것은 아니지만 이 정도면 전력의 대부분을 끌어낼 정도는 됐다. 이제 내상은 천천히 다스려도 된다는 말이다.

법륜이 뱉어낸 탁기에 장산은 자연스럽게 말을 꺼냈다.

"괜찮으십니까?"

"살 것 같군. 덕분에 목숨을 구했네. 그보다 이게 도대체 어떻게 된 일인가?"

장산은 구양세가의 장원이 상당히 멀리 떨어진 것을 확인하곤 법륜을 등에서 내려놓았다. 장산은 허리춤에서 양피(羊皮)로 만든 물주머니를 건네며 말을 털어놓았다.

"설명하자면… 복잡합니다만 감이라고 해둬야겠습니다. 전장에서 그 어떤 군주도 홀로 움직이지 않는 법인데, 사주를 홀로 보내려니 발길이 떨어지지 않더이다. 그래서 뒤따라 달렸습니다."

"군주라……."

옆에서 호흡을 고르던 구양비는 맞는 말이라며 고개를 끄덕였다.

"저 소협의 말이 맞소. 초패왕 항우가 단기필마(單騎匹馬)로 적진을 헤집었다지만, 그 또한 한고조 유방에게 붙잡혀 목숨을 잃었소. 머리를 잃은 몸통은… 그만큼 취약한 법이오."

구양비는 장산의 편을 들면서도 씁쓸한 마음을 감출 수 없었다. 머리 잃은 몸통. 그 말은 법륜이 아닌 구양세가의 소가주인 스스로에게 하는 말인 까닭이다. 그가 중심을 잘 잡아 부친을 위무(慰撫)하고 동생인 구양선을 잘 다독였다면 오늘과 같은 참사는 벌어지지 않았을 것이다.

"소가주의 말이 지당합니다."

장산이 맞장구를 치자 법륜은 입을 꾹 다물었다.

무공에 취해 모든 일을 너무 쉽게 생각했다는 것이 마음에 걸렸다. 무도의 길은 오로지 무공 단 한 가지 갈래로만 뻗어나가는 것이 아니다. 만류귀종(灣流歸宗)이라, 무도의 궁극에 이르는 길은 많고도 많다.

구양세가를 뒤흔들 심계도, 계책도 없이 단순히 편을 가르고 싸움판을 짜 무공으로 모든 것을 돌파하려 한 것부터가 잘못이었다. 게다가 일신에 지닌 무공에 자만해 돌이킬 수 없는 과오를 저지를 뻔했다.

"이건 내 실수가 명백하군. 그럼 다른 이들은?"

장산은 고개부터 숙였다.

"그것은 아직 확인하지 못했습니다. 사주를 뒤쫓고 비화군과 부딪치느라 경황이 없었습니다. 사주가 내린 명이 있는데 독단으로 행동했으니 벌을 받아 마땅합니다."

놀라움의 탄성은 법륜이 아닌 구양비에게서 터져 나왔다. 비화군 구양정균과 부딪쳤는데 한쪽은 생사를 알 수 없고 한쪽은 멀쩡하다. 그 말은 무공으로 압도했다는 뜻이다. 갈수록 쇄락해 가는 구양정균이었지만 그 무공만큼은 진짜였다.

하지만 자신과 비슷한 연배에 이름조차 알려지지 않은 검수가 비화군의 목을 베었다니 그저 놀라울 따름이다.

'명불허전이구나. 나는 우물 안 개구리였어. 저들이 본격적으로 움직인다면 강호가 요동칠 것이 분명하다. 태영사라고 했지. 예의주시가 필요하겠다. 물론… 이번 일에서 살아남는다면.'

구양비는 고개를 주억거리며 둘의 대화를 경청했다.

"괜찮다. 덕분에 구명을 받았으니 할 말이 없다. 그나저나 비화군과 부딪쳤다고? 그는 쉽지 않은 자였는데."

장산은 그 말에 쓰게 웃었다. 그는 구양비의 눈치를 보며 작게 답했다. 저쪽은 어쨌거나 구양세가의 소가주. 가문을 깎아내리는 것에 기분 좋을 리 없었다.

"얕은수를 쓰더군요. 정도의 무인이 아니라… 사파의 무인을 상대하는 것 같았습니다. 암기며 술수까지. 정도의 명숙이라기엔 많이 부족했습니다."

"그랬군. 허면 지금은 어디로 가는 겐가?"

"일단 백호방으로 가야 하지 않겠습니까? 일이 어떻게 진행되는지 모르나 일 차 집결지가 그곳이니 잘 해결된다면 그리로 모일 것입니다."

법륜이 고개를 끄덕이며 구양비를 바라봤다.

"소가주, 소가주는 어찌할 생각이오?"

"어찌하다니……?"

"앞으로의 행보를 묻는 겁니다. 지금 당장 세가의 전력과 부딪치기엔 그자를 막을 방도가 없어요."

구양철이다. 절대고수의 위용은 이래서 중요하다. 단 한 명으로도 열세인 전세를 뒤집고 승패의 중요 역할을 해낸다. 구양비 또한 그 말에 전적으로 동의했다. 구양비는 법륜이 그 역할을 해주었으면 했다.

"외람된 말이지만 신승께서는 어찌 이곳으로 오셨소?"

"무슨 말입니까?"

"내 동생의 서찰을 홍 대주에게 전달받은 것으로 알고 있소. 홍 대주는 내게 그대가 도움을 청한다는 서찰을 받고 그대로 되돌려 보냈다 했지요. 헌데 어째서입니까?"

구양비의 눈은 매서웠다. 지금까지 부상과 체력의 고갈로 힘겨워하던 모습은 어디에도 없었다. 법륜은 무엇이 그를 저렇게 필사적으로 만드는지 알 수 없었다.

'소가주라는 위치 때문일까, 아니면 가진 것을 내려놓아야 한다는 것에 대한 부담감?'

구양세가는 천하제일을 다툴 만한 세가이다. 그만큼 천하에 많은 영향력을 행사하고 있는 집단이라는 뜻이다. 그런 곳의 소가주가 받는 압박감은 어느 정도일지 법륜으로선 쉽게 상상이 가질 않았다.

"나는… 단지 우려했을 뿐이오."

"우려?"

"구양선. 나는 그자가 진정한 마인으로 거듭나는 순간에도 그 곁에 있었지. 그자는 위험해."

구양비는 절레절레 고개를 내저었다. 그것만으론 부족했다.

아니, 진실한 속내가 아니라는 것을 알고 있다. 애초에 황실과의 거래를 통해 구양선의 명줄을 잡아준 것도 법륜이고, 구양연의 청에 도움을 거절한 것도 법륜이다. 만약 구양선이 위험하다 판단했다면 언제고 찾아 잡아 죽였으면 되었다.

'아니, 그때 죽여야 했어. 그랬으면 이런 일도 없었겠지.'

그 말이 구양비에겐 법륜은 진실을 말할 생각이 없다는 것과도 같이 들렸다.

"좋소, 그렇다고 칩시다. 허면 이제 어찌할 생각이오?"

법륜은 시원시원한 구양비의 대답에 눈을 빛냈다.

'역시 보통이 아니다.'

평범한 이였다면 자신의 탓을 했을 게다. 구양선이라는 마인의 목숨을 제때 끊지 않아 이런 사달이 생겼다면서. 구양비는 그런 면에서 무척 영민했다. 이미 벌어진 일을 되돌릴 수 없다는 것도 알았고, 앞으로 무엇을 해야 할지에 더 큰 관심이 있었다.

"일단은… 백호방으로 가야겠지."

"그다음은?"

구양비는 다음을 재촉했다. 법륜은 잠깐의 시간 동안 상념에 잠겨 있다 빠르게 답했다.

"전력을 재정비한다. 당신의 역할이 중요해. 우리는 구양세가의 속문과 낭인들, 그리고 관을 포섭할 계획이었다. 내가 구양세가에서 구양선을 잡을 때까지. 하지만 틀어졌지. 구양철의 존재는 상정 외였다."

"당신은 내가 그 역할을 해주길 바라는군요."

"물론이다. 그대에게도 나쁘지 않은 제안일 터인데? 세가의 소가주가 붕괴된 세가를 규합한다는 명분은 가히 최상이지. 그대가 존재하는 것만으로도 구양철과 구양선은 찬탈자 그 이상은 될 수 없다."

"맞소. 맞는 말이지. 다만… 문제가 있소."

"문제?"

법륜은 의문스러운 눈으로 구양비를 바라봤다. 지금은 전시 상황이다. 전장을 지휘해야 할 장수로서 의문을 갖는 것은 좋은 일이다. 하지만…….

'도대체 무슨 생각을 하는 거지?'

"이후의 문제요. 나는… 지금의 나는 세가를 되찾는다 한들 지킬 힘이 없소. 규합한다 해도 곧 사분오열되어 흩어질 겁니다. 그 말은…….."

"또 다른 혼란이라는 거겠지."

법륜은 말을 받아주면서도 어이없다는 듯 웃음을 흘렸다.

강물에 빠진 사람을 구해줬더니 보따리마저 내놓으라는 격이다. 법륜 스스로 사람 보는 눈이 있다고 믿었는데 아무래도 그 눈이 잠시 삐었던 것인가.

'그것도 아니라면… 무슨 속셈이지?'

다른 의도가 있다면 이해가 된다. 하지만 법륜은 그 장단에 놀아나 줄 생각이 없었다.

"너무 이른 것 아닌가? 그다음을 생각하기엔 지금 당장 넘어야 할 산이 보통이 아닌데? 아직 저기엔 구양철이 있어. 그를 넘는 게 우선이다."

법륜은 구양철이라는 단어로 모든 상황을 일축했다. 구양철을 꺾지 못하면 결국 해결되지 않을 일이다. 구양비도 그 사실을 잘 알았다.

'숙부가 이번 일의 핵심이다. 모든 변수를 제거하더라도… 숙부를 막지 못하면 해결될 수 없는 문제야.'

그가 생각하기에 구양선은 이미 차후의 문제였다. 구양선을 과소평가하는 것은 아니지만, 구양세가를 떠나오는 마지막 순간에 구양철과 구양선이 맞붙는 것을 보았으니 이미 죽은 목숨이라고 생각해도 과언이 아니다.

'그리고 나는 숙부를 막을 힘이 없다.'

문제는 이것이다. 구양비에겐 힘이 없었다. 그가 지닌 힘은 상당했다. 당장에라도 가문으로 돌아가 외치면 그를 따를 자들이 부지기수다. 속문도 마찬가지다. 하지만 그 모든 것을 합해도 구양철을 넘어설 수 없었다. 그렇기에 내린 결정이다.

"나는… 당신이 세가를 맡아주었으면 하오."

구양비는 힘겹게 말을 내뱉었다. 스스로도 말이 안 된다는 것을 잘 알았지만 그렇게 할 수밖에 없었다. 법륜은 그 말에 헛웃음을 흘렸다.

"말도 안 되는 부탁을 하는군. 그것이 얼마나 어처구니없는 말인지 잘 알고 있겠지?"

"알고 있소. 그럼에도… 이런 말밖에 할 수 없는 날 이해해

주시오."

구양비는 법륜을 향해 한 걸음 내디뎠다. 그 걸음에 그의 결연한 의지가 묻어나왔다.

"어차피 세가를 수습한다고 해봐야 먹잇감밖에 되질 않소. 구파가 달려들 테고, 남은 팔대세가가 갈기갈기 찢어 먹으려 달려들 거요."

"그렇다고 해서 가문을 통째로 넘긴다? 상식적으로 이해할 수 없군. 그것이 가능하리라 보는가?"

"물론 통상의 방법으로는 불가능하겠지."

구양비는 고개를 저으며 법륜의 눈을 직시했다. 그 방법은 단 하나뿐이라고 말하는 것 같았다.

"혼인……."

법륜은 그 말을 내뱉으며 스스로 깜짝 놀랐다. 절묘한 수이긴 했다. 예로부터 혼인 동맹은 언제나 유효한 방법이었으니까. 하지만 행해서는 안 되는 수이기도 했다. 법륜이 승려라는 신분에 얽매여서가 아니다. 타인의 곤란을 이용해 무언가를 차지하려는 것이 법륜의 성정과 맞지 않은 까닭이다.

'구양연이라고 했던가.'

구양세가의 여식과 혼인하면 최소한의 명분은 갖는 셈이다. 스스로가 구양세가의 피를 잇지는 않았지만 그와 구양연의 자식이라면? 법륜이 세가에 버티고 있다면 자식이 장성해 가문을 이을 때까지 아무도 반발할 수 없으리라.

"맞소. 정확하오."

구양비는 법륜이 내뱉은 말에 종지부를 찍었다.

"당장 가문을 이을 수는 없겠지. 하지만 그대가 버티고 있는 다면 그대의 자식은 팔대세가의 주인이 될 거요."

"그래도 괜찮겠나?"

법륜은 구양비에게 물음을 던졌다. 많은 것이 내포된 물음이었다.

"우선⋯ 나는 세가의 주인 자리에 큰 관심이 없소. 진절머리가 나지. 그 자리는 나에게 부담이오. 차라리 산골에 틀어박혀 수련이나 하다 죽고 싶소이다."

구양비의 눈은 진지한 기색이었다. 한 치의 거짓도 없어 보였다. 하지만 법륜으로선 이해되지 않는 것이 있었다.

"그래도 여전히 의문이 남는군. 당신의 무공. 다른 팔대세가에 대해선 아는 것이 없지만⋯ 그대의 무공은 소가주라는 자리에 충분히 어울릴 만하오."

"그렇소?"

구양비는 쓰게 웃었다. 법륜의 말은 명백했다. 이대로 시간이 흐르기만 한다면 세가주의 자리에 충분히 어울리는 자가 될 수 있다는 말이기도 했다.

법륜의 의문은 당연한 것이었다. 시간만 주어진다면 온전히 자신의 될 것을 혼인이라는 무기를 빌미로 포기한다? 동생을 팔아넘기면서 세가주의 자리를 포기한다는 것에 짙은 의문이 들었다. 무언가 꿍꿍이가 더 있는 것 같았다.

"그런데⋯ 아무 일도 아니라는 듯 포기한다? 동생을 팔아넘기면서?"

"하하!"

구양비는 법륜의 말에 광소를 터뜨렸다. 짚어도 한참 잘못
짚었다. 동생을 팔아넘긴다고 여겼는가. 그렇게 봤다면 자신을
잘못 봐도 한참 잘못 봤다. 법륜과 장산은 구양비의 광소에 어
안이 벙벙했다.

"신승, 그것은 오해요. 이 일은 아무래도 내 동생이 직접 만
나서 설명해야 할 것 같군."

"그쪽이 설명해야 하는 문제가 아닌가?"

법륜은 구양비의 말에 이상함을 느끼며 구양비에게 되물었
다. 구양비는 그 물음에 답하지 않았다. 그저 만족스럽다는 듯
고개를 끄덕이며 걸음을 재촉했다. 법륜의 반응을 보니 자신의
동생에 대해 그리 나쁜 감정을 가지고 있진 않은 것 같았다. 어
린 시절부터 인연을 이어왔다 하나 깃털만큼의 무게라 생각했
는데, 저쪽은 꽤 진지하게 생각하는 것 같아서 마음이 놓였다.

'잘하면 매제가 될 수도 있겠군.'

법륜에게서 등을 돌린 구양비는 안심의 미소를 지었다.

"차차 알게 될 겁니다. 그보다 그쪽이 잘 해결되어야 할 터인
데."

"해결?"

장산이 옆에서 의문스럽다는 어조로 중얼거리자 구양비는
어깨를 으쓱였다.

"사실 구양철과 부딪치기 전에 내 동생을 밖으로 빼냈소. 지

금쯤이면 아마 백호방에 가 있을 터이고 주변을 호위할 무인들도 다 배치해 놓았으니 문제는 없을 거요."

"백호방……!"

법륜과 장산의 안색이 급변했다. 백호방이라니. 계획대로 움직였다면 장욱이 현재 백호방에 가 있을 것이 분명했다. 장욱은 구양세가와 상성이 좋지 않았다.

"큰일이군요."

장산이 장욱의 마음을 대변하듯 말하자 구양비가 다급하게 고개를 돌렸다. 어찌 된 영문인지 모르겠다는 얼굴이다. 장산이 그런 구양비의 가려운 곳을 긁어주었다.

"장욱이 백호방으로 갔습니다."

"백호방의 부방주?"

"맞습니다. 아시다시피……."

"큰일이군."

백호방에는 지고당주가 가 있다. 구양비 자신도 알고 있다. 지난날 백호방을 압박할 때 모든 계책이 그의 머리에서 나왔으니까. 구양백은 한사코 만류했지만 세가 전체의 입장을 대변해야 하는 입장이었으니 어느 정도의 압박은 허용했고. 그때 쏜 화살이 되돌아온 격이다.

"일단 빨리 움직여야겠소."

법륜의 말에 두 사람은 백호방을 향해 달리기 시작했다.

그 시각, 백호방.

장욱은 지고당주를 노려보며 이를 갈고 있었다.

"지고당주, 당신이 왜 여기에 있지? 낯짝도 두껍군."

장영조는 난처한 웃음을 흘리며 재빨리 전력을 파악했다. 장욱 외에는 백호방에 발을 들인 이가 없다는 판단이 들자 한숨이 나왔다.

'일단은 제안을 해봐야겠군.'

수가 틀리면 제압해 입을 막는 수밖에 없었다. 하지만 이 또한 좋은 방법은 아니었다. 장욱의 뒷배가 너무 큰 까닭이다.

'신승… 장욱이 이곳에 있다면 그 또한 여기에 있을 가능성이 높겠지. 소가주…… . 어찌해야 합니까?'

장영조는 구양선이 세가를 장악하자 뒤로 물러날 수밖에 없었다. 그토록 사랑하던 여인의 자식이니 계속해서 져줄 수밖에 없었다. 그래서 잡음이 이는 것을 무마하고 뒤로 물러났다.

하지만 구양선은 지독했다. 끝끝내 그의 목숨을 가져가길 원했다. 장영조가 그 사실에 한탄해 목숨을 내주려는 순간, 소가주 구양비가 찾아왔다. 그리고 제안했다. 자신의 목숨을 담보로 한 가지 계책을 수립했고 실행에 옮겼다.

장영조는 지고당에서 물러나 때를 기다렸다. 소가주 구양비가 한 제안이 머릿속을 빠르게 훑고 지나갔다.

"구양세가는 이미 끝났소. 다시 일어선다 한들 예전 같지 않을 거요. 그 사실은 지고당주 당신이 그 누구보다 잘 알겠지. 당신이 자초한 일이니까. 그래서 제안하오. 나는 세가를 무너뜨릴 생각이오."

장영조는 그 제안에 사색이 되었다. 안 될 말이다. 세가가 무너지는 것보다 더 큰 문제가 세가가 붕괴되면 발생한다. 그 사실을 너무 잘 알았기에 장영조는 극렬하게 반대했다.

"세가를 말씀이십니까? 안 될 말입니다. 너무 많은 사람이 죽을 겁니다"

지금 생각해 보면 참으로 우스운 말이다. 지금의 사태를 야기한 장본인이 타인의 생명을 중하다 여기다니. 자신의 계책에 목숨을 잃은 자들이 들었다면 필시 손가락질을 해댔을 게다. 구양비 또한 그 점을 아프게 꼬집었다.

"그걸 그대가 걱정할 일이던가? 당신이 일으킨 일이야. 그대가 결정할 수 있는 것은 단 하나뿐이다. 언제 죽을지. 그것만 결정해."

구양비의 말은 명백했다. 모든 사태가 종결되면 죽음으로 책임을 묻겠다는 뜻이다. 장영조는 결국 그 제안을 받아들일 수밖에 없었다. 그것 말고는 다른 길이 없었기 때문이다.
"백호방의 부방주."
장영조는 초연한 얼굴로 장욱을 불렀다.
"이야기나 좀 하지. 자네들은 밖에서 경계를 좀 서게."

장영조가 손짓하자 호위하듯 시립한 무인들이 고개를 끄덕이며 물러났다. 장욱은 얼굴을 굳힌 채 안으로 들어섰다. 장욱은 경계를 풀지 않았다. 파악된 무인의 숫자가 많긴 했지만 상대 못 할 정도는 아니었다. 게다가 눈앞의 장영조는 무공이라곤 한 줌도 익히지 않은 백면서생이다.

'최악의 상황에선……'

장영조의 목줄을 잡고 협상할 생각도 있었다. 다른 이였다면 결코 하지 않았을 심중이 장영조를 보자 그렇게 해도 된다고 속삭였다. 그만큼 지고당주에 대한 분노가 컸다.

"무슨 꿍꿍이지?"

"꿍꿍이는 없네. 대세가 기울었다 판단했기 때문일세."

"대세가 기울었다?"

장욱은 비웃는 듯한 말투로 장영조를 힐난했다. 장영조는 얼굴이 뜨거워졌지만 그 말에 반박하진 않았다. 그저 고개를 푹 수그렸다.

"맞네. 구양선은 나가도 너무 나갔어. 그의 끝은 좋지 않을 걸세. 끝내는 죽겠지."

"말은 잘하는군. 당신이 끌어들인 것 아니었나? 모두 당신 때문에 일어난 일이다."

장영조는 순순히 시인했다.

"그 말도 맞네. 모두 나 때문이지. 첫 단추부터 잘못 꿰었어. 그래서 나는 이번 일을 모두 되돌릴 참이네. 원래의 세가가 가져야 할 모습으로."

장욱은 기가 찼다. 분통이 터져 시뻘겋게 달아오른 얼굴을 진정시키기 위해 안간힘을 썼다. 단매에 때려죽이고 싶은 위험한 마음이 솟구쳤다.

"허, 어이가 없군. 모든 것을 되돌린다? 그렇게 하면 죽은 사람이 살아 돌아오기라도 하나? 이기적이고 치졸한 생각이다."

"부정할 수가 없어서 더 슬프군. 그리고… 자네에게는 미안한 마음뿐일세."

장영조가 고개를 더 숙이자 장욱은 할 말을 잃어버렸다. 장욱은 결심했다. 앞뒤 상황을 재보기 전에 저 빌어먹을 놈을 쳐죽이겠다고. 하지만 그런 장욱의 결심은 장영조의 말로 인해 단숨에 깨져 버렸다.

"모든 일이 끝나고 제자리를 찾는 그 순간까지 자네는 내 옆에 있게. 자네가 나를 위해 해줄 일이 있다네. 내 아집과 독선에 의해 많은 사람이 생명을 잃었어. 어떤 일을 한다 한들 씻을 수 없는 죄인일세. 나는 그 죗값을 목숨으로 갚겠네. 죄인인 나를 자네의 손으로 처단하게."

*　　　　*　　　　*

이철경은 허리에 찬 흑철보검을 매만졌다. 위급한 상황에서 언제든 뽑아 들 수 있도록 만반의 준비를 마쳤다. 금와상단은 거대 상단이다.

'그래도 이상한데……'

그럼에도 부리는 무인들의 수준이 너무 높았다. 아무리 구양 세가의 지원을 받았다지만 속문에 이렇게 큰 힘을 쥐여줄 리 없었다.

'뭔가 놓치고 있는 부분이 있어.'

이철경은 순순히 인정했다. 그의 육감이 자신이 뭔가 놓치고 있음을 속삭이고 있었다. 한번 세운 의심의 날을 다른 곳으로 뻗기엔 자존심이 상했지만, 그가 살수로 강호에서 살아남을 수 있는 이유이기도 했다.

'이대로는 안 되겠다. 흔들어야겠어.'

시간이 너무 많이 흘렀다. 숫자가 많긴 하지만 앞으로 어떤 상황이 펼쳐질지 알 수 없었다. 지금 흔들지 않으면 계획이 어그러질지도 모른다는 생각이 들었다. 이철경은 낼 수 있는 가장 빠른 속도로 뒤를 따라붙었다.

스릉!

스거걱!

흑철보검이 검집에서 미끄러지듯 뽑혔다. 검은색 검신이 어둠 속을 누비고 다녔다. 살수의 검을 연마한 무인답게 치명적인 사혈에 일격씩 쑤셔 박혔다. 무인들은 비명도 지르지 못하고 그 자리에서 엎어졌다.

금와상단의 무인들을 이끌던 수장이 이상을 느낀 것은 이철경이 막 다섯 번째 무인을 주검으로 만든 뒤였다. 그가 제자리에 멈춰 손을 들자 무인들이 질서 정연하게 멈춰 섰다.

"이상하군. 인원 확인해 봐. 느낌이 좋지 않다."

"알겠습니다."

"확인 후 즉각 보고하도록. 나머지는 종전의 절반 속도로 달린다."

"예!"

상단의 무인 하나가 뒤로 빠져 인원을 확인하기 시작했다. 이철경은 뒤에서 그 모습을 지켜보다 쏜살같이 앞으로 뛰쳐나갔다. 인원을 파악하기 시작하면 다섯 명이 죽은 것을 숨기긴 힘들었다.

'이럴 땐 차라리 치고 나가는 게 좋지.'

이철경이 검신에 들러붙은 진득한 피를 털어내고 땅을 박차 나무 위로 올라섰다. 나무 위에서 빠르게 이동하며 거리를 쟀다. 통솔이 잘되는 무리일수록 머리를 잃으면 혼란에 빠지게 마련이다. 이철경은 그 사실을 잘 알았다.

'목표는 저 인솔자.'

이철경은 가느다란 나무 위를 달리다 어른 팔뚝만 한 나뭇가지에 체중을 실었다. 나무가 가진 탄성을 이용해 하늘을 날았다. 이철경은 용천혈(湧泉穴)로 진기를 계속 불어 넣었다. 체공(滯空)한 채 검을 중단으로 당겼다.

'참격(斬擊)은 하책이다. 정확하게 목에 찔러 넣어야 해.'

그래야 혹여나 이어지는 반격에 대비할 시간을 벌 수 있었다.

'지금.'

이철경의 몸이 물가의 먹이를 낚아채는 제비처럼 날았다.

피잉!

살기(殺氣)가 옅게 퍼져 나갔다. 그 순간 상단의 절정고수가 뒤를 돌며 소리쳤다.

"누구냐!"

무인들이 재빠르게 반응했다. 일사불란한 움직임을 보이는 모양에서 상당히 잘 단련된 무인들임을 알 수 있었다.

'빠르군. 생각보다 반응이 빨라. 쉽게 생각하면 당하겠어.'

이철경은 재빨리 흑철보검을 절정고수의 목을 겨냥해 던졌다. 검이 날아드는 광경에 무인은 허리춤에 찬 검을 뽑아 들었다.

채애앵!

요란한 금속성이 산중에 퍼졌다. 이철경은 던진 검을 그대로 둔 채 절정고수의 주변으로 모여드는 무인들을 향해 시선을 던졌다.

'숫자부터 줄인다.'

이철경의 손에서 야차팔식의 절초가 뿜어져 나왔다. 첫 번째로 도달한 무인에게 일 권을 먹였다. 정확하게 안면에 틀어박힌 주먹에서 핏물이 묻어나왔다. 안면 함몰. 이대로라면 살아나도 죽만 먹고 살아야 할 것이다.

두 번째는 각법이다. 정강이가 늑골에 틀어박혔다. 우지직하는 소리와 함께 무인 하나가 그대로 허물어진다. 마지막은 팔꿈치다. 팔꿈치가 태양혈(太陽穴)에 꽂혔다. 한 초식에 한 명씩. 이철경은 단번에 세 명을 제압한 뒤 달렸다.

'검은 안 돼.'

이철경은 단번에 자신의 약점을 파악했다. 그가 익힌 무공은 살수 기예. 누군가를 암습하거나 일대일의 승부가 아니라면 무공의 격차가 커도 위험했다. 되레 그가 법륜을 만나 나중에 익힌 야차팔식이 더 도움이 될 것이다.

"막아! 적은 하나다! 방진(方陣)을 쳐!"

절정고수의 고함 소리에 당황한 무인들이 다시 한번 일사불란하게 움직였다. 이철경은 무인들이 사방을 에워싸자 그 자리에 멈춰 호흡을 조절했다. 진기는 아직 충만했지만 급격한 움직임에 호흡이 흐트러져 있었다.

"이봐, 쥐새끼처럼 숨어 있지 말고 앞으로 나서라. 수장이면 수장답게 행동해."

이철경은 무인들 뒤에 숨어 검을 들고 서 있는 절정고수를 향해 한마디를 던졌다. 절정고수 여문기는 이철경의 격장지계에 이를 악물었다.

구양세가에서 무공을 익혔지만 금영방의 후계자인 그가 제대로 된 실전을 겪어본 적이 있을 리 없었다. 온실 속 화초처럼 보호받으며 무공만 익힌 무인. 그 폐단이 실전 앞에서 적나라하게 드러났다.

"대답이 없군. 역시 한번 겁쟁이는 끝까지 겁쟁이지. 땅에 머리 처박고 꼬리만 개처럼 웅크리고 있어라. 곧 간다."

금와상단의 무인들, 여문기가 부친인 금영방주 여대의 몰래 육성한 무인들은 그들의 주인인 여문기가 초장부터 패배자처럼 굴자 동요하기 시작했다. 개중에 하나가 용기를 내 이철경에게 검을 들이밀었다.

"이상하군. 얼굴은 싸우고 싶어 하지 않는데 검을 들이민다. 저 겁쟁이 놈이 생각보다 가치가 있는 놈인가 보군."

이철경이 하얀 치아를 드러내며 웃자 무인들은 그대로 굳어 버렸다. 호랑이 앞의 강아지. 그 정도가 딱 맞았다. 이철경은 주제도 모르는 개 떼 무리 한가운데에서 휘저었다. 야차팔식의 무정한 손속에 무인들이 하나둘 땅에 몸을 뉘었다.

일각.

이철경이 무인들을 제압하는 데 걸린 시간이다.

"이제 이야기를 좀 해보지."

이철경이 땅에 떨어진 흑철보검을 들어 여문기의 목에 겨누자 여문기는 식은땀을 흘렸다.

"이름은?"

"……."

섬뜩한 살기에 입마저 굳어버렸는지 여문기의 입이 열릴 줄 몰랐다. 그의 머릿속은 혼돈 그 자체였다. 이번 위기를 넘기지 못하면 금영방이고 뭐고 아무런 소용이 없었다.

"대답하지 않는군. 목숨은 아까워하는 줄 알았는데."

이철경이 나지막이 중얼거리며 검을 들이대자 검날이 목의 여린 피부를 파고들었다. 핏물이 검신을 적시자 여문기는 눈을 감아버렸다. 포기한 것이다. 모든 것을 포기한 그 순간.

"그 검을 멈추어주시게."

여문기의 뒤편에서 늙수그레한 음성이 들려왔다. 여문기가 너무도 잘 아는 목소리였다.

'아버지……'

"예의가 없군. 원하는 것이 있다면 모습부터 드러내고 이름을 밝히는 것이 순서 아닌가?"

이철경이 다시 한번 검날을 밀어 넣었다. 반치만 더 들어가도 동맥이 끊겨 피 분수를 뿜어내리라.

"그만."

여대의가 수풀 속에서 몸을 드러냈다. 쌍곤을 허리춤에 건 사내와 함께였다. 염화쌍곤이라 불리는 남자, 구양백의 심복인 염포였다.

"그 아이에게 볼일이 있나?"

여대의는 침중한 안색으로 주변을 둘러봤다. 파리한 안색의 여문기, 그리고 금와상단의 복장을 한 무인들이 땅에 널브러져 있었다. 금와상단은 금영방의 일 주(柱)를 담당하는 상단이다. 금영방주가 후계자인 여문기에 맡겼고, 여문기가 생각보다 상단을 잘 경영해 신경을 쓰지 않았다.

"물론. 그렇지 않았다면 이리 사람을 상하게 했을까."

"그런 것치곤 손속이 잔인한데?"

염포가 한 걸음 나서며 이철경을 주시했다. 양손을 자연스럽게 늘어뜨려 언제든 쌍곤을 뽑아 들 준비를 했다. 금영방의 후계자인 여문기가 어찌하여 이곳에 있는지는 모르겠지만, 염포는 그를 잘 알았다. 구양세가에 구양백과 함께 기거할 때 몇 번이나 선물을 싸들고 찾아온 자다.

'기회주의자. 금영방주의 체면 때문에 거절도 못했지.'

개인적으로 마음에 들지 않는 자였지만 어쨌든 구양세가의 사람이다. 그가 지켜야 할 사람이란 뜻이다.

"잔인하다? 우리는 전쟁 중이야. 그런 것은 상관없지. 죽이지 못하면 죽는 싸움이야."

"전쟁? 구양세가와 전쟁을 하시겠다?"

이철경은 염포의 코웃음에 미간을 찌푸렸다.

"잘못 알아들었나? 전쟁을 하겠다는 것이 아니라 이미 전쟁 중이다. 싸움이 시작된 지 벌써 세 시진은 지났겠군. 소식이 느린데? 어디 산속에라도 처박혀 있다 왔나?"

염포는 여대의를 바라봤다. 무슨 뜻이냐는 물음이다. 이철경의 말대로 산속에 있다 나왔으니 아무것도 알 수 없었다. 여대의가 고개를 저었다. 자신도 모른다는 뜻이다.

"염 대주, 일단은 제 자식 놈부터……."

염포는 그 말에 한숨을 쉬며 쌍곤을 뽑아 들었다. 쌍곤을 들자 기세가 일변했다. 평범한 보통 사람처럼 보이던 남자가 거대한 산처럼 느껴졌다.

"후우, 거기 너, 이름이 뭐지?"

이철경은 여전히 여문기의 목에 검을 들이민 채 빙긋 웃었다. 이런 반푼이를 상대하는 것보다 훨씬 위험하겠지만 충분히 가치 있는 일이라는 생각이 들었다.

'적어도 구양세가의 중진.'

"아까도 말했는데. 상대방의 이름이 알고 싶다면 그쪽부터 밝히는 것이 순서 아닌가?"

"내 이름은 염포다."

"염포? 염화쌍곤?"

"들어본 적이 있나?"

이철경은 웃어야 할지 울어야 할지 모를 모호한 표정을 지었
다.

염포라면 너무 잘 알고 있다. 법륜과 함께 태영사를 떠나 섬
서로 이동하면서 몇 번이나 들은 이름이다. 구양백의 최측근이
며 신의를 아는 믿을 수 있는 남자라 들었다.

게다가 그의 무공에 대해서도 들었다. 법륜과 처음 만났을
때 이미 절정의 원숙한 경지에 있던 인물이니 시간이 흐른 지
금은 초절정에 이르렀을 것이 분명했다. 기세만 봐도 자신이 열
세였다.

'잘못하면 죽겠군.'

간단하게 생각할 수 없는 문제였다. 자신들은 구양세가 전체
가 아니라 구양선과 전쟁 중이다. 염포 또한 구양선의 실각과
구양백의 복권을 위해 노력하는 남자였으니 일단은 같은 편이
다.

이철경은 여문기를 바라봤다.

'문제는 이놈이군.'

이놈이 구양백의 측근이라면 상황이 상당히 꼬인다. 이철경
은 잠시간 생각하더니 염포가 움직일 기세를 내비치자 다급하
게 말을 내뱉었다.

"일단… 오해부터 풀어야겠군. 나는 이철경이다."

"오해?"

"이놈, 그쪽 사람인가?"

염포는 이철경의 물음에 무슨 뜻이냐는 듯 어깨를 으쓱였다.

"그러니까… 구양백… 태양신군 측 사람이냐는 말이다."

"주군의?"

"아무리 생각해도 이상해서 말이야. 내가 아는 염화쌍곤은 태양신군의 심복 중에 최고라던데, 이놈은 누군가를 쫓고 있었거든. 누군가가 앞서가며 흔적을 남겨놨어. 그리고 이놈이 가는 방향에서 당신들이 나왔고."

염포는 이철경의 말에 여대의를 바라봤다. 뒤를 쫓던 자가 있는지 묻는 얼굴이다.

"나는… 모르는 일이오."

염포는 수긍했다.

여대의가 무공을 익히긴 했지만 어디까지나 건강을 위한 수준. 일류 무인만 돼도 쥐도 새도 모르게 따라붙을 수 있었다. 여문기가 이 자리에 있다는 것은 목표가 여대의라는 말이다. 혼란을 틈타 패륜을 저지르고 금영방을 먹어치우겠다는 속셈이면 충분히 설명이 된다.

'그럼 저놈의 말이 사실이냐가 관건인데.'

염포가 눈을 빛내자 이철경은 고개를 끄덕였다.

"확인이 필요하다면 이 길을 따라가 보면 된다. 금방 들통 날 거짓말은 하지 않아. 그리고… 나는 태영사에서 왔다. 사주께서 구양세가에 계시지."

"사주?"

염포가 묻자 이철경이 답했다.

"사주의 별호는 신승(神僧)이다. 당신과는 인연이 있을 테지?"

편이 갈리고 여문기의 운명이 결정되는 순간이었다.

제삼십이장(第三十二章)

정비(整備)

"지금 신승이라고 했는가?"

염포는 이철경의 입에서 신승이라는 별호가 튀어나오자 적잖이 놀란 모습을 보였다. 난생처음 보는 자의 입에서 한 줄기 인연의 실이 풀려 나왔다.

"맞소. 사주의 법명은 법륜. 우리는 구양선을 저지하기 위해 이곳에 왔소."

이철경의 말투도 달라졌다.

법륜의 별호만으로 염포가 내뿜던 분위기가 일변한 탓이다. 이철경은 법륜의 이름이 갖는 힘을 느꼈다. 구양세가와 연이 있다 하더라도 법륜이 지닌 무위가 그저 그랬다면 염포가 저렇게 놀랄 까닭이 없었다. 저 소림의 비호가 없어도 이제는 천하에 통하는 이름이다.

당연한 일이다.

십대마존은 명(明)이 건국되면서부터 골칫거리였다. 황실의 무림에 대한 견제와 민생(民生)의 혼란으로 구파는 발이 묶였고, 팔대세가는 제 잇속을 챙기기에 바빴다.

'이런 상황에서 십대마존 하나를 참살하고 당가마저 봉문시켰다. 통하지 않을 수가 없겠군.'

법륜이 벌인 일들은 가슴에 뜨거운 열정을 품은 무인이라면 누구나 바라는 일이었다.

"그가 이곳에 와 있나?"

"물론이오. 먼저 출발하셨으니… 일이 잘 풀렸다면 지금쯤 끝났을지도 모르겠군."

염포는 눈을 크게 떴다. 그 안에 담긴 놀라움, 경악, 의문이 동시에 느껴졌다. 태양신군 구양백이 손자에 대한 삐뚤어진 사랑으로 얼마나 큰 고초를 겪었는가. 구양선이 아니었다면 구양백은 여전히 절대고수의 풍모를 내비치며 강호를 호령하고 있었을 게다.

'그런데… 벌써 끝이 났다? 하지만…….'

의문은 여기에서 비롯됐다. 구양세가엔 괴물이 한 마리 있다. 스스로 감추려고 해도 알 만한 사람은 전부 다 아는 괴물. 신승이 나섰다 해도 승부를 점치기 쉽지 않았다.

"일단… 당신의 말이 사실이어야 할 것이다. 아무리 신승의 수하라 해도 이런 법은 없어. 알고 있겠지?"

염포는 이철경의 손속을 꼬집었다. 신승이 구양세가와 연이 있어도 세가의 인물들을 다치게 한 것은 별개의 문제였다. 사실이 아닐 경우, 법륜과의 인연은 제쳐두고 처벌하겠다는 뜻이다.

염포의 앞에 선 이철경은 당당했다.

"알고 있소. 하지만 사실이니 내가 꺼릴 이유가 없소. 확인해 보시오. 그리고 저놈. 저기 계신……."

"금영방주 여대의 공일세."

"아, 금영방주셨군. 금영방주와 이놈이 혈연관계인 것 같은데……."

이철경의 물음은 확실했다. 세가의 반동분자여도 구양세가의 재력 중 큰 비중을 차지하는 금영방주가 비호하면 처벌은커녕 이전의 위세를 그대로 누릴 가능성이 높았다.

"그것은 걱정하지 말게."

그 사실을 인지한 금영방주는 명확하게 선을 그었다. 염포를 만나기 위해 비밀리에 움직이던 터라 행적이 드러날 여지도 적었다. 게다가 아들이 자신의 뒤를 쫓았다면 이유는 하나뿐이다.

'뒤를 밟았다는 말인데… 도대체 무슨 속셈인가?'

여대의는 머릿속에 떠오르는 두 글자를 지우려 노력했다. 애써 부정해도 패륜이라는 단어가 계속해서 치고 들어왔다.

여대의는 문득 인생의 무상함을 느끼며 속으로 한숨을 내쉬었다.

'농사 중에 자식 농사가 제일 어렵다더니······.'

하지만 공은 공이고 사는 사다. 어지러운 시국이 정리되면 자신의 체면을 보아 극형은 면하겠지만, 배신자라는 꼬리가 평생 따라다닐 것이다. 낙인은 여문기뿐만 아니라 금영방에도 붙어 없어지지 않을 무게가 될 것이다.

"내 자식이기 이전에 구양세가에 적을 둔 무인이오. 시국이 정리되면 세가의 방침에 따르겠소. 그러니 너무 걱정하지 마시오."

염포와 이철경은 동시에 고개를 끄덕였다.

"그럼 그렇게 알고 있겠소이다."

"여 방주의 대승적인 판단, 존중하겠소."

염포와 이철경은 여문기의 혈을 제압한 뒤 쓰러진 금와상단 무인들의 옷을 찢어 결박했다.

굳은 표정의 염포가 이철경을 향해 턱짓하자 이철경이 앞장 섰다.

"따라오시오."

여대의와 여문기, 돌이킬 수 없는 강을 건넌 두 부자만이 두 사람의 움직임을 살펴볼 뿐이다.

*   *   *

문우는 도염춘과 함께 관청을 나섰다. 관청의 문턱을 넘어설 때는 마음속에 커다란 돌덩어리를 올린 것 같았는데 나올 때는 의외로 홀가분했다.

"괜찮을까요?"

도염춘은 굳은 얼굴로 문우의 얼굴을 쳐다봤다. 관청의 뜻은 명백했다.

희소식이자 비보는 관과 무림의 불가침 원칙을 깨뜨리겠다는 것이다. 함께한 문우 또한 그 사실을 잘 알기에 저리 묻는 것이다.

"관이 나서준다면… 분명 이번 사태를 수습하는 데 적지 않은 도움이 되겠지만……."

도염춘이 말꼬리를 흐리자 문우가 이어받았다.

"좋지 않은 선례를 남기겠지."

도염춘이 걱정한 것은 선례였다. 당금의 황실이 무림을 견지하는 입장은 확고했다.

적극적인 개입. 강호의 무인들이 민생을 어지럽히는 것을 좌시하지 않겠다는 것이다. 구양세가는 이번 일로 황실에 큰 명분을 넘겨줬다.

"하지만 어쩌겠나. 다른 이들은 어떨지 모르지만 나는 아네. 이번 일은 관의 도움이 없다면 절대 수습할 수 없어."

"어째서죠?"

"뒤에 찾아올 혼란이 너무 커진 탓일세. 구양세가는 팔대세가 중에서도 최고일세. 그곳에 몸을 담아서 이런 말을 하는 것이 아니야. 이번 일이 최악의 상황으로 치달아도 구양세가는 버텨낼 여력이 있네."

"그렇다면 뭐가 문제란 말입니까?"

"그 뒤가 문제지. 구양세가가 수습할 수 있는 부분은 인심을 많이 써서 잡아도 절반이야. 나머지 절반은?"

"으음……."

문우가 침음을 삼키자 도염춘은 기다렸다는 듯 이어갔다.

"많은 사람이 죽을 걸세. 구양세가의 기반이 자리 잡은 한중을 제외하면… 나머지는 서로 이득을 차지하기 위해 칼부림을 피하지 않을 걸세. 그렇게 되면……."

"세가는 손해를 감수하고서라도 다른 곳과 또다시 전쟁을 벌일 거라는 말입니까?"

도염춘은 입을 굳게 다문 채 고개를 끄덕였다. 세가에 적을 둔 이들이 탐욕이 넘쳐서가 아니었다. 지닌 걸 지키는 것은 자존심 문제였다. 천하제일세가에 가장 근접했다는 자부심과 지금껏 누려온 것들을 빼앗기면 두고두고 무시당할 것임을 잘 알기 때문이다.

"우리는 어찌해야 합니까?"

"어떻게 하긴, 싸워야지. 이제는 그것뿐일세. 우리는 명분을 저쪽에 넘겨줬고, 장기판의 졸을 움직이는 위치에서 움직여야 하는 위치로 내려섰지. 일단은 자네의 사주부터 만나봐야겠구면."

"알겠습니다. 첫 번째 집결지는 백호방이니 그쪽으로 움직이지요. 다른 분들도 이미 다 주어진 일을 끝마치고 도착해 있을 겁니다. 그분들과 상의한 뒤 움직이시지요."

"믿음이 대단하군. 어느 것 하나 쉬운 일이 없을진대."

"당연한 겁니다. 태영사에 모인 이들 중에 저보다 아래인 사람은 없으니까요."

도염춘은 헛웃음을 억지로 삼켰다. 문우는 나이대에 비하면 정말 뛰어난 무인이다. 함께 있던 장산과 장욱, 이철경도 분명 대단한 무인이다. 어느 하나 빠지는 자가 없다.

'맞는 말이다. 갓 약관(弱冠)을 넘긴 이 친구가 절정인데……'

도염춘은 어쩌면 이번 사태가 생각보다 쉽게 수습될지도 모르겠다는 생각을 했다. 만약 관이 준비를 끝마치고 적극적인 개입하기 전에 모든 상황이 종결된다면…….

'최선이군.'

이보다 더 좋을 수는 없었다. 도염춘은 남은 모든 운(運)을 법륜에게 걸기로 했다.

*   *   *

법륜과 장산, 구양비는 걸음을 재촉했다. 법륜의 상세는 더 좋아지지도 나빠지지도 않았다. 철저한 유지. 지금 당장 법륜이 할 수 있는 최선이었다.

"얼마나 남았지?"

"이제 반각만 더 가면 되오."

장산이 묻자 구양비가 간단하게 대꾸했다. 장산은 구양비가 참으로 담백한 성품의 소유자임을 느꼈다. 거대 세가의 후계자라는 위치에 걸맞지 않는 성품이다.

'어쩌면… 진실일지도 모르겠군.'

구양비가 법륜에게 한 제안. 자신 대신 세가를 이끌어달라던 그 부탁이 어쩌면 지금의 상황을 넘기기 위한 임기응변이 아니라 그의 감춰진 속내일지도 모른다는 생각이 들었다.

'그의 말이 진실이라면… 사주께서는 어떤 선택을 하실지.'

법륜이라면 그 제안을 일거에 거절할 가능성이 높았다. 하지만 기회가 너무 좋았다. 명분도 실리도 모두 챙길 수 있는 상황이다.

문제될 것도 없었다. 법륜은 이미 승려가 아니니까. 스스로도 그 사실을 인지해 소림과 거리를 두기 위해 노력하는 모습도 보였다.

장산이 보기에 법륜은 아직 그 사실을 떨쳐내지 못하고 있는 것 같았지만 얼마 가지 않아 깨닫게 될 것이다.

'이제 소림은 사주를 담을 수 없다는 것을.'

얼마를 더 달렸을까. 폐허가 된 백호방의 외원이 모습을 드러냈다.

"저기 보이는군!"

구양비가 굳은 얼굴로 소리치자 법륜과 장산은 숨을 골랐다. 구양비가 마련해 놓은 장소이긴 하지만 아직 위험에 대한 검수가 끝나지 않았다.

"일단 살펴보고 오겠습니다."

"같이 가시지요."

장산이 말하며 앞으로 달리자 구양비가 따라붙었다. 괜한 오해로 싸움이 벌어지는 것을 막으려는 것이다. 장산과 구양비가 담장을 넘자 날카로운 고함 소리가 터져 나왔다. 팔이 뜯겨져 나간 민소매에 근육질의 팔뚝을 드러낸 무인이 모습을 드러냈다.

"누구냐!"

뛰쳐나온 무인을 알아본 장산이 마주 소리를 내질렀다.

"장욱! 날세!"

장산은 담장을 뛰어넘어 그대로 달려가 장욱을 끌어안았다. 한중의 성벽 앞에서 헤어지고 이제 몇 시진밖에 지나지 않았지만 생사를 넘나드는 상황을 겪다 보니 오랫동안 못 본 사람처럼 반가웠다.

"대형?"

"그래, 날세. 별고 없었는가?"

"저는 괜찮습니다. 사주께서는……."

"저 뒤에 오고 계시네."

장산은 문제없다는 듯이 고개를 끄덕였다. 장산과 장욱이 짧은 해후를 나누고 있을 때, 구양비가 담장 아래에 내려섰다. 구양비는 간단히 예의를 차렸다.

"오랜만이오, 부방주."

"그대는… 구양세가의 소가주가 아니오?"

"맞소이다. 그간 격조했소. 그보다 어찌 그대가 이곳에……."

구양비는 도무지 알 수 없다는 얼굴로 장산을 돌아봤다. 백호방의 방주인 여립산이 죽고 백호방이 와해된 이야기는 한중에서 제법 유명한 일이다. 그러나 그 식솔들이 어떻게 되었는지에 대해서는 알려진 바가 없었다.

'그런데 그가 이곳에 있다는 것은······.'

법륜 밑으로 들어갔다고 여기면 된다. 여립산과 법륜의 관계야 워낙 잘 알려져 있으니 이상한 일은 아니었다. 그때 법륜이막 담장을 넘어섰다.

"장욱."

"사주!"

장욱은 법륜 앞에 오체투지했다. 아랫사람이 윗사람에게 바칠 수 있는 예(禮) 중 극상의 예다.

"고생이 많았다."

"그보다 이게 어찌 된 일입니까?"

"사정을 설명하자면 기네. 그보다 이곳에 소가주의 사람이 있다던데 누군지 만나보았는가?"

"그것이······."

"그건 내가 설명드리겠소. 그는 본가의 지고당주로 있던 자요. 믿을 만한 자이니 걱정은 접어두시오."

법륜은 고개를 끄덕였다. 소가주는 믿을 수 있는 자다. 그런 자가 믿을 수 있다 말한다면 그걸로 되었다고 여겼다.

"지고당주라······. 그럼 문우만 오면 모두 모이는 셈이군. 시간이 좀 걸릴지도 모르니 나는 잠시 상세를 살펴보겠네."

법륜이 돌아서자 장욱이 따라붙었다. 옆에서 어디가 다쳤는지, 어쩌다 그랬는지 호들갑을 떨며 묻고 있다. 법륜은 그런 장욱을 떨쳐내고 쓰러져 가기 직전인 빈 전각으로 들어갔다.

법륜이 전각으로 들어간 지 일각이나 지났을까. 반가운 얼굴의 한 사람과 못마땅하던 얼굴 하나가 장원 안으로 들어섰다.

"저희가 제일 마지막이군요."

문우와 도염춘이 도착했다.

"마지막은 아닐세. 아직 철경이 도착하지 않았어."

장산과 장욱은 문우를 반갑게 맞이했다.

반면에 그와 함께 온 도염춘은 좌불안석이다. 태영사의 인물들이 자신을 곱게 보지 않는다는 것을 잘 아는 까닭이다. 문우도 그 사실을 잘 알기에 장산과 장욱을 난처한 얼굴로 바라봤다.

"대형들, 이건……."

장산은 고개를 저으며 문우를 제지했다.

"되었다. 네가 판단했으니 나는 네 선택을 존중하마. 네가 저 자를 데려온 데에는 이유가 있겠지."

"장 대형……."

장욱이 장산에 이어 고개를 끄덕인다.

"그래. 허나 네가 사주께 납득할 수 있도록 설명해야 할 것이다."

"네, 알겠습니다!"

문우는 기운차게 대답한 뒤 도염춘의 손을 잡고 이끌었다.

하지만 도염춘은 문우가 손을 잡아끄는 것을 잠시 제지했다.
인사를 올려야 할 사람이 한 명 더 있었기 때문이다.

"소가주, 여기에 계셨군요."

"도 노사."

구양비는 법륜의 일행과 도염춘 사이에 무언가 문제가 있음
을 알았지만 끼어들 틈이 없었다. 게다가 도염춘은 언제나 자
신이 선 곳의 반대편에 서던 인물이다.

하지만 도염춘이 세가에 적을 둔 이상 그 연유는 알아야겠
다는 생각이 들었다.

"도 노사가 이곳에 있는 것을 보니… 그간 생각이 많이 바뀌
셨나 봅니다."

"그게……."

도염춘은 난처한 얼굴로 문우에게 눈짓했다. 이곳에서 그를
도와줄 만한 사람은 문우밖에 없는 탓이다. 문우는 도염춘의
눈짓에 앞으로 나섰다. 장산과 장욱이 자신의 뜻을 존중한다
며 허락하긴 했지만 한 번은 확실하게 설명해야 할 필요가 있
었다.

문우는 구양비에게 포권을 취하며 예를 차렸다.

"그쪽이 구양세가의 소가주십니까?"

"그렇소만… 그대는……?"

"태영사의 문우라고 합니다. 사주인 신승과 함께 왔습니다.
그리고……."

문우는 법륜과 도염춘 사이에 있었던 일과 관에서 있었던

일을 털어놨다. 도염춘이 무슨 걱정을 하고 있는지, 또 왜 이곳으로 돌아왔는지 세세하게 설명했다.

"그 뒤를 걱정했다……."

장산과 장욱은 문우의 말에 어쩔 수 없이 고개를 끄덕였다. 자신들과 상관이 없다고 해서 그 책임이 모두 사라지는 것은 아니다. 이번 사태가 수습되면 태영사 또한 책임의 일정 이상 지분을 가져갈 수밖에 없었다.

'하지만 소가주가 어떻게 생각하느냐에 따라 상황은 달라지겠지.'

장산은 구양비의 얼굴을 직시했다. 그가 종전에 말한 것처럼 법륜에게 모든 기반을 넘겨준다면 태영사는 적극적으로 나서야 한다. 구양비도 장산의 시선을 느꼈는지 헛기침을 하며 고개를 돌려 피했다.

장산은 그 모습을 보며 속으로 쓴웃음을 지었다. 모든 것이 법륜의 의지에 달린 일이다. 구양비가 아무리 강요한다고 해도 법륜이 거절하면 끝이다.

'사주께서 그럴 가능성이 없는 것이 문제지만……'

구양비의 의도는 명백했다.

원한다면 넘긴다. 하지만 설득은 주변에서 한다. 본인은 다른 꿍꿍이가 있는 것 같았지만 나쁜 의도는 아니기에 장산은 입을 다물었다. 옆에서 가만히 이야기를 듣고 있던 장욱이 모처럼 입을 열었다.

"그보다 철경이 너무 늦는군."

"그렇군. 생각보다 시간이 오래 걸리는 모양이군."

그때 장영조가 전각 안에서 걸어나왔다. 그의 손에는 전서구 한 마리가 들려 있었다.

"늦었지만 늦지 않았소이다."

장영조는 전각에서 나오다 도염춘을 보며 께름칙한 표정을 지었다가 황급히 본래의 무표정으로 돌아왔다. 그러곤 전서구의 다리에 매달린 연통에서 둘둘 말린 종이 하나를 꺼내 들었다.

"소가주께서 오셨는데도 예를 제때 올리지 못한 점 양해 부탁드리겠습니다. 그보다 이걸 보시지요. 지급으로 날아온 것입니다."

장영조는 종이를 펼쳐 구양비에게 내밀었다. 서신을 읽는 구양비의 얼굴이 시시각각 변했다. 그 얼굴에 안도감과 기대감이 깃들어 있자 장산과 장욱은 고개를 갸웃거렸다. 무슨 내용인지 알 수 없으니 의문만 쌓여갔다.

구양비는 안도의 한숨을 내쉬며 서신을 앞에 서 있는 이들에게 내밀었다. 장산과 장욱, 그리고 문우는 서신을 읽으며 경탄을 금치 못했다.

"철경이 늦는 이유가 있었군!"

"어찌 이런 일이⋯⋯!"

장산과 장욱은 연신 감탄을 터뜨렸다. 서신의 내용은 이철경과 염화쌍곤 염포, 그리고 금영방주 여대의의 행적을 기록한 것이었다. 염포와 함께 여문기의 야욕을 저지하고 금영방을 필두로 구양세가 휘하 속문들을 규합하고 있다는 내용이었다.

"그렇다면 철경은 이곳으로 합류하기 조금 힘들겠군."

장욱이 조그맣게 중얼거리자 장산이 동의한다는 듯 수긍했다. 장산이 도염춘을 한번 바라본 뒤 구양비를 보며 중얼거렸다. 눈앞에 두기엔 거슬리니 알아서 처리하란 뜻이다. 장영조도 그 기색을 읽었다.

'도염춘은 골수 세가파이지만 옆에 두기엔 껄끄러운 인물이다. 차라리 이번 일의 패로 쓰는 것이 나아.'

도염춘은 세가를 위해서라면 무엇이든 할 수 있는 인물이다. 되레 구양씨보다도 더 구양세가를 위하는 자다. 연배도 높아 누군가의 뜻에 쉽게 휘둘리지도 않으니 상대하기 무척 껄끄러운 자다.

장영조는 구양비에게 눈으로 도염춘을 가리키며 자신의 뜻을 전달했다. 구양비가 한숨을 내쉬며 전음으로 답했다.

[뜻대로 하시게.]

소가주의 허락을 받자 장영조는 거침없이 도염춘을 몰아붙였다.

"문제는 시간을 잘 맞출 수 있느냐는 것이겠지. 그러자면… 연락을 전달할 사람이 필요한데… 도 노사께서 이 일을 맡아 주시면 어떻겠습니까?"

장영조의 선공에 도염춘은 속수무책이었다.

"맞습니다. 단번에 몰아쳐야 하지요."

주변에서까지 자신이 나서야 한다고 거들자 도염춘은 거절할 명분을 잃고 허락의 뜻을 내비쳤다.

"알겠네. 일단 금영방으로 가겠네. 소가주, 내 다녀오리다. 난 그간 많은 잘못을 저질렀지만 소가주께서 생각하는 것처럼 그리 편협한 놈은 아니오. 내 죗값은 이번 일이 끝나면 정당하게 치르겠소. 문우 소형제, 잠깐이었지만 즐거웠네. 자네같이 때 묻지 않은 영혼이 끼기엔… 너무 추악하지만 어쩌겠나."

"도 노사……."

"그럼 보전하시게."

도염춘은 일행에게 포권을 취하며 인사를 올렸다. 문우는 그 모습을 보며 어쩌면 그와의 만남이 이것으로 마지막이 될지도 모른다는 생각을 했다. 떠나가는 도염춘의 뒷모습에 세월의 무게가 짙게 깔려 있었다.

＊　　　　＊　　　　＊

법륜은 낡은 전각 안으로 들어와 가부좌를 틀고 앉았다. 기억에 남아 있는 장소였다. 백호방에 머물 때 여립산과 종종 비무를 끝마친 뒤 차를 마시며 담소를 나누던 전각이다.

'세월이… 참으로 무상하구나.'

불과 몇 년밖에 지나지 않았으나 곁에 있던 사람은 흙으로 돌아갔고, 그가 머물던 땅은 폐허가 되었다. 그 시절의 기억을 떠올려 보면 참으로 미숙했다.

"그것은 지금도 마찬가지인가."

구양철은 강했다. 매 순간이 생사를 교환하는 순간이었다. 만약 장산이 제때 나타나 주지 않았다면 이렇게 회상에 빠질 순간도 오지 않았을 것이다. 법륜은 한숨을 한 번 내쉰 뒤 옷을 벗어 상처를 돌아봤다.

부러진 뼈가 단숨에 붙지는 않겠지만 진기로 최대한 고정해 놓은 상태였다. 뼈가 부러지며 터진 피부도 천으로 꾹 눌러놔 어느덧 피가 멈춘 상태였다.

"화상은 지금 신경 쓸 일은 아니고……."

법륜은 재빨리 지니고 있던 금창약을 넓게 펴 바른 뒤 운기조식에 들어갔다. 법륜이 지닌 진기의 근원인 금강령주는 아직도 쌩쌩했다. 그렇게 퍼부었는데도 삼 할 이상이나 남아 있었다.

'내 전력을 내지 못했다…….'

초식의 문제는 아니다. 법륜은 법륜구절을 닦아오면서 언제든 최강의 일격을 펼칠 수 있도록 초식을 다듬었다. 진기의 순환로 역시 단번에 진기의 일 할을 쏟아부어도 혈맥에 상처 하나 남지 않을 정도로 질기게 단련했다.

"그런데도 그의 방어를 뚫지 못했지."

전력(全力), 그리고 한계(限界).

법륜으로선 참으로 알 수 없는 단어였다. 비무나 생사결을 펼칠 때 언제나 최선을 다했다. 쉽게 이겨낸 상대도 있고 목숨이 간당간당한 순간까지 내몰릴 때도 있었다. 하지만 그는 상대가 누가 됐던 끝끝내 이겨왔다.

"그런 나에게 한계라……."

한 번도 생각해 본 적 없는 문제였다. 딱히 한계를 정하고 무공을 연마하지 않았기 때문이다. 진기가 상상 가능한 모든 일을 구현해 낼 수 있는 만능의 열쇠라고 생각하며 무공을 닦지 않았던가.

"진기는 아니다."

진기의 문제가 아님은 확실했다. 현재 법륜은 지금 당장에라도 유형화된 진기로 수레바퀴를 만들라고 해도 정교하게 만들 수 있을 정도로 열린 사고를 가지고 있었다. 그렇다면 남은 것은 하나이다.

"육신인가."

법륜은 육신에 자신도 모르는 한계를 그어놨다고 생각했다. 기형적인 움직이나 보통의 인간이 움직일 수 없는 관절의 구동 범위 같은 한계가 아니었다.

자신도 모르게 육신에 스며든 내성(耐性). 진기의 운용 시 여기까지가 안전하다는 잘못된 믿음이 불러온 한계였다. 마치 대로(大路)를 깔아두고 가장자리에 커다란 짐을 둔 채 가운데 길로만 다니는 모습과 비슷했다.

결국은 다시 진기다. 아무리 몸을 단련해도 진기가 없다면 용력(勇力)이 센 장사(壯士)밖에 되질 않는다.

"해봐야지."

막막한 기분이 들었다. 몸에 밴 습관이 하루아침에 고쳐질리 만무했다. 하지만 해내야 이번 전쟁에서 승리를 거두고 깃

발을 꽂을 수 있었다. 어느새 금강령주의 진기가 가득 차자 법륜은 평소의 운용 방식과 달리 조금 더 과도하게 진기를 밀어냈다.

기경팔맥에 금기가 스며들며 차분하게 순환했다. 아직까지 고통은 느껴지지 않았다. 법륜은 재차 진기를 불어 넣었다. 은은한 통증이 혈맥을 타고 올라왔다.

'여기서 멈추면 넘어서지 못한다.'

법륜은 지금 이 순간이 자신의 인생에서 찾아온 벽 중에서 가장 높고 커다랗다는 것을 느꼈다. 이전엔 넘지 못하면 되돌아오면 되었다. 하지만 이번엔 달랐다. 넘지 못하면 죽거나 폐인이 된다.

'이겨낸다.'

이를 악물자 뿌드득거리며 이가 갈리는 소리가 절로 나왔다. 금기가 점차 빠르게 순환하자 통증은 배가 되었다. 평소와 다른 방식의 움직임에 혈맥이 긁히며 핏물이 목젖까지 차올랐다. 법륜은 초인적인 인내로 참아가며 핏물을 삼켰다.

'더 빠르게.'

금강령주에 가득 찬 진기를 전부 때려 넣었다. 혈맥이 터질 듯 부풀었다. 주요 혈에 진기가 넘치게 흐르자 온몸이 빵빵하게 부풀어 올랐다.

'이 순간이 고비다. 이미 진기는 순환하고 있어. 이 정도 진기의 양에 익숙해지면 혈맥은 언제든 치유할 수 있다.'

진기가 폭풍처럼 몰아쳤다. 대로에 쌓여 있던 짐들이 산산이 부서졌다. 그 부스러기가 금기에 휩쓸려 갔다. 법륜은 고통 속에서 팽팽하게 당겨진 감각이 느슨하게 풀어지는 것을 느꼈다. 안정되고 있는 것이다. 혈맥이 진기를 수용할 수 있는 양이 늘어났으니 당연한 수순이다.

'멈춰야겠어. 이 정도면 기존보다 오 할은 더 쏟아낼 수 있다.'

법륜은 혈맥을 쓸고 다니며 순환하는 진기를 가라앉히기 위해 금강령주를 활짝 열었다. 한데 금강령주가 금기를 포용하기 위해 품을 활짝 열었는데도 진기는 그 뜻에 동조하지 않았다. 마치 할 일이 더 있다는 것처럼 맹렬하게 움직였다.

'어라……?'

법륜은 그렇게 정신을 놓아버렸다.

어딘지 모를 장소를 둥둥 떠다니는 기분이다.

'나는 누구지?'

법륜.

두 글자가 뇌리에 스며들었다. 스스로가 법륜이라는 사람이라는 것을 인식하자마자 주변이 급변하더니 긴 회랑이 눈앞에 나타났다. 회랑엔 수십 개의 족자가 횃불 사이로 걸려 있었다.

법륜은 제일 가까운 족자를 들여다봤다. 처음에 걸린 족자엔 갓난아이가 있었다. 젊은 남자의 품에 안겨 산속을 질주하는 모습이다. 그림이 너무 생생해 마치 살아 있는 사람이 종이 위에서 움직이는 것 같았다.

그리고 법륜에겐 젊은 남자의 얼굴이 왜인지 익숙했다. 너무나도 잘 아는 인물이다.

'해천 공.'

지금쯤 숭산 어귀에 머물며 태영사의 무인들을 이끌고 있을, 중년의 나이에 접어든 해천이 떠올랐다. 젊은 시절을 자신을 위해 희생한 남자, 그리고 이젠 자신의 곁에서 남은 인생의 열정을 쏟아붓는 사람이다. 이제는 가족이라는 생각이 더 크게 드는 사람이다.

'감사합니다.'

법륜은 해천을 향해 읍을 올린 뒤 움직였다.

두 번째 족자엔 노승의 얼굴이 아로새겨져 있었다. 그 역시 익숙한 얼굴이었다. 무허 대사. 불존(佛尊)이라 불리며 모든 이의 칭송을 자아낸 희대의 무인이자 법륜의 스승.

무허는 여전히 인자한 웃음을 머금고 있었다.

'스승님……'

스승이기 이전에 부모와도 같은 존재. 그리운 감정이 용솟음쳤다. 반면에 무허는 마치 지금껏 잘해왔으니 걱정이 없다는 듯 웃고 있었다.

그 뒤로 수많은 사람들이 스쳐 지나갔다. 가벼운 연을 지닌 이들부터 피붙이 같던 소림의 승려들까지. 법륜은 여러 개의 족자를 빠르게 스쳐 지나갔다. 마침내 그의 얼굴이 나타났다.

'사숙.'

백호방주 여립산과 백호방의 인간 군상들, 그리고 그와 함께

한 수많은 시간이 족자에 하나하나 새겨져 있었다. 그의 마지막 모습이 사천의 대지 위에 아로새겨져 있었다.

법륜이 고개를 돌리자 한 사람의 얼굴이 또 나타났다.

'정고……'

스승의 목숨을 앗아갔으며 그 제자에게 목숨을 빼앗긴 존재. 족자에 새겨진 그의 얼굴은 의외로 분노나 원망 같은 것은 보이지 않았다. 그저 편안해 보였다. 가는 길이 달라 서로 원한을 쌓고 분노를 표출했지만, 무공만큼은 충분히 존경할 만한 사내였다.

'그다음은……'

당가의 인물들이 잔뜩 늘어섰다. 자신이 목숨을 빼앗은 당가의 태상가주 당명금과 그의 손자 당천호. 둘의 얼굴은 정고와 달리 잔뜩 일그러져 있었다.

법륜은 회랑에 들어서 처음으로 육성(肉聲)을 뱉어냈다.

"미안하오."

법륜은 당명금을 향해 고개를 숙였다.

원한에 눈이 멀어 칼을 들었고, 책임이라는 명목하에 아무 죄도 없는 당명금의 명줄을 끊었다. 그는 당천호를 남겨두고 세상을 떠났다. 법륜은 두 사람이 그려진 족자 앞에 한참을 서 있었다.

'그때로 다시 돌아간다 해도 변하는 것은 없다.'

여립산이 죽지 않았다면 모르겠지만, 그가 죽은 이상 법륜은 반드시 칼을 들 것이 뻔했다.

'그러니 후회하지 말자. 나는 대인(大人)이나 군자(君子)가 아니야. 한낱 무부(武夫)일 뿐이다.'

다시 걸음을 옮기자 이번에는 구양세가의 전경이 눈에 들어왔다.

족자 속 전각의 지붕에 서서 시원한 웃음을 짓고 있는 남자가 보였다.

'구양선……'

모든 것을 다 가지기라도 했다는 듯 자신만만한 얼굴로 마기를 분출하는 모습이다. 법륜은 그에 관해서 신경을 끊었다. 어차피 부딪칠 운명이다. 그의 악행이나 패륜에 대해 떠들어도 바뀌는 것은 없었다. 그저 싸울 뿐이다.

"그리고 이긴다."

그 뒤론 족자가 없었다. 법륜은 짙은 의문에 빠졌다. 회랑은 그가 지금껏 걸어온 흔적을 세세하게 보여주고 있었다. 무엇을 보여주려는 건지, 혹은 느끼게 하려는 것인지 알 도리가 없었다.

"그저 되돌아보고 싶었는지도……"

법륜은 나지막이 읊조리며 걸었다.

참으로 바쁜 인생을 살았다. 무공을 익히고 전투를 하며 보낸 시간이 대부분이다. 전부 자신이 선택한 길이기에 후회는 없었지만 아쉬움은 남았다.

'조금 더 순탄했다면……'

그렇다면 인생이 바뀌지 않았을까 하며 길고 긴 회랑을 끊임

없이 걸었다. 회랑은 계속해서 걸어도 끝이 보이질 않았다. 똑같은 광경이 계속해서 연출됐다. 벽의 문양도, 족자도, 횃불도 모두 똑같은 모습이다.

그때 법륜의 눈에 기이한 광경이 들어왔다.

'횃불……?'

빨갛게 일렁여야 할 횃불이 그대로 멈춰 있었다.

"어째서……"

이곳이 자신의 무의식 속의 세계라는 것은 너무도 잘 알고 있다. 자신의 기억이 아니라면 그가 살아온 세월을 이렇듯 잘 표현해 낼 수 없을 테니까. 하지만 무의식 속에서 자신을 제외한 모든 것이 멈춰 있었다.

"도대체……"

법륜은 인상을 굳히며 빠르게 앞으로 쏘아져 나갔다. 그리고 생각했다. 어째서 이런 일이 자신에게 나타났는지. 하나 짐작이 가는 부분이 있었다.

'의식과 무의식의 분리.'

일전 후 하남에 들어서기 전, 상단전을 열며 법륜은 의식과 무의식을 자로 잰 듯 반듯하게 분리했다.

'그 결과가 지금의 회랑이라면.'

의식과 무의식이 철저히 분리되어 있기에 이런 결과가 생겼다면 또 다른 변화를 주면 된다.

법륜은 회랑의 안쪽으로 달리며 상단전을 활짝 열었다. 금기가 기다렸다는 듯 쏟아져 들어왔다. 신안(神眼)이 열리고 회랑의 부조화가 한눈에 들어왔다.

횃불이 잔뜩 일그러지며 회랑과 동화되기 위해 안간힘을 쓰고 있었다. 법륜은 그 모습을 보며 자신의 판단이 틀렸다는 생각을 지울 수 없었다.

'애초에 의식과 무의식은 분리하는 것이 아니었어.'

애초에 의식과 무의식은 칼로 반듯하게 자르는 것처럼 구분할 수 있는 것이 아니다. 인간은 생각을 하면서도 자꾸 딴생각을 하거나 잡생각을 하다 하나에 몰두하는 일이 허다하다.

그 말은 곧 의식과 무의식의 분리는 무의미한 것이며, 회랑의 부조화가 법륜의 정신세계가 조화를 이루지 못하고 있음을 의미했다.

'무공은… 머리에 새기는 것이 아니다. 몸에 새기는 것이지.'

법륜은 지금껏 막아온 경계를 허물어 버렸다. 그 순간 백회(百會)가 열리며 자연지기(自然之氣)가 그 구멍을 넓혀갔다. 이내 금기와 어우러지며 하나로 화합했다. 변화는 또 있었다. 백회혈을 타고 들어온 자연기가 금강령주와 동화되며 발밑으로 뻗어나갔다. 그러곤 용천혈을 강하게 때렸다.

쾌앙!

내부에서 포탄 터지는 소리가 나는 듯했다. 그렇게 두드리길 수차례. 용천혈이 백회혈이 열린 것만큼 벌어지며 지기(地氣)가 쏟아져 들어왔다. 용천혈을 통해 들어온 지기 또한 자연기와 어우러져 하나로 뭉쳐갔다.

천지교통(天地交通).

하늘과 땅이 교통하여 만물의 기운을 몸으로 받고, 그 기운을 자유자재로 사용할 수 있는 경지의 하나.

모든 무인이 바라 마지않는 전설상의 경지이다. 마르지 않는 내공과 육신의 내부 어디서도 기의 수발에 구애를 받지 않는다는 전설이다.

'느껴진다.'

만물이 소통하는 것이 고스란히 느껴졌다. 심상 세계 속에서 바깥의 상황이 훤하게 그려졌다. 오래되어 퀴퀴한 냄새가 나는 전각, 그리고 정리가 되지 않아 아무렇게나 자라 버린 잡초들과 그 위로 불어오는 바람까지 전부 다 느껴졌다.

말로는 형용할 수 없는 감각. 그야말로 융통무애(融通無碍)의 경지이다. 법륜은 몸속을 휘도는 기운을 넓게 퍼뜨렸다. 새로운 옷을 입었으니 그 옷이 몸에 착 감기게 적응할 필요가 있었다.

'일단 회복부터.'

법륜은 잊지 않았다. 그가 이런 상황까지 몰리게 된 연유를. 새로운 옷을 씻지도 않고 입을 순 없었다. 자연기가 넓혀진 혈맥을 타고 돌았다. 자연기가 닿는 순간 강제로 넓혀 상처를 입은 혈맥들이 빠르게 복구됐다. 상처 입은 혈을 지날 때마다 시원한 쾌감이 찌르르 올라왔다.

'아아!'

법륜은 입을 벙긋거리며 탄성을 삼켜냈다.

평생을 무공에 매진했지만 지금과 같은 순간은 없었다. 언제나 힘들고 고되기만 했지 이토록 짙고 노골적인 쾌감을 느껴본 적이 없었다. 그야말로 신세계였다.

자연기는 기경팔맥을 여러 차례 돈 뒤 점차 그 범위를 넓혀 갔다. 넓어진 대로가 제대로 닦이자 그 사이사이의 샛길로 스며들었다.

세맥이 뚫리고 그 기운이 피부에 닿자 피부가 자연기와 호응했다. 법륜의 피부에서 완연한 금빛 기운이 표출됐다. 그러자 상처 입은 피부가 쩍 갈라지며 뱀이 허물을 벗듯 한 꺼풀 벗겨냈다.

쏴아아!

'탈태(奪胎)……!'

전설이나 유협전 속에서나 등장하는 환골탈태가 법륜의 몸에서 벌어지고 있었다. 상처를 입은 피부가 벗겨지자 뽀얀 아기 같은 피부가 모습을 드러냈다. 뒤이어 뒤틀리며 부러진 뼈가 저절로 붙더니 아물어 버렸다. 키도 반치는 더 커진 것 같은 느낌이다.

'이건 예상외인데……'

가장 두드러진 변화는 모발이었다. 본인이 승려였기에, 그리고 파문 뒤에도 여전히 승려의 모습을 유지하고 있던 모발이 길게 자라났다. 평생 길러본 적 없던 머리카락이 단숨에 생겨났다.

"하하, 어찌해야 하나."

생각해 본 적 없는 변화였다. 법륜은 이 갑작스러운 변화를 웃음으로 넘겨 버렸다.

'그것보다… 이렇게 문제가 많은 줄은 몰랐군.'

완벽하다고만 생각한 금강령주의 운용 방식에 커다란 구멍이 숭숭 뚫려 있었다. 커다랗게 닦인 혈맥과 촘촘한 그물처럼 엮인 세맥이 새로운 길을 제시하기 시작한 것이다.

사실 이건 법륜의 문제가 아니었다. 사람은 아는 만큼만 보고, 듣고, 생각한다. 알지 못한 것을 제대로 다룰 수 있는 사람이 있을 리 없다.

"어디……."

법륜은 회랑 한편에 자리를 잡고 앉았다. 이곳이 자신의 심상 세계임을 깨달은 이상 거리낄 것이 없었다. 법륜은 가부좌를 튼 채 내력을 운용했다. 기존에 운용하던 방식이 시냇물 같았다면 지금은 도도한 강물이 거칠 것 없이 움직이는 모습이다.

'기의 운용이 한없이 자유롭다.'

머리가 따로 명령을 내리기도 전에 진기가 그 뜻을 헤아리고 먼저 움직였다. 본능적인 움직임이라고 해도 과언이 아니었다.

'지금 여기보다 더 좋은 수련 장소가 없다. 너무 늦지 않기를 바라는 수밖에.'

언제까지 이곳에 매여 있을 수는 없었다. 때가 되면 움직여야 한다. 그때는 수하들이 알려줄 터. 법륜은 계속해서 진기를 운용하며 구양철과의 싸움을 복기했다.

패배.

패배.

또 패배.

그리고 승리.

일전이 계속되면서 패배가 줄어들고 승리하는 횟수가 늘어나기 시작했다. 법륜은 백전백승(百戰百勝)을 다짐했다. 그 이유는 법륜과 구양철 모두에게 있었다.

'구양철이 이야기해 준 내 한계. 내 전력을 제대로 파악하지 못했다고 했지. 나는 이제 그 한계를 뛰어넘었다. 하지만… 반대로 나는 그의 한계를 보지 못했어.'

구양철의 한계를 보지 못한 이상, 지금의 상황에서도 필승을 장담할 수 없었다. 그러기 위해선 이곳에서라도 최대한 그와 많은 수를 겨뤄봐야 했다. 법륜은 심상 속에서 식음을 잊고 구양철과의 일전에 몰두했다.

밖에서 무슨 상황이 벌어지고 있는지도 모른 채로.

법륜이 새로운 경지를 향해 발을 디딘 그 순간, 밖은 법륜의 상황과는 다르게 빠르게 움직이고 있었다. 그 시작점은 이철경이 여대의와 염포를 따라간 금영방이었다.

지금으로부터 한 시진 전, 이철경과 염포, 그리고 금영방주 여대의는 금영방으로 돌아오자마자 수습을 시작했다.

"휘하의 속문들에게 모두 서신을 보냈소."

"얼마나 응하겠는가?"

"알 수 없소. 구양세가가 문을 걸어 잠근 지 일 년. 얼마나 저쪽으로 돌아섰는지는 미지수지."

여대의가 중얼거리자 염포는 끄응 하며 신음을 흘렸다. 세가의 영향력이 상당히 줄어들었음을 예상하지 못한 바는 아니지만, 막상 눈앞에 닥치자 앞이 깜깜했다.

"문제는 또 있소."

옆에서 듣고 있던 이철경이 거들었다.

"속문도 속문이지만 지금 당장 가용할 수 있는 무인이 없소이다. 전력이라고 해봐야 여기 있는 나와 염 대주 둘뿐이오."

"배신한 자들을 걱정하는가?"

염포가 걱정스럽다는 얼굴로 묻자 이철경은 고개를 끄덕였다. 당연한 일이다. 금영방에서 서신을 돌렸으니 명분이 이쪽에 있는 것은 분명하지만, 명분 따위는 가볍게 무시할 수 있는 자들도 분명 존재할 터. 그들이 금영방으로 들이닥친다면?

"상상만 해도 끔찍하군."

구양세가의 속문은 엄청 많다. 염포는 구양세가의 주력이라고 할 수 있는 곳은 손에 꼽지만, 한중에서 무파를 운영하려면 필연적으로 구양세가의 이름을 달아야 한다고 이철경에게 설명했다. 그만큼 구양세가의 영향력은 막강하다고.

"듣기로는 백호방엔 그런 것이 없다고 했는데?"

이철경이 의문을 표하자 염포는 고개를 저었다.

"그곳은 소림의 속문이었고, 고인이 된 여 방주의 일가가 이곳 한중의 토박이였기 때문일세. 한중에서 구양세가보다 오래 머문 곳을 쫓아낼 정도로 멍청하진 않아."

염포는 손을 쫙 펴며 이철경에게 내밀었다.

"그래도 너무 걱정하지 말게. 그렇게 구양세가의 모든 속문이 떼거리로 몰려올 일은 없을 테니."

"어째서……?"

"어중이떠중이는 문제가 아닐세. 그들은 눈치 보기에 바쁠 거야. 문제는 금영방을 제외한 네 곳일세."

구양세가 휘하의 속문 중 구양세가에 반발하며 목소리를 높일 수 있는 곳은 금영방을 포함해 총 다섯 곳이다. 이들 다섯이 뭉치면 구양세가의 기둥뿌리 다섯 개가 동시에 날아가는 꼴이다.

"그곳이 어디요?"

"일단 금영방은 제외하고 확실히 이 편인 쪽은 한 곳 정도로군."

"여민원(黎民院)을 말하는 게군."

"맞소."

여대의가 말하자 염포가 고개를 끄덕였다. 여민원은 이름 그대로 백성의 장원이다. 백성을 위한 곳, 의원이다. 본업은 의원(醫院)이지만, 여민원이 지닌 가전무공이 일류에 달했다. 의생(醫生)도 십여 명에 불과했는데 모두 일류였다.

'원주는 절정을 아득히 넘어섰지.'

그만큼 강력한 전력이다. 이철경은 염포와 여대의가 여민원이라는 곳을 언급하며 그곳은 안심이라는 표정을 짓자 물음을 던졌다.

"그곳이 어떤 곳이기에 그리 확신하시오?"

"그곳은 전혀 걱정할 필요가 없지."

"맞네, 그곳은 소가주의 외가일세."

"아!"

혈연으로 묶인 관계라는 뜻이다. 그렇다면 전혀 걱정할 필요가 없었다. 이철경은 몸이 달아오르는 것을 느꼈다. 어떻게든 빨리 연락이 와서 움직이고 싶었다. 몸이 근질거렸다.

"나머지는?"

"세 곳은 정련방(精鍊房), 마풍방(馬風房), 정무련(正武聯)일세. 정련방은 이름 그대로 대장일을 하는 사람들의 집단일세. 세가에 납품하는 모든 병장기가 이곳의 손을 거치지."

"무기를 공급한다는 말이오? 그렇다면 크게 문제될 것이 없지 않소?"

무기를 공급하는 것은 전쟁을 준비하는 단계라면 중요한 곳이었지만, 이미 전쟁이 시작된 상황이다. 검 백 자루보다 검 한 자루를 제대로 휘두를 수 있는 사람이 필요한 시점이다. 염포는 그의 말에 고개를 내저었다.

"무시하지 말게. 그들은 강해. 시뻘건 불길 속에서 평생 망치질만을 해온 사람들일세. 물론… 평범한 망치질이라면 그리 걱정할 거리도 없겠지만, 그들은 모두 내력을 익혔네."

"내력을 익힌 대장장이라……."

이철경은 그래도 이해가 가지 않는다는 듯 중얼거렸다. 무인이란 제자리에 앉아 망치만 휘두른다고 완성되는 것이 아니다.

무공을 단련하고 풍부한 실전 경험을 거쳐야 비로소 완성된 무인 하나가 나온다. 십 중 칠팔은 이 단계에서 죽는다.

"그래도⋯⋯."

"무슨 말을 하고 싶은지 알겠네. 그들은 제대로 된 무인은 아니지. 하지만 그 숫자가 이백이 넘어간다면 어떻겠나?"

"이백!"

그렇다면 이야기가 달라진다. 난전 속에서 일당백의 절정고수 둘의 손을 묶을 수 있는 자들이다. 이철경은 절대 가볍게 볼 일이 아니라고 판단했다.

"나머지는?"

"마풍방은 마방(馬房)일세. 표국 일을 겸하고 있지."

표국을 겸하고 있다는 것은 보표들이 있다는 뜻이다. 이들은 정련방과 달리 잘 단련된 무인들이 즐비한 곳이다. 녹림칠십이채와 수시로 부딪치는 곳이니까.

"숫자는?"

"신경 쓸 만한 무인은 대략⋯ 삼십 명쯤 될 걸세. 지금은."

"지금이라는 말은?"

"표사들이다 보니 표행을 나가서 모두가 표국에 모여 있는 것은 아닐세. 상주하는 인원은 그 정도가 전부지. 하지만⋯ 본업이 마방이니 표사들도 모두 기마술에 능숙해. 장담하건대 저 북원(北元) 오랑캐들의 기마술과 비견될 걸세."

이철경은 침음을 삼켰다.

"보표가 아니라 군인이라고 봐야겠군. 그럼 정무련은?"

"정무련은 무관들의 연합체지. 비록 마풍방보다 수준은 떨어지지만 무시할 수 없는 고수는 딱 하나 있네. 그쪽은 거기만 조심하면 되지."

염포의 설명을 들은 이철경은 한숨을 내쉬었다. 첩첩산중이라는 말은 이럴 때 쓰는 말이리라. 지금 당장 이쪽은 고작 둘에 언제 올지 모르는 여민원의 의생 십여 명이 전부이다.

반면에 적이 될지도 모를 이들의 숫자는 수백을 아득히 넘어선다. 확실히 중과부적이다. 이철경은 속내를 감추며 염포에게 다른 질문을 던졌다.

"백호방은?"

"일단 백호방에 연통은 넣었다네. 곧 이리로 오겠지."

이철경은 그나마 다행이라는 듯 표정이 풀리기 시작했다. 법륜은 무신(武神)이다. 이철경은 살면서 아직까지 그보다 강한 자를 본 적이 없었다. 거기다 장산과 장욱, 문우까지 가세한다면 이깟 위협쯤은 하품을 하면서도 넘길 수 있었다.

"방주!"

그때, 연통을 돌리러 갔던 무인 중 하나가 급하게 장내로 뛰어 들어왔다.

"소식이 왔나 보군. 들어오게!"

여대의가 외치자 무인 하나가 전각 문을 벌컥 열고 들어왔다. 무인은 여기저기 흐트러진 옷차림에 온몸에 땀을 뻘뻘 흘리고 있었다.

"연통을 돌리고 왔습니다."

"수고했네. 일단 쉬라고 말하고 싶지만… 상황이 급박하니 상황 설명부터 좀 해주시게."

여대의의 명을 받은 무인이 가볍게 고개를 끄덕이며 입을 열었다.

"여민원은 원주와 원주 휘하 모든 의생을 이끌고 오실 것 같습니다. 가장 먼저 들렀으니 이제 곧 도착하실 겁니다. 정련방은……."

여대의가 무인의 표정을 살피며 말했다.

"잘 안 됐나 보군."

"일언지하에 거절하더군요. 그간 손해를 많이 봤다면서… 앞으로도 이런 일이 벌어질지 어찌 장담하느냐며 이득이 되는 쪽에 붙겠답니다."

"이익! 제깟 놈들이 이 금영방주도 사활을 건 마당에!"

무인은 여대의의 역정에 고개를 떨궜다. 제 잘못은 아니라지만 책임감을 느낀 모양이다. 여대의가 한숨을 내쉬며 가까스로 분통이 터질 것 같은 마음을 다스렸다.

"후우, 마풍방과 정무련은?"

여대의가 묻자 무인이 허리를 깊이 숙였다.

"죄송합니다. 마풍방에서는… 아예 문전박대를 당했습니다. 방주의 서신을 가지고 왔다 전했는데도… 문조차 열지 않았습니다. 그리고 정무련은 호 노사가 운영하는 검정무관(劍情武館)만 이쪽 편에 설 것 같습니다. 분위기가 이상하다며 검을 닦고 계셨는데, 제가 찾아가니 홀로 참전한다고 하십니다. 다른 무관들은……."

여대의는 무인이 내뱉은 호 노사라는 이름에 쾌재를 불렀다. 이제야 일이 풀리는 것 같았다. 금영방이 지닌 전력이라곤 조족지혈에 불과하지만, 호 노사가 도와준다면 전력은 비등하다. 아니, 이쪽이 미세하게 우세했다.

"옳거니! 여민원주와 호 노사가 오신다면 한시름 덜었군. 이렇게 되면 오히려 이쪽의 전력이 월등하겠소이다!"

여대의가 크게 웃으며 염포를 향해 말하자 염포는 가볍게 고개를 끄덕였다. 옆에서 듣고 있던 이철경이 조용한 목소리로 염포에게 물었다.

"호 노사가 누구요?"

"아까 정무련에서 한 사람만 신경 쓰면 된다고 하지 않았는가. 그분이 호 노사일세. 구양백 태상가주와는 오랜 막역지우이시지."

"그런데… 저치가 말하는 것을 보니 그 호 노사라는 사람이 운영하는 무관만 이쪽 편에 선다 하지 않았소? 그렇다면 아직 우리가 열세인 것 아니오?"

"걱정할 것 없네. 정무련에서 호 노사의 위상은 가히 태양신군 구양백 태상가주를 넘어서는 것이니. 그쪽은 호 노사에게 맡겨두면 되겠군. 물론 혼자서는 안 되겠지만."

"그럼… 이쪽은 소수 정예, 저쪽은 인해전술이라는 말이로군."

"나는 여민원과 연합해 정련방과 마풍방을, 자네는 호 노사와 함께 정무련을 막아주게. 백호방에 나가 있는 이들이 합세한다면 단번에 승기(勝機)를 잡을 수 있네."

염포가 한숨을 내쉬며 안도하고 있을 때, 금영방의 정문 쪽에서 폭음이 울렸다.

콰아아앙!

"벌써……?"

염포의 얼굴이 삽시간에 굳어버렸다. 이철경과 여대의도 다르지 않았다. 생각보다도 너무 빨랐다.

"아무래도 시작하기도 전에 일이 틀어진 것 같소이다."

이철경이 혀를 차며 허리춤에 찬 흑철보검을 꺼내 들었다. 염포도 쌍곤을 꺼내 부딪치며 전의를 다졌다. 누가 이렇게 갑작스럽게 쳐들어왔는지 모르겠지만 상황이 좋지 않았다. 지금 이곳엔 이철경과 염포 둘뿐이기 때문이다.

"일단 나가봐야겠소. 금영방주, 전체적인 조율을 부탁하오."

염포와 이철경이 정문으로 나가자 처참한 광경이 모습을 드러냈다. 일 장 높이의 거대한 대문이 산산이 부서져 있고, 문을 지키는 위사들이 처참하게 짓뭉개져 땅을 구르고 있었다.

"누가……!"

파아앙!

콰아아앙!

'화기(火氣)!'

염포는 갑작스럽게 울리는 파공음에 쌍곤을 들어 중단을 보호했다. 쇠망치로 후려친 것 같은 소리가 가슴을 울렸다. 쌍곤으로 최대한 보호했음에도 막대한 충격이 느껴졌다. 염포는 순식간에 핏물을 게워냈다.

"쿨럭!"

"많이 늘었구나."

쌍철곤을 든 손이 덜덜 떨려왔다. 물리적 충격 때문이 아니었다. 그를 보자마자 심리적 압박감이 몸을 옥죄었다. 구양세가가 낳은 무신, 지난바 무공이 하늘에 닿았다는 남자.

"구양철……! 당신이 어째서 이곳에……?"

구양세가의 겁화(劫火). 모두의 예상을 깨고 구양철이 가장 먼저 금영방에 당도했다. 그 시각, 법륜은 아직 깨어나지 못한 상태였다.

"내가 못 올 곳에라도 왔나?"

구양철의 어조는 담담했다. 마치 자신은 어디에라도 갈 수 있는 인물인 것처럼 말했다. 염포는 구양철의 그 당당한 태도에 초반부터 주눅이 들어버렸다.

"그건……."

"이자가 누구요?"

이철경은 구양철의 몸에서 느껴지는 무시무시한 기세에 손에 쥔 검을 꽉 쥐었다. 꽉 쥔 손에서 식은땀이 배어나왔다.

'상상 이상이군.'

상상 이상? 아니다. 이철경은 머릿속에 드는 생각을 애써 지워냈다. 마른침이 꿀꺽 넘어갔다. 이자는 사주보다 위이다. 확실하게 느껴졌다. 이철경이 그렇게 확신하는 데에는 이유가 있었다. 바로 기세. 법륜에게는 없는 도살자의 기세가 구양철의 몸에는 있었다.

"구양철."

염포는 이철경을 향해 이름만 언급했다. 지금은 세세한 이야기를 할 겨를이 없었다. 잘못하면 순식간에 몰살이다.

"염 대주, 실력도 많이 늘었지만… 많이 건방져졌네?"

구양철은 끌끌 웃으며 염포를 향해 날카로운 눈빛을 쐈댔다. 구양철은 평생을 살면서 오늘이 가장 재미있는 날이라는 생각을 지울 수 없었다. 무인으로 오늘보다 기쁜 날은 없었다.

자신과 거의 엇비슷한 수준의 무공을 구사한 소림의 승려 또한 그랬고, 자신의 등을 찌르고 그 자리에서 도주한 패륜아 조카 또한 그랬다.

'내가 나이를 먹기는 먹었나 보군.'

그럴 필요가 없음에도 필요 이상으로 감상적이 됐다. 어쩌면 자신이 손에 움켜쥐려 한 모든 것이 가시거리에 닿았기 때문인지도 모른다.

'그렇지만……'

왜인지 구양철은 마음속 한구석이 허전한 감정을 느꼈다.

"이곳엔 어쩐 일이십니까? 평소엔 무공 외에 어떤 것에도 관심이 없지 않았습니까?"

"망나니 조카 녀석을 쫓아왔지. 이쪽 방향으로 도주하더군. 그런데 익숙한 얼굴이 보이지 않겠나? 자네가 있다면 숙부 또한 있을 가능성이 높으니 이리 멈춰 설 수밖에."

'망나니 조카. 구양선을 말하는 모양이군.'

염포는 내심 고개를 주억거렸다. 소가주 구양비는 망나니와는 거리가 멀었다. 언제나 진중한 성격은 차치하고서라도 평소 행실이 무공을 탐구하는 구도자의 모습과 같았기에 염포는 구양철이 쫓는 자가 구양선이라고 확신했다.

"신군께선 이곳에 계시지 않소. 되레 신군께서 그 망나니를 쫓고 있진 않으셨소?"

"허허, 그놈은 혼자였어. 내 뒤를 잡아 검을 찌르더군. 잘못하면 황천을 밟아볼 뻔했어."

구양철의 재미있다는 말투에 염포는 불안한 마음이 한구석에 들었다.

'신군께선 홍 대주와 함께 구양선을 친다고 하셨지. 그런데 구양선이 저자를 급습했다……. 역시… 최소한의 연락선은 남겨두어야 했어.'

염포는 정보의 부재가 이렇게 커다란 공백을 만들 줄 몰랐다. 믿었던 구양백의 신변마저 알 수 없게 되어버렸다.

"표정이 적나라하게 드러나는군. 너무 걱정하지 말게. 숙부는 그리 쉽게 당할 사람이 아니야. 그 망나니 조카 놈의 몰골도 꽤 낭패를 본 듯하니 크게 걱정할 이유가 없지 않은가."

염포는 구양철의 표정을 읽기 위해 머리를 굴렸지만 속내를 읽어낼 수가 없었다. 염포의 불안을 눈치챘는지 이철경이 옆에서 그의 옆구리를 검집으로 툭 건드렸다.

"너무 넋 놓지 마시오."

염포는 이철경의 말에 아차 하는 생각이 들었다. 옆에서 대놓고 검집으로 두드릴 정도로 정신을 빼놓았다는 사실에 내심 부끄러웠다.

"옆에 있는 친구가 훨씬 낫군. 그래, 내 이름을 물었지. 그쪽은 이름이 뭔가?"

이철경은 순순히 대답했다. 법륜에 의해 꽤 단련이 된 이철경이지만 구양철의 압박은 상상 이상이었다.

"이철경, 태영사 소속이오."

"태영사?"

구양철은 태영사라는 말에 메마른 입술을 혀로 적셨다. 세상에 인물이 자신뿐인 줄 알았는데 사람은 많고도 많았다. 놀라운 무공을 보여준 법륜이란 승려 또한 태영사 출신이라 들었다.

'그곳엔 인물이 많군. 사주라는 그 어린 승려 외에도 꽤 강단이 있지 않은가.'

부러웠다. 구양철은 그렇게 생각했다. 무공이라면 어디를 가든 꿇리지 않는다. 하지만 사람이라면?

'내 주변엔… 아무것도 없군.'

구양철은 마음속 한구석에 들던 그 허전함의 정체를 알 것만 같았다. 사람이었다. 제아무리 손에 모든 것을 쥔다 한들 나눌 사람이 없다면, 또 인정해 줄 사람이 없다면 공허한 공염불일 뿐이다.

'찬탈자라고, 분란의 씨앗이라고 손가락질할 텐가.'

구양철은 두 눈을 감아버렸다. 생각만 해도 머리가 아파왔다. 구양세가를 제외한 칠대세가라면 그렇게 말할 것이 분명했다. 적통이 이어받은 가문을 방계의 인물이 반란을 일으켜 차지한 것이나 다름없었다. 그들은 그럴 수밖에 없다. 선례를 남기기 때문이다.

방계가 가문을 차지하고도 아무런 잡음이 없다면 방계 출신의 아무개도 똑같이 생각하지 않겠는가. 가문을 차지한 뒤 누구보다 잘 이끌어가겠다고 말이다. 하지만…….

'후회는 없다.'

구양철의 감은 눈이 다시 열리고 그의 눈동자에 다시 시뻘건 불꽃이 타올랐다.

"상념이 길었군. 태영사의 어린 무인 이철경, 그대에게 악감정은 없네. 그저… 내가 가야 할 길에 그대가 염 대주와 함께 있었음을 탓하시게."

구양철의 말이 끝나자마자 손에서 불길이 치솟았다. 욕망의 불꽃이었다.

*　　　　　*　　　　　*

법륜이 눈을 뜬 것은 한 식경이 지나서였다.

탈태(奪胎)를 이루고 심상의 세계에서 구양철과 수를 나눈 것이 수백 번. 법륜은 많이 죽었다. 그리고 많이 죽였다. 그때마다 정신이 단단하게 여물었다.

법륜은 피를 토하면서 많은 생각을 했다.

소림의 가르침과 무인으로서 가져야 할 마음가짐, 그리고 이 상반된 깨달음이 가져다주는 모순까지. 오래전부터 참선하고 극복해 왔다고 생각했지만 착각이었다. 여전히 제자리걸음만 한 셈이다.

'망설임은 사치다.'

목숨이 걸린 상황에서 손에 자비를 둔다는 것은 무인으로 실격이다. 그렇게 따지면 법륜은 진즉에 죽어야 했다. 하지만 운이 좋았다. 구파 중 최고라는 소림에 입적했고, 제대로 무공을 배웠다. 남들은 평생에 걸쳐 한 번 보기도 힘든 기연을 연달아 겪었다.

'그러고도 이 정도라면……'

법륜은 스스로에게 무인의 재능이 없음을 실감했다. 단순한 육체적 재능을 말하는 것이 아니다. 육체적 재능으로만 따진다면 차고 넘친다. 하지만 정신력은 다른 영역이다. 그는 지금까지 어중간한 길을 걸었음을 인정했다.

'승려와 무인, 그 이전에 사람이다. 사람이 강해야 해.'

법륜의 입매가 고집스럽게 다물어졌다. 아직 완벽한 승려도, 무인도 되지 못했다. 법륜은 승려라는 이름도, 무인이라는 생각도 지워냈다. 그러자 단 두 글자.

법륜(法輪)이라는 이름만 남았다.

부처의 교법(教法)이자 진리의 수레바퀴를 이르는 말.

이제 한 가지만 남았다.

'이제 그를 넘어서야 해.'

구양철. 이미 구양선은 논외다. 그가 아무리 강해져도 구양철을 따라갈 수 있을 리 만무했다. 또한 법륜이 구양철을 잡아낸다면 구양선 따위는 어떻게 되든 좋았다.

"간다."

법륜은 자리에서 일어났다. 어깨에 부드러운 것이 닿았다.

"아……."

머리카락이다. 삼십이 넘은 지금까지 승려로 살았으니 긴 머리카락이 어색한 것은 당연한 일이다. 법륜은 넝마가 된 옷에서 천을 뜯어내 머리를 뒤로 모아 묶었다. 어색하지만 마음에 들었다. 그리고 진실로 자신이 승려가 아니게 되었음을, 더는 그 가르침에 연연하지 않아도 됨을 깨달았다.

"가볼까."

법륜은 전각의 문을 열고 나서자마자 주변을 빙 둘러선 무인의 벽을 보았다. 금빛 서기가 뻗어나갔을 테니 중요한 순간이라 여겨 호법을 섰는지도 모른다.

"장산."

장산은 뒤에서 들려오는 법륜의 목소리에 뒤로 돌았다가 놀라움의 탄성을 내질렀다.

"사… 주……!"

법륜의 모습은 전각 안으로 들어서기 전과 확연히 달랐다. 부상의 회복은 어느 정도 예상한 바다. 법륜의 불가사의한 내력의 힘은 상처를 수복하는 것에 탁월한 면모를 보여왔으니까.

하지만 길게 자란 머리카락은 진정으로 예상하지 못했다.

"그 머리카락은 어찌… 대체 어찌 된 것입니까?"

법륜은 놀라는 장산에게 멋쩍은 웃음으로 화답했다.

"그렇게 되었네. 그보다 시간이 얼마나 흘렀지?"

장산은 변해 버린 법륜의 모습이 적응되지 않는지 연신 눈알을 굴리면서도 놀란 마음을 가라앉히기 위해 노력했다. 주인으로 모셨으니 변해 버린 모습이 놀랍기는 해도 받아들이지 못할 일은 아니라는 생각이 들었다. 하지만 놀라움의 감정이 더 컸는지 장산은 여전히 말을 더듬거렸다.

"반 시진은… 족히 지났습니다. 그보다… 몸은 괜찮으십니까?"

"아아, 걱정할 것 없네. 헌데 철경은 아직인가?"

법륜은 그런 장산을 놀리기라도 하듯 대수롭지 않게 화제를 돌렸다. 몸은 이미 탈태를 겪으며 완벽하게 회복된 뒤였다. 지금은 몸의 상태보다 상황이 어떻게, 그리고 얼마나 진행되었는지가 중요했다.

"아직 별다른 연락은 없었습니다만… 시간이 너무 많이 흐른지라 지고당주가 인편을 보냈습니다. 장욱도 함께 갔으니 어떻게든 기별이 올 것입니다."

"알겠네. 그럼 나머지 인원은……?"

법륜은 장산의 곁에 문우가 보이지 않자 장산에게 물었다. 장산은 주변을 둘러보며 가볍게 대꾸했다.

"문우라면 구양세가의 소가주와 함께 있습니다. 정확히는 소가주의 동생과 함께 있습니다. 아름답더군요. 소가주의 동생."

아무래도 주변에 시키면 무인들만 가득한지라 그나마 나이가 적어 또래인 문우와 함께 시간을 보내는 듯했다. 법륜이 고개를 끄덕일 때, 장산이 말을 덧붙였다.

"참, 안 그래도 사주께서 나오시면 기별을 달라 했으니 함께 가시는 것이 어떻겠습니까?"

"그러지."

장산은 법륜을 대동한 채 앞장서 걸었다. 소가주 구양비가 머무는 전각은 그리 멀지 않았다. 백호방 자체가 그리 크지 않다 보니 지척이나 다름없었다. 그럼에도 장산은 등 뒤의 법륜이 여전히 낯설게 느껴져 상당히 먼 거리를 가는 것처럼 느껴졌다. 법륜은 그런 장산의 속을 모르는지 폐허가 된 백호방을 둘러보는 것에 여념이 없었다. 장산은 법륜에게서 풍기는 낯선 향기의 원인을 알 수 있을 것 같았다.

'자유로움.'

사람이 타고난 기질은 쉽게 바뀌지 않는다. 하지만 법륜은 완벽하게 변했다. 기존의 모습이 고집스러운 승려의 느낌이었다면, 지금은 그런 것 따위는 아무래도 상관없다는 듯한 기세를 풍긴다.

'차라리 다행이군.'

장산은 구양비의 제안을 잊지 않았다. 법륜이 원하지 않을 것이 뻔했고, 이번 난리를 겪은 구양세가가 얼마나 세력을 유지할지 모르지만 팔대세가 중 하나를 우군으로 만들 수 있는 일이다.

게다가 법륜은 큰사람이다. 지금도 대단했지만 앞으로 십년, 이십 년 후가 다를 것이다. 그때가 되면 싫어도 하루살이들이 꼬이게 마련이다. 그들을 취하거나 쳐내기에 고고한 승려의 모습보단 실리를 취할 수 있는 지금이 훨씬 좋았다.

법륜과 장산이 구양비가 머무는 전각에 도달했을 때, 구양비는 문우와 한 명의 여인과 담소를 나누고 있었다.

"오라버니!"

여인 구양연은 저 멀리서 다가서는 법륜과 장산을 보며 탄성을 터뜨렸다. 몇 번을 본 익숙한 얼굴이지만 시간이 지나면서 계속해서 달라진 얼굴이다. 지금의 얼굴에서는 마치 광채가 나는 것 같았다.

"아……!"

옆에 서 있던 구양비 또한 경악을 금치 못했다. 구양연과는 명백하게 다른 이유였다. 반 시진 만에 머리카락을 자라나게 하는 무공은 이 세상에 없었다. 그 말은 곧 법륜이 그 누구도 겪어보지 못한 기연을 만났음을 의미했다.

"환골탈태(換骨奪胎)……!"

구양비가 놀라움에 부들부들 떨며 말하자 장산 또한 눈을 빛냈다. 법륜의 머리카락에 시선이 사로잡혀 생각하지 못한 사실이 떠올랐다. 환골탈태는 전설의 경지이다. 전설은 그 누구도 실체를 보지 못했기에 전설인 것이다.

장산은 법륜이 그 전설에 닿았음에 기뻐하는 한편, 열의를 불태웠다. 빨라도 너무 빨랐다. 수하란 주인 된 자의 부족함을 메꾸기 위해 존재한다. 그런 면에서 법륜의 발전 속도는 장산이 따라가기 버거운 감이 있었다.

'내가 이럴진대……'

태영사의 다른 인원들은 말할 것도 없었다.

"사주……"

밝게 웃는 법륜의 등 뒤로 장산의 나지막한 한숨 소리가 짙게 울려 퍼졌다.

『불영야차』 7권에 계속…